KB042924

잇츠 빌런스 코리아 6

초판 1쇄 인쇄일 2023년 5월 12일 | **초판 1쇄 발행일** 2023년 5월 18일

지은이 초춘 | **펴낸이** 곽동현 | **담당편집 팀장** 이범수
편집부 정요한 김승건 조혜진

펴낸곳 (주)조은세상 | 출판등록 제2002-23호
주소 서울특별시 동작구 동작대로1길 27 5층
TEL 02)587-2966 | FAX 02)587-2922
E-mail bukdu@comics21c.co.kr

초춘ⓒ2023
ISBN 979-11-391-1823-0 | ISBN 979-11-391-1390-7(set)
값 9,000원

6

북두
다른 세상

초촌 현대판타지 장편소설

잇츠
빌런스 코리아

초촌 현대판타지 장편소설

MODOERN FANTASY STORY

CONTENTS

Chapter. 41

[……]

어이가 없다는 건지 잠시 아무 말도 들리지 않았다.

다그쳐 봤다.

"왜 전화했냐고요? 바쁜데."

[크음, 커허험, 이제 그만하시는 게 어떻습니까? 이 정도면 충분하지 않습니까?]

"뭐가요?"

[장대운 대통령님.]

도람프가 목소리에 힘을 준다. 같이 힘을 줬다.

"예~~~."

[도대체 뭘 어쩌려는 겁니까.]

"도대체 왜 전화하셨냐고요."

[중국 말입니다. 당장 멈추세요.]

"왜요?"

[그건······.]

"그리고 내가 당신이 당장 멈추라면 멈춰야 하는 건가요?"

[······.]

"또 말이 없으시네. 쓸데없이 전화한 거면 그만 끊겠습니다."

[이는 한미 관계에도 좋지 않은 영향이······.]

"그래서 미국은 되고 한국은 안 된다는 건가요?"

[예?]

못 알아듣는다.

"애초에 THAAD는 누가 꺼낸 겁니까? 우리가 해 달라고
했나요? 우리가 미국 바짓가랑이 붙들고 제발 설치해 달라고
사정했나요?"

[크음, 그건 동아시아의 평화를 위하고자······.]

"개소리 마시고요. 내가 호구로 보여요?"

[장대운 대통령!]

"왜?!"

[이······ 이······.]

"멀리 떨어져서 이래라저래라 하니까 아주 편하지? 거기가
안전하다고 마음대로 구는 것 같은데 큰 오산이야. 일 터지면
네가 자랑하는 그룹부터 박살 나는 거야. 넌 임기 끝나는 순

간 거지꼴이 되는 거지. 내가 못 할 것 같아?"

[······.]

DG 인베스트가 이 악물고 덤비면 부동산 중개업 그룹 따위야.

물론 이 정도로는 협박이 안 된다. 도리어 화만 돋우지.

"니가 그동안 했던 짓들. 니가 대통령이 되기 위해 감수했던 것들. 내가 모를 거라 생각하는 거냐? 넌 공화당 정권의 20년을 누가 만들었다고 생각하지? 내 인맥이, 내 힘이 미국 대통령인 너보다 부족할 거라 보여?"

[······.]

"까불지 말고 얌전히 있어라. 그 자리에서 민주당에 멱살 잡혀 끌려 내려오기 전에."

[······나한테 왜 이러는 거요?]

"이게 누구한테 탓을 해? 니가 먼저 나를 건드렸잖아. 내가 시비 걸었냐? 이 새끼가 말을 이상하게 하네."

[예······의는 지켜 주시오.]

"너나 먼저 예의 지켜라. 이거 내정 간섭인 거 몰라? 나도 너희 미국에 내정 간섭 좀 해 줄까? 하는 일마다 고꾸라지게. 앙?"

[······.]

"그리고 너. 내가 지금 기조를 바꿔 중국이랑 손잡으면 어쩔래?"

[······.]

"한미 동맹 파기하자고 나서면 감당할 수 있겠어? 혈맹을

11

파기한 대통령으로 남고 싶어?"

[……]

"자리를 보고 누워라. 내가 미국 정계에 영향력을 끼친 게 벌써 30년이 넘었다. 너 같은 애송이랑 같을 줄 알아? 그리고 지금 난 미국 정책에 도움을 주고 있잖아. 중국 갈구는 거 원하지 않았어? 이 정도까지 해 주면 미국도 알아서 받아먹어야지. 뭐? 그만둬? 이게 미쳤나?"

[……]

"더 할 얘기 필요해?"

[……아니오.]

"그럼 끊는다. 잘 생각해라. 이대로면 넌 반드시 재선에서 패해. 넌 네 생각보다 훨씬 더 비호감이거든."

핫라인을 끊고 가만히 있는데. 생각할수록 화가 났다.

"이것들이 한국을 대체 뭐로 보고 있는 거야?!"

도종현과 김문호가 들어왔다.

"통화는 어떠셨는지요?"

"뭐라고 얘기합니까?"

"당장 그만두래요. 그 미친 새끼가."

"역시나 방해네요."

"그래서 뭐라고 하셨나요?"

"꺼지라고 했죠. 까불면 네 기업부터 아작 내 버릴 거라고요."

"예?"

"잘하셨습니다."

도종현은 놀라고 김문호는 당연히 그래야 한다는 표정을 지었다. 둘이 이렇게나 다르다.

장대운은 한 걸음 더 나갔다.

"이상하지 않아요? 중국은 제 마음껏 우리를 제재하는데 우린 저항하니까 우리한테 난리래요. 도무지 이해할 수가 없네."

"그건…… 최악을 방지하려는……."

"사회주의와 민주주의의 차이일 겁니다."

"그렇죠? 저놈들은 한목소리고 우린 여러 목소리니까. 각자의 이익이 달렸으니까."

"그러나 오래는 견디지 못할 겁니다. 한목소리란 다양성을 파괴하니까요. 다양성이 파괴된 사회는 미래가 없습니다."

"독재의 말로인가요? 하지만 지금으로선 우리가 불리하죠."

"예."

현 중국 주석은 장리쉰이라는 자였다.

2007년부터 주석직을 넘겨받아 2연임째에 든 남자.

직전 선대가 3연임까지 했으니 3연임도 가능하다고 추측되는 가운데 그 성향을 파악해 본 바 무척 음흉했다.

통통한 외모에 무표정으로 일관하는 태도로 일견 귀염상으로도 보이나 그 속에 든 건 권력에 대한 활화산 같은 욕망이었다. 저 중국 대륙을 송두리째 태울 만한 거대한 집념.

그가 거쳐 온 행보가 그랬다.

중앙 군사 위원회 주석직까지 손에 넣은 임기 3년 차부터 부정부패와의 전쟁을 천명하더니 가지치기에 들어갔다. 향후 자기에게 위협이 될 만한 경쟁자들은 뿌리까지 뽑혀 나갔고 그들의 궐위를 대대적으로 홍보하여 인민의 숙청 대상으로 삼았다. 그 빈자리는 온통 자기 사람으로만 채웠다.

지금 중국 공산당은 장리쉰당이라고 해도 과언이 아니었다.

예전 태자당, 공청단, 상하이당 아닌.

다른 가능성은 1도 없는. 장리쉰당.

물론 미래 청년당도 장대운당이라고 불리긴 하는데. 사람의 차이가 아니겠나? 무엇을 바라보냐에 따라.

"흠, 그건 그렇고 이번에 한민당 뒤로 따라 나온 시민 단체 봤어요?"

"안 그래도 배현식 시민 사회 수석이랑 우진기 비서를 보냈습니다. 그쪽 일이라면 두 사람에게 맡기는 게 빠를 것 같아서요."

"이젠 지시 내리기도 전에 해 버리는군요."

"엇! 죄송합니다. 조사차로 보낸 겁니다. 결정은 대통령님의 몫이고요."

김문호가 급히 고개를 숙인다.

자칫 민감한 사안일 수도 있었다. 대통령의 언질이 없었는데 움직였다는 건. 권력자는 절대 자기 권력을 나누지 않으니까.

참모진으로선 의중을 묻지 않은 건 분명 실책이었다.

장대운이 피식 웃는다.

"오해 마세요. 일 처리가 편해서 한 말이에요. 급한 건은 선조치 후 보고를 따라야죠. 이 정도 권한도 없이 무슨 일을 합니까? 어차피 기조는 내가 정했잖아요."

"죄송합니다."

"문호야, 내가 너를 몰라? 우리 이러지 말자."

"……예."

괜찮다는 말보다 '문호'라고 불러 준 게 더 마음에 든 김문호는 미소 지었다.

도종현이 끼어들었다.

"이래서 김 비서가 좋아했군요. 얼마 전에 우리끼리 한잔했는데 그때도 이 말이 나왔습니다."

"예?"

"문호 씨라는 호칭 참 오랜만에 들은 것 같다고요. 오늘 문호도요."

"아니요. 잠시만, 방금 둘이서 뭘 했다고요?"

"……한잔했죠."

"나는요?"

도종현은 멍. 김문호는 아뿔싸!

"그야 퇴근하셨으니까……요."

"퇴근이요? 전화 한 통이면 1분 내로 달려올 수 있는데? 아니, 어디서 뭘 먹었는데요?"

말이 급하다.

"그 곱창을……."

장대운의 얼굴에서 어이없다는 표정이 아주 노골적으로 나왔다. 도람프의 통화에서조차 별 감흥 못 느끼던 그가 '그 곱창'이란 단어에 미간을 잔뜩 일그러뜨린다.

김문호는 시계를 봤다.

아무래도 30분 정도 잔소리를 들어야 할 것 같다.

역시나. 어떻게 자기만 빼놓고 갈 수 있냐고. 주저리주저리. 이러쿵저러쿵. 나중엔 백은호 경호실장이랑 정은희 기획재정부 장관한테 이를 거라는 협박까지 나온다.

"하아…… 다 소용없어. 다 소용없어. 내가 그 곱창집 얼마나 좋아하는지 알면서 쏙 빼놓고 가죠? 지금 난 정말 심장이 무너지는 기분입……."

그때 집무실 문이 벌컥 열리며 이미래가 들어왔다.

"대통령님, TV요!"

김문호가 얼른 리모컨을 잡았다. 뉴스였다.

≪……어제 불법 조업 중인 중국 어선을 단속하던 해경이 중국 선원의 공격을 받아 사망하는 일이 벌어졌습니다. 중국 어선에 올라 단속 도중 느닷없는 공격에 속수무책으로 당했다고 하는데요. 크게 다친 해경은 급히 병원으로 이송됐으나 오늘 새벽 6시 20분경 사망했다고 합니다. 당시 상황이 어땠는지…….≫

입을 떡. 전화벨이 울렸다.

받으니 해양수산부 장관 문성준이란다. 이에 대한 보고였다.

"……."

그런데 어젯밤 이야기 아닌가? 하루가 지난 이야기.

늦은 밤이든 새벽이든 정상적이었다면 이미 귀에 들어왔

어야 할 사안인데.

대한민국 대통령이 말이다. 수십만 공무원을 이끄는 수장이, 이 큰 사고를 하루나 늦게 알았다. 더욱이 보고 체계가 아닌 뉴스를 통해.

전화를 끊은 장대운은 지시부터 했다.

"이 일과 관련된 놈들 전부 조사해 오세요."

"예."

"특히 보고 체계와 관련된 놈들은 10분 단위로 타임 라인을 작성해서 가져오세요."

"바로 움직이겠습니다."

나라가 뒤집혔다. 안 그래도 중국과 삐걱대는 판에 사람이 죽었다. 그도 공무를 수행하던 해경이.

그나마 발 빠른 외교부가 살인자 놈들을 내놓으라고 소리치고 중국은 이 일에 대해 사과하고 배상하라고 강력하게 항의하였으나. 피부 번들번들한 중국 대변인이 능글스러운 표정으로 이렇게 답했다.

- EEZ 경계는 대륙붕 기준이니 그 해역은 우리의 영해이다. 우리 영해에서 조업하는데 너희가 무슨 자격으로 방해하나? 적반하장으로 국경을 침범해 놓고 사과하지는 못할망정 성실한 인민을 욕보이다니 한국 정부는 이에 대해 명확한 입장을 내놓기 바란다.

부들부들. 저 버르장머리 없는 턱주가리를 돌려 버리지도 못하는 아무짝에도 쓸모없는 주먹이 하얗게 변해 가고 있을 때.

사건 경위에 대한 조사 내역이 책상 앞으로 왔다.

찬찬히 살피던 장대운의 입꼬리가 차갑게 올라갔다.

"기자 회견을 엽시다. 아무래도 이 새끼들이 우리를 너무 물로 보는 것 같네요."

춘추관.

가뜩이나 껄끄러운 한중 관계가 이번 중국의 EEZ 선 도발과 해경 사망 사건으로 불에 기름을 부은 것처럼 두 나라 사이를 더욱 냉각 상태로 빠뜨렸다.

관련한 청와대 브리핑이 나온다는 소식에 국내외 기자들이 잔뜩 몰려왔다.

한술 더 떠 청와대 대변인이 나오는 게 아니라 대통령 장대운이 직접 나왔다.

그는 자리에 서자마자 가타부타 말도 없이 화면을 틀었다.

해양 경찰 즉, 해경이 그날 출동한 경위부터 EEZ 경계선을 넘은 중국 어선과 그걸 확증하는 그래픽 지도 도면을 보여 준 뒤 다음 동영상을 틀었다.

사이렌 소리가 울리고 실제 해양 경찰이 출동하는 장면.

파도를 헤치며 달려가길 얼마나 됐을까?

중국 어선이 떼를 지어 조업하는 장면이 포착됐다.

해경은 즉시 경고 방송을 틀고 '영해를 침범했으니 나가라' 하였으나 중국 어선은 도리어 흩어져 있던 배를 한곳에 모아 자기들끼리 다닥다닥 붙었다. 일렬로 대형을 이루었다.

건들 테면 건드려 보라는 듯 이빨을 으르렁.

누가 봐도 수상한 장면이나 해경은 임무를 멈출 수 없다. 단속을 위해 배에 올랐고 경계했으나 비극이 벌어진다.

숨어 있던 중국 선원들이 해경을 덮친다.

피해!!! 외침과 함께 생선 찍는 꼬챙이가 눈앞에서 휘둘러졌고 도끼를 든 놈도, 식칼을 든 놈도 달려 나왔다. 모두 해경에 덤벼들었다.

원시 시대 부족 간 전투를 보는 듯 피 터지는 장면에 춘추관 여기저기에서 비명이 터졌다.

누군가의 이름이 불렸고 쓰러진 해경의 등으로 꼬챙이를 마구 찍는 중국 선원이 보인다.

욕지거리가 절로 튀어나왔다.

"제가 집권한 이후 일제히 지급한 액션캠이 아니었다면 이런 영상을 남길 수조차 없었겠죠. 저 중국이 우리 한국을 얼마나 우습게 여기는지 그동안 말로만 들었으니 국민 여러분은 감이 없었을 겁니다. 자, 보십시오. 이게 인간입니까? 이것들을 인간이라고 할 수 있겠습니까? 난 아닙니다. 난 절대로 아닙니다. 저놈들은 경계선을 넘으면 해경이 올 줄 알고 있었어요. 대형 짜는 거 보세요. 무슨 적벽대전입니까? 얼마나 연습했으면 저리도 자연스럽게 만들어질까요? 중국 정부의 허락이 없었다면 저놈들이 저리도 살벌하게 무기를 휘두를 수 있었을까요?"

누구도 입을 여는 사람이 없었다.

눈으로 본 장면도 참혹했지만, 눈앞에 장대운이 뿌리는 기세도 만만치 않았기 때문이었다.

"조상들이 저 중국 놈들을 어째서 떼놈, 떼놈 했는지 알 것 같습니다. '떼놈'이란 단어에 포함된 '더럽다'는 이미지가 비단 안 씻어서가 아니라는 걸요. 인성 자체가 더럽다는 겁니다. 인간이 아니라는 겁니다. 아니, 저 중국인들조차 자기 나라 사람을 인간 취급하면 안 된다고 합니다. 그 말을 듣고 이해가 안 갔는데…… 오늘 중국 대변인이 뭐라는 줄 여러분도 들으셨죠? 자기네들은 이미 대륙붕 기준으로 EEZ를 정했답니다. 그래서 서해의 70%는 자기네 것이라고 합니다. 우리랑 상관없이 그냥 자기네가 정했으니 따르라는 거죠. 자기네 영토로 삼아 버린 거예요."

기자들 모두 입을 떡.

"자, 어떻게 할까요? 언론에서 말하듯 대 중국 정책을 멈춰야 합니까? 한민당, 시민 단체에서 노리는 것처럼 제가 탄핵당해야 합니까? 탄핵당해서 저리 당하고도 눈 감고 입 닫고 발발 기어야 합니까? 서해의 70%를 이대로 저 중국에 내주어야 합니까? 국민께 여쭙겠습니다. 진정 그런 나라를 원하시는 겁니까?"

이 말만 던지고 들어가려 했다.

후속 조치가 시급했으니까. 순직한 해경의 장례식장에도 가야 하고.

그런데 누가 급히 손 들었다.

처다보니.

"신화통신의 왕다레이입니다. 방금의 발언은……."

신화통신이란다. 저 새끼는 분위기 파악이 안 되나?

"잠깐."

"예?"

"누가 너한테 질문권을 줬지?"

"……예?"

"누가 네까짓 놈한테 질문하라고 허락했냐고?"

"이거 말씀이 외교적으로……."

외교?

"시건방진 새끼가 감히 어디에서 주둥아리를 함부로 놀려. 외교? 니가 지금 외교라고 했어? 경호실장."

"옙."

"앞으로 중국 언론은 청와대 출입 금지입니다. 냄새나는 더러운 새끼가 기어들어 와 신성한 청와대를 어지럽힙니다. 당장 끌어내세요."

경호원들이 달려들어 끄집어냈다. 그 과정에서 저항하는 중국 기자를 패대기치고 제압하는 장면이 고스란히 방송을 탔다.

장대운은 카메라를 노려보며 검지를 찔렀다.

"분명히 너희가 먼저 나한테 명확한 입장을 밝히라고 했다. 그래, 좋다. 너희들이 시작했으니 당해도 후회는 덜할 거다. 미리 말하지만 나는 지금도 각종 법전을 1페이지부터 마지막 페이지까지 통째로 외우고 쓸 수 있는 사람이다. 절대

안 잊는다. 나를 공격한 놈. 내 나라, 내 국민을 해친 놈들은 죽을 때까지 안 잊고 갚아 줄 수 있다는 거다. 고작 5년 임기인 대한민국 대통령직이 문제가 아니야. 너흰 나를 적으로 만든 거야. 그 의미가 어떤 건지 살면서 느끼게 해 주마."

크와아아아아아아아아아앙~~~~~~~.

아이러니하게도,

이날은 중국의 개차반이 공개적으로 알려진 계기도 됐지만, 세계만방에 장대운이 개또라이로 인식된 역사적인 날이기도 했다.

◇ ◆ ◇

"알았어요. 알았어. 당분간 나가지 않으면 되죠? 예?! 아예 숨으라고요? 왜요? 뭐라고요?! 애들도 완전히 해체하고요? 잠수 타라고요?! ……그래서 얼마나 잠수 타면 되죠? 외국으로 나갔으면 좋겠다고요? 거기서 아무것도 하지 말라고요? 당분간? 아니, 이게 제가 외국까지 도망가야 할 일인 건가요? 그럼 결제는요? 예?! 저는 그렇다지만 동원된 애들은 어떻게……."

통화가 뚝 끊겼다.

"여보세요? 여보세요?! 하아…… 이 씹……."

화도 나고 머리도 복잡, 갑자기 꼬인 명령질에 화가 팍 올라왔으나 토로할 새가 없었다. 명령은 떨어졌고 까라면 까야 한다.

분위기가 심상치 않은 건 이미 느끼고 있었다. 그게 외국으로 튀어야 할 정도인지는 모르겠지만.

'건강한 우리나라 연합'의 소장 김복녀는 툴툴대면서도 손은 서둘러 자리를 정리하였다.

대피 명령이 떨어졌고 가능하면 외국에 나가라고까지 한다.

일이 거하게 터졌다는 얘기다.

며칠 전 장대운이 방송에다 대고 난리 친 것 때문에 이러나?

대체 무슨 일일까?

"애들 다시 모으려면 또 얼마나 용을 써야 할는지……."

어떻게 이룬 조직력인데 이렇게나 쉽게 해체할까. 더구나 돈도 안 주고 그냥 버리라니.

"에이, 내가 먼저 살아야지. 남이사 뒈지든 말든."

이 바닥에 언제 의리가 있었던가?

돈 생기면 모이고 돈 떨어지면 흩어진다. 돈 놓고 돈 먹기.

장사 한두 번 하는 것도 아니고 힘들겠지만, 다시 모으면 된다.

"적당히 챙겨 주고 또 적당히 긁어 주면 알아서 모이게 돼."

이보다 쏠쏠한 아르바이트는 찾기 힘들 테니.

"근데 왜 갑자기 잠수지? 그냥 시위만 빠져나가면 되는 거 아닌가?"

설사 위법이 있어도 몰랐다고 우기면 된다.

시위 과정에서 물의를 일으켰어도 대충 입 다물면 넘어가기 마련이다.

늘 그렇듯 시위만 사라져도 정부는 감사하기 급급하고.

여기저기 찾아가 시끄럽게 굴지 않아 주는 것만도 황송해
했는데…… 명령받은 대로 떠들다 철수 시점에 맞춰 몇몇 기
초 단체장들과 만나 적당히 접대받는 것도 재미졌는데.

잠수라니.

김복녀는 이번 따라 유난이네 하며 짐을 쌌다.

챙겨야 할 거라 봤자 서류 몇 개뿐이라 간단히 정리하고 나
가려는데.

쾅. 한 무리의 사람들이 우르르 사무실로 들이닥쳤다.

우뚝 멈추는 김복녀와 그녀 앞에 선 배현식과 우진기.

김복녀는 놀라 눈을 크게 떴고 배현식과 우진기는 씨익 웃
었다.

안면은 오래전에 튼 사이였다.

시위 판에서 활동한 기간이 긴 만큼 각기 명성은 높았
고…… 그러고 보니 1도 빠짐없이 적대 관계에서 만났다.

얼마 전 청와대 시민 사회 수석으로 들어갔다는 소식은 들
었는데. 줄 하나 잘 잡아서 출세했구나 이빨 턴 적이 있었는데.

왜 여기에?

"오랜만입니다. 김복녀 씨."

"당신들이…… 여길 왜……?"

"이거 꾼끼리 왜 이러세요? 딱 보면 몰라요? 털러 왔지."

"뭐야?! 턴다고? 지금 정부가 시민 단체에 압력을 행사하는
거야?!"

"압력은 무슨. 국가 내란을 일으키려 한 죄인 주제에. 뭐

하세요. 싹 다 압수하세요."

내란?!

김복녀가 깜짝 놀라 얼이 나간 사이 파란 박스를 앞세운 이들이 사무실을 통째로 들어 엎었다. 그녀의 손에 든 봉투까지 전부 챙긴다. 뒤에는 어느새 경찰도 들어왔다.

그제야 일이 뭔가 단단히 잘못되고 있음을 깨달은 김복녀였다.

"배, 배 선수, 나한테 왜 이래?"

"배 선수? 이 양반이 아직도 정신을 못 차렸네. 감히 청와대 시민 사회 수석께 선수?"

우진기가 나서며 그녀가 매고 있던 가방마저 빼앗았다.

"뭐야? 샤넬? 시민을 위해 봉사한다는 사람이 샤넬?"

그러고 보니 입은 옷도 전부 샤넬이다.

우진기는 열이 머리끝까지 치솟는 것 같았다.

정치권에 붙어 서민들을 위한 정책은 족족 방해하며 등골 빨아먹더니 겨우 샤넬?

이 짓거리하려고 그 많은 사람들 눈에서 피눈물을 뽑았나.

"건강한 우리나라 연합, 자랑스러운 어머니 연대, 깨끗한 정치를 위한 모임, 사회 정화를 외치는 목소리, 정의역사연대. 다섯 개 시민 단체가 모두 이 주소를 쓰네요. 이 부분도 집중 조사가 필요합니다."

"옙."

따라왔던 경찰이 배현식에게 공손하게 답한다.

"저 여자와 관련된 자라면 사돈의 팔촌까지 다 뒤져야 합니다. 이유 없는 소득이 있다면 1원 한 장 허투루 넘기지 마세요. 국가 내란과 관계된 중범죄자입니다."

"걱정 마십시오. 안 그래도 저희도 유감이 많았습니다. 이쪽에서도 상당히 유명합니다. 이 여자 때문에 얼마나 많은 의경이 고통받았는데요. 쿠쿠쿡, 내란죄라니. 맡겨 주십시오. 싹 다 털어 버리겠습니다."

"잡아가세요."

"옙, 기회를 주셔서 감사합니다."

김복녀는 단지 시작이었다. 청와대 입성 후 잠깐 사이 배현식, 우진기가 훑은 시민 단체만 800개가 넘었다.

그중 악질은 200개. 우리나라의 시민 단체가 4,000개가 넘으니 조사하면 더 나올 것이다.

유형도 다양했다.

대표 하나가 몇 개씩 시민 단체를 운영하는 건 예사,

아무런 활동도 하지 않으며 국가 지원금만 꼬박꼬박 받아먹는 기생충에,

국민적 성원에 의한 후원금마저 삥땅 치는 놈(위안부 할머니를 이용한),

기업의 돈을 받고 기업의 이익을 위해 일하는 놈,

아예 정치 집단화된 놈(이런 놈들은 상황에 따라 말 바꾸고 내로남불이 일상),

조직폭력배가 운영하는 곳도 있고,

사이비 종교가 탈바꿈된 경우도 있었다. 활동은 한국에서 하는데 중국에 교주가 있고 이런 식.

대한민국 시민 단체에서 '시민'이 없어진 건 한참 오래전이었다.

대중이 생각하는 시민 단체란 이미지도 현수막을 들고 시위나 하는 단체가 아닌가?

인권 단체, 노조 등등 자원봉사 형태를 띤 곳도 자세히 들여다보면 정치 시위를 하러 다니는 놈들이 태반이었다.

더 기가 막힌 건,

어느 분야에서 어떤 일을 하겠다는 놈들이 정작 그 분야에 대해 물어보면 아무것도 모르는 놈들이 상당하다는 것이다. 재무나 회계, 환경, 공학 같은 지식이 전무하면서 간판부터 내걸고 다짜고짜 업무를 방해한다. 전문성은 1도 없는 주제에 반대편의 후원을 받아 진실을 왜곡하거나 무작정 의혹만 제기하며 사업을 망친다. 다른 사업자와의 커넥션도 다반사.

이게 시민 단체의 민낯이었다.

도대체 이들이 누구를? 무엇을? 대표한다는 건지.

지들이 어째서? 무슨 권리로? 그 분야를 대표하겠다는 건지.

기준도 없고 양심도 없고 온통 막무가내 뻔뻔한 놈들의 천지가 바로 이 바닥이었다.

시위꾼들의 온상. 없어져야 할 적폐.

"다 갈아엎어야 해요. 개쌍놈들이 더는 설치지 못하게 말이죠."

"진기야. 진정해라."

"형님, 그날 기억하세요?"

"뭘?"

"김 비서가 우리에게 찾아온 날 말이에요."

"아……."

"우리더러 새 세상을 한번 만들어 보자 했죠?"

"……맞아."

"함께 조지자고 했어요. 각자 잘 아는 분야를. 전 그때 그게 무슨 말인지 못 알아들었어요. 근데 이제야 알 것 같아요. 이것이 바로 우리에게 주어진 천고의 기회라고 말이죠. 형님도 봤잖아요. 대한민국 공익 법인의 총자산 규모가 256조 원이래요. 총수입은 167조 원, 총지출은 168조 원. 국내 총생산(GDP) 대비 약 8.8% 수준이랍니다!"

이 숫자를 보고 얼마나 경악했는지 몰랐다.

이 큰돈이 대한민국 어딘가에서 움직이고 있었다. 그것도 공익사업이란 명목으로.

그런데 말이다. 국민 중 도대체 누가 이 혜택을 보고 있는지 아는 사람 있나?

"……."

"매년 사회 복지 분야 기부금 수입이 2조 3천여억 원이랍니다! 내가 형님, 청와대에 들어가서 이 숫자를 보고 환희를 불렀습니다. 개도둑놈의 새끼들이 어떻게 자기 배를 불리고 있는지 똑똑히 봤으니까요. 눈앞을 가리던 안개가 걷히는 기분이었어요. 이런데 어떻게 가만히 있습니까?"

"진기야……."

"눈먼 돈인 거예요. 남의 돈인 거예요. 관리마저 부실하죠. 이러니 눈이 벌게져서 달려드는 거예요. 국민에게 갈 몫을 개잡놈들이 가로채고 있는 겁니다!"

"그……렇지."

"아하하하하하하하하하하, 이제야 뭔가 실마리가 풀리는 기분이에요. 살며 이토록 신난 적이 없어요. 형님! 이 우진기가 드디어 삶에 찍어야 할 목표가 생긴 것 같습니다."

"……."

"하나하나 다 해체해서 낱낱이 밝혀낼 겁니다. 개수작이 보이는 순간 다 국고로 환수할 겁니다. 그놈들 전부 다 감옥에 처넣을 겁니다."

하지만 이런 우진기의 기세가 배현식은 달갑지만은 않았다.

오히려 말리고 싶었다.

"진기야. 성실히 수행하는 시민 단체까지 망가뜨리는 우를 범해선 안 된다. 이걸 잘못 건드렸다간……."

"형님!!!"

확 소리 지르며 노려보는 우진기의 눈은 광기로 들어차 있었다.

"진기야……."

"아직도 모르세요?! 그놈들 때문에 진짜 시민 단체들이 망가지고 있는 겁니다! 이걸 보고도 아직까지 망설이면 어쩌자는 겁니까?!"

"......"

"5년밖에 없어요. 저 장대운 대통령이 임기로 있는 동안 전부 해내야 합니다. 그걸 아시는 분이 이러시면 안 되죠. 우린 절대 잊어선 안 돼요! 받아 처먹을 건 다 받아 처먹고 정작 책임질 일이 생기면 아무도 없잖아요. 결국 피해는 시민이 받아요. 고발해도 소용없었잖아요. 지들끼리 짝짜꿍돼 흐지부지 되고 설사 처벌했더라도 간판만 갈아 끼우면 끝이에요. 이걸 10년간 지켜봤어요. 대체 얼마나 더 지켜봐야 속이 시원하신 겁니까?!"

"진기야, 아니다. 형이 미안하다. 근데 난 이런 식으로는 자신이 없다."

"형님은 지키세요. 나는 부술게요. 늘 그랬잖아요. 저는 공격하고 형님은 막고. 김 비서 말대로 각자 잘하는 걸 합시다."

"......"

"형님, 제발 우리 나중에 후회할 짓 하지 맙시다. 언젠가 잠자리에 누웠을 때 마구 떠오를 후회를 남기지 말자는 겁니다. 적어도 정당한 시민 단체가 정당한 권리를 누릴 수는 있게는 만들어 놔야잖아요!"

"......"

"결정하세요. 시민 사회 수석은 형님이에요. 처놀다가 끝낼 건지. 피 터지게 싸워 볼 건지. 양단간에! 난 죽음을 각오하고 싸울 테니."

휑 나가 버리는 우진기의 등을 배현식은 말없이 바라보았다.

동생의 실망감은 이해할 수 있었다.

같이 고생했고 같이 웃었다. 이제 겨우 달릴 만한데 당근을 못 줄지언정 가로막기나 하니.

하지만 배현식은 두려웠다. 이 끝을 예상할 수 없음에.

"진기야, 나도 바꿔야 한다는 건 안다. 나도 바꾸고 싶다……. 그 후엔 어쩌려고?"

지금이야 서슬 퍼런 대통령 앞에 납작 엎드린다지만 저들은 기득권층이었다.

공익 법인의 총자산 규모가 256조 원이라는 숫자를 보는 순간 유레카를 외친 우진기와는 달리 배현식은 항거할 수 없는 거대한 벽과 마주친 기분이 들었다. 날뛰는 우진기가 마치 거대한 수레바퀴 앞을 막아서는 사마귀같이 보였다.

아주 위태롭게.

장대 끝에 선 백척간두가 이 말인가 싶을 만큼.

너무 무서웠다. 이러다 정말 어떻게 되는 건 아닌지.

비좁은 사무실에서 꿈을 키운 한두 놈이 덤빌 판이 아니었다. 김복녀 같은 잔챙이 따위 잡았다고 나설 무대가 아니었다.

자그마치 256조 원을 다루는 공룡과 맞붙어야 한다.

미리 말하지만. 시민 단체를 절대로 우습게 보면 안 된다.

전국경제인연합회, 전경련도 시민 단체였다.

경제, 교육, 교통, 군사, 노동, 노동조합, 인권, 권익, 성소수자, 청소년, 여성, 남성, 시민, 생존권, 농민, 보건, 의료, 사회

개혁, 사회 복지, 소비자, 언론, 역사, 도시, 예술, 문화, 자원 봉사, 남북통일, 환경에 기타 등등 대한민국 전 영역에 걸쳐 뿌린 내린 이들이다.

이들을 상대로 대체 얼마만큼 싸워야 유의미한 결과를 받아 볼 수 있을까?

저 공고한 네크워크를 무슨 수로 무너뜨릴까?

보기만 해도 기가 질리는 저 거대한 성을.

대체 무슨 수로 넘어설 수 있을까?

"……."

자신 없었다. 이건 절대로 이길 수 없는 싸움이었다.

- 피를 본 자는 반드시 자기도 피를 본다.

금언과도 같은 말이었다. 자기 의지든 누군가의 의지를 받든 칼춤 춘 자는 자기도 칼을 맞는다는 것.

당한 자들이 가만히 있지 않을 거란 얘기다.

지금은 힘이 있어 날뛰어도 괜찮지만 끈 떨어지는 순간 그 화살이 모두 되돌아올 것이란 걸 경고하는 얘기.

이게 배현식이 느끼는 두려움의 실체였다.

저들은 김복녀와 같은 피라미가 아니었다.

밤거리 걷다 린치를 당하고 협박 편지 보내고…… 이런 것쯤이야 많이 당해 봤고 어느 정도 당해 줄 용의도 있었다.

하지만 250조 원이 넘는 자산을 움직이는 자들은 모른다.

저들이 움직이는 순간 죽어도 곱게 죽지 못할 것 같은 예감이 들었다. 자신은 물론 가족까지 상상도 못 할 방법으로 괴롭힘당하다 말려 죽을 것 같은.

무서웠다. 그 무기력함이.

개혁을 꿈꾸며 당차게 청와대에 입성했으나 정작 그 개혁이 눈앞에 다가오니 겁을 집어먹고 비 맞은 강아지마냥 꼬리부터 말아 버린 스스로를 보는 것도 배현식은 억장이 무너졌다.

자신은 강골이라 착각한 약골이었다. 그것도 형편없이 약한 잔뼈. 그 사실을 너무 늦게 깨달았다.

'난 자격이 없어.'

장대운을 보았다.

저 양반은 출신부터 어마어마한 데도(잃을 게 많은 데도), 저 거대한 중국과 으르렁대고 미국 대통령에게 협박하기를 주저하지 않는다. 대한민국 대통령으로서 한 치의 물러섬도 없이 대한민국의 이익을 대변하려 한다. 하물며 도종현, 김문호도 마찬가지였다. 도무지 막힘이 없었다. 목표가 생긴 순간 가진 총력을 다해 덤빈다.

'그런데 나는?'

쫄아서 숨어 버리고만 싶다.

청와대에 입성한 것까지 후회하고…… 아니, 그날 김문호의 손을 잡은 것마저 탄식에 넣는다.

자격 미달이었다. 완전한 자격 미달.

'그래, 찾아가자. 더는 방해만 될 뿐이다.'

장대운 앞으로 갔다.

"오~ 우리 시민 사회 수석님께서 오셨네요. 그래, 일은 잘 됩니까?"

"아……예."

"요새 활약이 대단하시다고 들었어요. 기생충들을 솎아 내고 계신다면서요?"

"……."

배현식은 이 환대조차 과분함을 느꼈다.

이대로는 진짜 안 됨.

"저…… 드릴 말씀이 있습니다."

"예, 말씀하세요. 배 시민 사회 수석께서 할 말이 있으시다는데 경청해야죠."

이 모자란 놈에게까지 태도를 바로 해 주는 장대운에게는 미안하지만.

말했다.

"……죄송합니다. 사퇴하고 싶습니다."

"……!"

"죄송합니다……."

고개를 푹 숙이는 배현식을 장대운은 물끄러미 쳐다보았다.

물었다.

"갑자기 왜 이러시는 거죠?"

"죄송합니다."

"사과가 중요한 게 아니라 내가 이유를 알아야 하지 않겠습니까? 안 그러겠어요?"

"……예, 제 역량 부족을 알았습니다. 이 중요한 자리에 어울리지 않음을 절실히 깨달았습니다. 부디 다른 분을 올리시어 대계에 지장이 없기를 바라는 마음뿐입니다."

"……."

다시 눈을 마주치는 장대운에 배현식은 도저히 견딜 수 없어 고개를 숙였다.

"시민 사회 수석에 어울리지 않는다라…… 그렇게 두루뭉술 말고요. 핵심을 말해 주세요. 설마 배 수석께서는 그 자리가 아무나 왔다가 가는 그런 유로 생각하는 건 않으시죠?"

"……예?"

"말씀하세요. 진짜 이유를."

"……."

"……."

마주친 시선과 시선 속.

물러섬 없는 장대운은 이렇게 말하고 있었다.

비겁해서는 안 된다.

"……저는 음…… 예, 저는 저들의 네트워크를 부술 자신이 없습니다. 두려움만 앞섭니다. 눈앞에 두고도 주저하기만 합니다. 이러다 아무것도 못 할까 봐 염려스럽습니다."

"적이 너무 거대하게 느껴지던가요?"

"예."

"흐음, 그렇군요. 그럼 누구를 후임자로 생각하고 계시나요?"

"우진기 비서가 어떻겠습니까?"

긴장하며 쳐다보는 배현식에 오히려 활짝 미소를 보이는 장대운이었다.

더는 말없이 전체 호출을 감행했다.

여기에서 전체 호출이란 결정 단계에 영향을 끼칠 수 있는 사람들을 모은다는 얘기였다. 도종현, 김문호, 정은희, 백은호, 권진용 같은 사람들.

정은희와 권진용은 청와대에 없으니 도종현, 김문호, 백은호였다. 후임자로 지명당한 우진기도 역시.

배현식은 모두의 앞에서 얼굴이 후끈후끈해졌으나 시민 사회 수석 자리를 내놓는데 이 정도 액션이 없을 거라고는 생각하지 않았고 견뎌 내기로 했다.

"오늘 배 수석이 사퇴 의사를 밝혔어요."

"예?!"

가장 놀란 건 우진기였다.

놀람에서 분노로 바뀌는 건 순식간. 그것이 배신감까지 나가자. 장대운이 제동을 걸었다.

"우 비서는 진정하시죠. 아직 이야기를 시작하지도 않았어요."

"아, 죄송합니다."

수그러든 우진기를 본 장대운은 모두에게 시선을 돌렸다.

"두렵답니다. 본인은 이 일을 결코 수행하지 못할 거라며 잘할 수 있는 사람으로 다시 뽑아 주길 바랐어요. 후임자로 우진기 비서를 꼽았고요."

"……!"

또 우진기가 움찔하나 장대운의 시선 한 번에 원래대로 돌아간다.

"시작해 보죠."

"예, 저는 충분히 나올 만한 반응이라고 봅니다."

도종현이었다.

"그런가요?"

"겪어 보지 못한 것. 규모도 또한 보통 사람은 일생을 살아도 마주치지 못할 것들을 너무 급격하게 받아들여야 했습니다. 그리고 결정적으로 배 수석은 아직 대통령님을 모릅니다."

"저도 이 부분에 대해서만큼은 이번 기회에 잘 살펴야 한다고 생각합니다. 대통령님의 정책은 급진적이고 개혁적입니다. 기존의 것을 반전시키는 것들이 대부분이라 이를 국민에 정확히 인식시키는 작업도 병행해야 할 겁니다. 안 그럼 배 수석의 건과 같이 상당한 부작용을 초래할 확률이 높습니다."

"맞습니다. 배 수석이 가진 두려움의 실체를 더 면밀히 들여다봐야 한다고 생각합니다. 과연 어느 지점에서 그런 걸 느꼈는지. 단지 항거하지 못할 것 같은 상대에 기가 죽은 건지. 아니면 실질적으로 위협을 받았는지도 말입니다."

도종현에 이어 김문호도, 백은호도 자기 의견을 내놨다.

장대운이 배현식을 보았다.

"잘 들으셨죠?"

"……예."

"말씀해 주세요."

"……."

곧바로 답이 나오지 않으나 누구도 재촉하지 않았다.

가만히 경청하는 자세로 답이 나오길 기다렸다. 이 바쁜 시국에도.

배현식은 속내를 털어놔야 함을 깨달았다. 이들은 한낱 모자란 놈의 사퇴조차 정면으로 바라보려 한다.

"전부 다 맞는 말씀입니다. 보통의 삶을 살았던 저로선 너무도 급격한 환경의 변화를 느껴야 했습니다. 적응에 실패했죠. 어쩌면 국민도 저와 같은 분들이 많으실 겁니다. 그리고 맞습니다. 지레 겁먹은 겁니다. 상대의 강함에 짓눌려. 그래서 더 자격이 없음을 깨달았습니다."

"흠…… 그렇다는데요."

"심사숙고하셨겠지만 제 귀엔 도움을 바라는 소리로 들립니다."

"솔직하고 담백한 분이시군요. 앞으로 일을 진행함에 있어 더할 나위 없겠습니다."

"용기를 일으킬 근거만 제시하면 될 일이군요. 저들을 어째서 두려워할 필요가 없는지 말이죠."

의외의 평가가 쏟아진다.

장대운이 다시 배현식을 보았다.

"이렇다는데요."

"……."

"이쯤에서 후임자로 지목한 우진기 비서의 말을 들어 볼까요?"

모두의 시선이 또 우진기에게로 향했다.

"저, 저는 사퇴 반대입니다. 배 수석이 있어 그동안 제가 마음대로 날뛸 수 있었던 겁니다. 저야말로 시민 사회 수석 자리에 어울리지 않는 사람입니다. 대통령님, 부디 배 수석의 사퇴를 막아 주십시오."

"이렇다는데요."

배현식을 쳐다본다.

"……"

"평판이 좋군요. 여간해서는 인간을 칭찬 안 하는 분들이 배 수석을 만장일치로 OK 했어요. 그렇다는 건 내부적으로는 전혀 문제가 없다는 뜻이죠."

"……"

"결국 일하다 느낀 버거움이 원인이라는 건데. 지레 겁먹음에 대해 우 비서는 아는 게 많을 겁니다."

"예!"

바통을 받은 우진기는 배현식이 어느 지점에서 주저함을 느끼고 망설였는지 적나라하게 털어놨다.

다 들은 장대운이 미소 지었다.

"배 수석은 일전에 내가 한 말을 잊었나 봅니다. 다시 말씀드리죠. 나는 처음부터 말했어요. 우리의 적은 외부에 있지 않고, 우리의 적은 바로 우리. 대한민국의 시스템이라고 말이죠."

"……"

"주적 개념을 잘 이해해 주시기 바랍니다."

"……."

갑자기 무엇을?

배현식의 미간이 살짝 찌푸려지려는 찰나.

"그래서 칼춤이 두려우십니까?"

"……!"

"그 칼춤 추다 자기가 찔릴까 겁이 나십니까?"

"……!"

"당연히 겁내야죠. 그 어깨에 국민의 권익이 달려 있는데. 나도 겁 없는 똥개는 사절입니다. 주제를 모르고 짖고 물고 이런 건 나부터가 쳐 냅니다. 즉 배 수석의 혼란을 이해한다는 뜻입니다. 그러나 경험해 보지 못한 삶에 대한 고민과 자아 성찰은 배 수석의 삶에서도 아주 중요한 과정일 겁니다. 이를 뚫어 내느냐? 이대로 잠식당하느냐에 따라 향후 삶의 질이 달라지겠죠."

"……."

"아! 이도 막무가내로 던지는 말이 아닙니다. 내가 그놈들보다 더 크니 할 수 있는 자신감의 표현입니다. 250조 원이요? 무척 큰돈이죠. 근데 내가 더 큽니다. 대통령이란 권력에 빗댄 내가 아닌 본연의 내가 그놈들보다 수십 배는 더 큽니다. 코끼리가 개미를 두려워하던가요? 아니죠."

"……."

배현식이 고개를 번뜩 들었다.

도대체 무슨 말을 하는 거냐고?

"이해가 안 가신다고요? 맞아요. 이해가 안 가겠죠. 나란 인간을 모르시니. 자, 250조 원의 자산이 돌아가죠. 그들도 문제지만 그들을 위해 일하는 이들은 또 얼마나 될까요? 생각만 해도 암담할 겁니다. 근데 말이에요. 그들이 한 덩어리던가요? 아니죠. 주 줄기는 열 손가락이면 다 셀 겁니다. 금세 열로 나뉘었네요. 이런! 한순간에 250조 원이 25조 원이 됐어요. 그 줄기에 따른 가지는 얼마나 될까요? 대충 열로 줄이면 하나당 2.5조 원이 되네요. 근데 코끼리인 나는 그대로 서 있어요. 안 그래도 개미였던 것들이 더 작아졌어요. 내 눈에 보이겠어요?"

"……아니겠습니다."

"내가 배 수석을 그 자리에 앉히며 무엇을 기대했을까요? 토르처럼 날아다니며 천둥의 묠니르를 휘두르라는 걸까요? 아니면, 수르트처럼 아스가르드를 멸망시키기라도 하라는 걸까요?"

"……바닥을 살피란…… 것입니까?"

"맞아요. 난 너무 높은 곳에 올라가 버렸어요. 내려가는 것이 오히려 더 큰 힘이 들 만큼."

"……."

배현식의 얼굴이 침중해진다.

침중하라고 말해 준 것이었다.

네 주제를, 네가 맡은 주제를 알라고.

"노자가 그랬대요. 뭘 하려는 놈한테는 아무것도 시키지 마라. ……살며 느끼는 건데 그 말이 옳은 경우가 참으로 많더라고요. 그런데 내 앞에서 안 하겠다는 사람이 생겼네요.

41

그 분야에서는 감히 누구도 거역 못 할 칼을 줬는데도 자기가 싫대요. 내가 그 사람을 어떻게 생각할까요?"

"혹시, 제가…… 더 마음에 드신 겁니까?"

"정답."

"……."

"사퇴 건은 일고의 가치도 없어 반려합니다. 그러나 물의를 일으켰으니 배 수석은 현 시간부로 일주일간 자숙하세요."

"예?"

갑자기 웬 자숙?

"출근하지 말란 겁니다. 집에 가서 반성하세요. 우 비서의 잔소리도 좀 듣고요. 우 비서도 출근 금지입니다. 상사를 어떻게 모셨길래 실의에 젖게 만듭니까. 일주일간 붙어 다니며 용기를 북돋워 주세요."

"옙!! 절대로 붙어 다니겠습니다!"

벌받으면서도 우진기의 입이 찢어진다.

장대운의 시선이 김문호를 향해 돌아갔다.

"이런 면에서 김 비서가 좀 심술 맞네요."

"갑자기 저는 왜……?"

"아직도 본인이 탄 배가 어떤 배인지를 모른다잖습니까. 대통령의 최최최최최측근이란 양반이. 이게 과연 누구 책임이에요? 내 책임이에요?"

"아. 그건……."

"잘못했죠?"

"제가 너무 소홀했습니다. 인정합니다."

본인이 그랬던 것처럼 천천히 흡수시키려 했던 게 오산이었음을 김문호는 인정했다.

"시간이 없어요. 재차 말하지만."

"죄송합니다. 제가 조금 더 움직이겠습니다."

"그 벌로 청와대 조찬 행사를 일임하겠습니다."

"알겠습니다. 바로 날짜를 봐 당 대표들을 모으겠습니다. 아 참, 일전에 언급하다 만 세법에 관한 처벌 규정도 기준을 마련해야 하는데. 이도 징역형으로 결정 보겠습니다."

"예, 조찬 하면서 계류 중인 법안들을 한 번에 처리해 보자고요. 이리저리 시간 끄는 놈들이 너무 많아요."

고개를 끄덕이던 장대운이 배현식을 보았다.

"뭐 하세요?"

"예?"

"안 나가요?"

"……?"

"징계를 내렸는데 이도 불복하시는 겁니까?"

"아! 아니, 그게……."

"죄송합니다. 죄송합니다. 아직 형님이…… 아니, 배 수석의 집 나간 얼이 안 돌아와서 그렇습니다. 제가 챙기겠습니다."

우진기가 얼른 배현식의 팔을 잡아끌었다.

그러고는 큰 소리로 외쳤다.

"대통령님. 앞으로 일주일간 절대적으로 반성하고 돌아오겠습니다. 저만 믿어 주십시오."

"그러세요. 다시 봤을 땐 달라진 얼굴을 기대할게요."

"옙! 맡겨 주십시오. 내가 오늘 일 형수님한테 이를 테니까 각오 단단히 해요. 어딜 감히 자기 멋대로 때려치우겠대."

배현식을 꾸짖으며 문을 나서는 우진기를 보는데.

나머지 사람들도 피식 웃었다.

뭔가 태풍이라도 지나간 듯 정신없다. 그러나 씁쓸함도 있었다. 결국 국민의 시선도 이와 다를 바 없을 테니.

"할 일이 참 많네요."

"그렇습니다."

"더 큰 것이 뒤에 기다리고 있음을 간과했다는 걸 인정합니다."

"힘내야지 않겠습니까?"

"맞아요. 이번 일로 우리 모두 느낀 게 있을 거라 봅니다. 최대한 보듬어 주는 정책으로 국민의 마음을 알아주세요."

"옙."

여론이 들끓었다.

중국, 과연 이대로 계속 가는 게 맞는지? 아니면 다른 전기를 마련해야 하는지?

무조건 응징이라 외치는 이들과 그래도 평화를 우선하자는 주장 속에서 광화문 시위를 하던 시민 단체가 중국과 관련해 이적 행위를 했다는 소식이 알려지며 또 한 번의 소용돌이가 쳤다.

시위는 그날부로 해산됐으나 경악은, 논란은 끝나지 않았고 전쟁은 온라인으로 넘어갔다. 중국과의 갈등을 반대하였던 이들을 상대로 무차별적 폭격이 이어졌다.

→ 요즘 정부는 너무 살얼음을 걷는 정책을 펴고 있습니다. 이는 우리의 평화를 해치는 행위임이 분명하며 자칫 잘못될 경우 끔찍한 전쟁이 벌어질 수도 있습니다. 우리는 이런 정부를 규탄해야 하며 상황을 어렵게 만든 장대운 대통령을 탄핵해야 합니다. 우리가 그를 대통령으로 올린 건 결코 전쟁하자는 게 아니었습니다.

ㄴ 하긴 요즘 무섭긴 하네요. 이러다 정말 전쟁 나는 건 아닌지.

ㄴ 맞아요. 잘살고 있는데 갑자기 왜 이러는지 모르겠어요. 정말 누구 말대로 미친 거 아니에요?

ㄴ 본색을 드러낸 거겠죠. 그동안 했던 게 다 가식이란 겁니다.

ㄴ 전쟁 나면 어떻게 되는 거죠? 나도 군대에 끌려가야 하나요?

ㄴ 다 끌려가겠죠. 총알받이로. ㅋㅋㅋ

ㄴ 하아…… 잘못된 대통령 하나 때문에 이 무슨 난리인지. 빨리 탄핵합시다.

ㄴ 중국과의 분쟁 때문에 경제는 물론 생활까지 무너지고 있어요. 더는 놔둬선 안 됩니다. 빨리 대책을 세워야 합니다.

ㄴ 어이, 너희들 장대운 대통령 탄핵해서 뭘 하려고? 어쩌

려는 건데?

ㄴ 매국노 놈들이 중국에 다 퍼 주려는 거지 뭐겠어요? 미친 게 누군지 모르겠네. 이 시점에 탄핵이라고? 정신이 있는 거야? 없는 거야.

ㄴ 시국이 어수선할 땐 중립 기어부터 박아랔ㅋㅋ

ㄴ 지켜보다 유리한 쪽에 붙겠다고? 중립 기어 아저씨, 세상이 그렇게 만만해? 너희 같은 것들 때문에 우리나라가 쭉쭉 뻗질 못하는 거야. 지금 누굴 탄핵하겠다고? 중국이 유리하면 중국에 붙겠네.

ㄴ 맞아요. 변절자들. 일제강점기 때처럼 이런 놈들이 나중에 더 나서겠죠. 사실 이런 놈들부터 때려잡아야 하는 거 아니에요?

ㄴ 뭘 때려잡아요. 중국 좋아하니 중국에 보내면 되지. 우리나라에 살 자격이 없는 기생충들 아닙니까.

ㄴ 박멸이 답이다.

ㄴ 그래도 전쟁은 안 되지 않나요? 전쟁을 막는 것도 아주 중요한 부분이에요.

ㄴ 윗사람, 너부터 해경에 보내 줄까? 거 영상 보니까 절대 그물질하러 온 놈들이 아니던데. 도끼 앞에 세워 줘? 날이 아주 시퍼렇더라.

ㄴ 너 같은 놈 때문에 저 짱꼴라 새끼들이 우릴 우습게 보는 거다. 지 맘대로 침입해도 암말도 못 해. 왜? 니네 집 문도 열어 주지?

ㄴ 게시자부터 잡아야 해요. 이놈도 이적 행위에 가담했을
겁니다.

ㄴ 어랍쇼. 게시자 아이디가 저쪽 커뮤니티랑 똑같네. 이
새끼가 계속 퍼 날랐구만.

ㄴ 정말 그러네요. 것 참, 뭘 하려면 최소한 아이디는 바꿔
주는 성의 정돈 보여야지. 양아치도 아니고.

ㄴ 어! 방금 뉴스 떴어요. 장대운 대통령이 그 해경들 분향
소에 찾아갔다네요.

ㄴ 정말요?

ㄴ 나도 찾아봐야겠네.

커뮤니티마다, 장대운 탄핵을 외친 곳마다 달려간 이들이
난리를 치고 있을 때 장대운은 언론에 알리지도 않고 순직한
해경의 분향소를 찾았다.

분향소에 있던 모두가 놀란 가운데 경건한 자세로 국화를
올린 그는 그 가족들을 만나 정중히 사죄하였다.

이는 모두 자기의 불찰이라고.

울며불며 매달리는 해경의 어머니를 안아 줬고 같이 울었다.

그리고 외쳤다.

국민을 보호하지 못하는 대통령이 무슨 소용이 있겠냐고.
앞으론 절대로 이런 일이 벌어지지 않게 하겠다고.

터지는 울분에 호응한 국민이 많아지고 여론 또한 절대 사
수!를 부르짖기 시작하자.

경제인들은 점점 더 암울해질 한중 관계를 예감이라도 한 건지 관자놀이를 짚으면서도 정부 정책에 순응하기로 한 방침을 공고히 하기로 결정했다. 안 그럼 탈탈 털려 쫓겨날 테니.

Chapter. 42

"한민당 주시정 대표께서 들어오셨습니다."

"민생당 강경호 대표께서 들어오셨습니다."

"국민당 김철수 대표께서 들어오셨습니다."

"자정당 오미연 대표께서 들어오셨습니다."

청와대 조찬 자리가 마련됐다.

명목은 국민 화합과 대통합을 위한 간담회였는데.

웃으며 점잖게 국물을 뜨던 장대운은 기자를 물리자마자 주시정 한민당 대표를 불러다 이런 말을 던졌다.

"주 대표님, 요새 당 관리 잘 안 하세요? 몇몇 비서 놈들이 신나게 날뛰던데. 이번 중국 이슈와 싸잡아서 쫙쫙 찢어 줄까요?"

"갑자기 무슨 말씀을……."

미간을 찌푸리는 주시정을 장대운은 삐딱하게 쳐다보았다.

"뒤에서 시위대 조종한 게 누군지 안다는 겁니다. 이 내가 그 증거를 손에 넣었다고 알려 주는 거예요."

"……!"

"어떻게? 실력 발휘 좀 해 줄까요? 한민당이 중국에 이 나라를 팔아먹으려 했다고?"

"대통령님……."

목소리가 떨렸다. 이놈도 알고 있었다는 얘기다.

"몇십 년째 같은 수법이잖아요. 카레가 한 번 맛있었다고 몇십 년간 카레만 줄창 만드니 발전이 있겠어요?"

"……대체 어쩌시려는 겁니까?"

"닥치고 따라오세요. 더 거슬리게 하면 중국이 아닌 한민당부터 쪼개 줄 테니까."

"……."

경고는 비단 주시정만이 아니었다.

민생당 강경호에게도 다르지 않았다.

"강 대표님."

"……예."

"이젠 전라도민, 광주시민들도 등 돌리기 시작했어요. 언제까지 무너진 외양간만 쳐다보고 있을 겁니까? 일 안 하세요?"

"……."

"계속 그렇게 허리만 세울 겁니까? 그동안 무슨 짓을 하고 다녔는지 다 까발려 줘요?"

"……."

"이 양반이 아직도 정신을 못 차리네. 왜? 나만 사라지면 다시 영광이 찾아올 것 같아요? 당신이 그 자리에 앉아 있는 건 내가 절제해서예요. 어지간히 해 먹었어야지."

"크으음……."

항복의 의사를 헛기침으로 하는 강경호였다.

눈을 스르르 까는 그에게 장대운도 더는 몰아붙이지 않았다.

"지켜볼 겁니다. 미래 청년당을 따라가세요. 고집 피우지 말고."

"……예."

나머지 국민당, 자정당에는 아무 말도 하지 않았다.

다음 차례를 기다리고 있는데 그저 식사나 더 들라는 제스처만 취할 뿐 어떤 언급도 하지 않자 그게 더 치욕스러운 두 사람.

욱 올라오는지 김철수가 움직이려 하자 오미연이 막았다.

'하지 마라. 무엇을 생각하는지 아는데 절대로 이빨 드러내지 마라.'

현 정국은 장대운 대통령이 꽉 움켜쥐고 있었다. 반기를 드는 순간 그나마 남은 사람들마저 미래 청년당에 빼앗길 것이다.

'왜 막습니까? 할 말은 해야지요.'

'잔말 말고 우린 조용히 밥이나 먹고 가죠.'

'왜요?'

'말 섞어서 좋은 꼴 나겠어요? 주시정이랑 강경호 당하는

거 못 봤어요?'

'크음……'

'지금은 장대운 판이에요. 장대운이 독하게 마음먹으면 우린 가진 전부를 잃을 겁니다.'

그제야 김철수도 마음이 진정됐다.

따지고 보면 무소속보다 세가 적은 국민당이 낄 자리가 아니긴 했다. 들러리 세운단들 항의할 입장도 못 되고.

'그럽시다. 괜히 말 섞어 봤자 좋은 꼴은 못 볼 것 같군요.'

'그래요. 잘 생각했어요.'

'그나저나 한민당이 이적 행위가 드러난 시위대와 관련이 있었습니까?'

'눈 가리고 아웅이죠. 뻑하면 성추행이니 섹스 스캔들을 내고. 아니, 모르세요? 쟤들 하는 거 뻔하잖아요. 앞에서 뻔뻔하게 웃고 뒤에서 헛짓하는 거. 남북통일을 표방한 주제에 북한과는 또 각을 세우고 말이죠. 아주 웃기는 당이에요.'

'흐음, 그럼 오 대표님은 향후 중국과 어떻게 될 것 같습니까?'

'전쟁이 날 거냐는 건가요?'

'예.'

'전쟁 그렇게 쉽게 안 납니다.'

'그렇습니까?'

'현무 미사일 1천 기가 오직 중국만 노리고 발사를 기다리고 있다네요.'

'그렇습니까?!'

'신뢰 있는 곳에서 나온 정보예요. 아마도 지금 한민당이 집권했다면 이 시국을 부풀려 국민을 더욱 불안으로 몰아 이득을 보거나 아님, 애초 이런 상황을 만들지 않았겠지만 장대운은 달라요. 저 중국도 절대로 함부로 못 할 겁니다. 진짜로 쏠지 모르니까요.'

'진짜로 쏜다고요? 그러면 더 위험한 거 아닙니까?'

'아니죠. 진짜 쏠 수 있다는 게 중국을 주저하게 만드는 겁니다. 우릴 쳤다간 지도 피 볼 테니까요.'

'후우~ 이거 보통 일이 아니군요. 하지만 국민적 불안도가 너무 높아졌습니다. 외국인 투자자도 빠져나가고.'

'저도 더는 잘 모르겠어요. 언제까지 벼랑 끝 전술을 구사할지…… 근데 일단 우리부터 살아야 하지 않을까요?'

대통령 당선 후 이상하게도 예민하게 구는 장대운이었다.

이런 모습은 전에는 전혀 볼 수 없었는데.

늘 여유 넘치고 늘 미소가 가득했던 남자가 말이다.

오미연은 의문이 컸다. 왜 이렇게까지 할까?

굳이 이렇게까지 안 해도 장대운은 삶 자체가 영광으로 가득하다.

자존심 세우려는 건 알지만. 너무 급격했다.

모든 일이 다 사전 준비가 필요할 텐데 외교는 물론 국회에 던지는 법안부터가 모든 게 파격이었다.

지금 대한민국이 그랬다.

정치, 외교, 행정, 세무, 국방, 생활 등 사회 전반에 영향을 끼칠 만한 법안이 수십 건 튀어나와 국회에 계류 중이다.

오늘 조찬의 목적도 같았다. 그것들을 빨리 통과시키라는 것.

누가 보면 독재 국가인 줄.

하지만 가장 강성으로 저지해야 할 한민당마저 묵묵히 듣고만 있었다. 시위대의 이적 행위와 관련 있음을 시사하는 장면이다. 민생당이야 종이호랑이 된 지 오래고.

그러고 보니 국회도 정상이 아니었다.

전부 장악당한 듯 보인다.

나름대로 자리를 지키고 있었다고 판단한 것이 실로 오판이었음을, 별것 아니었음을 이 순간 명확하게 깨닫는다.

'흐음, 게임의 시작이 아니라 이미 끝난 거였나?'

전후 사정이 모두 끝을 가리킨다. 120석에 가까운 미래 청년당과 80석의 한민당, 50석의 민생당.

1강 2중이나 2중이 모두 1강에 힘을 못 쓴다.

'어차피 끝난 판이라면……'

오미연은 차라리 편승하는 것도 나쁘지 않겠다 여겼다.

하긴 현 정치판에서 누가 장대운과 맞설까?

무슨 이익이 있다고 저 장대운을 거스를까?

맞섰던 이들은 모두 대차게 깨져 사라졌다.

30년 정치 인생을 여기에서 마무리할 순 없었다.

'그저 5년이 빨리 지나가길 바라야 하는 건가?'

그렇게 5년을 기약하는 평안을 꿈꿨건만.

그날 새벽, 기어코 일이 터지고야 말았다.

"뭐라고?! 뭐가 어찌 됐다고?!"

≪속보입니다. 해경이 중국 어선을 격침시켰다고 합니다. 오늘 새벽 한 시경…… 이십 척에 달하는 선단이…… 지금 군은 데프콘 Ⅱ 발령하고…….≫

즉시 미국 CNN을 틀었더니. 중국 대변인이 불을 토하는 장면이 반복해서 재생되고 있었다.

한국이 중국의 민간인을 학살했다는 내용이다. 선량한 어민을 공격한 거로 모자라 어선마저 격침시켰다고. 이는 명백한 국제법 위반으로 중국은 절대 묵과할 수 없고 응징으로 대처하겠다고.

발만 동동 구르길 얼마나 됐을까?

뭐라도 나올 줄 알았건만.

기다렸던 청와대에서는 일절 대응도 하지 않았다.

언론이 온통 중국 어선 격침과 중국의 노발대발을 다루며 국민적 불안을 일으켜도 남 일마냥 꿈쩍하지 않고 버텼다.

결국 중국이 동해 함대를 움직였음을 뉴스를 통해 듣고서야 청와대도 드디어 입장을 발표하겠다는 소식이 들려왔다.

귀추가 주목되는 가운데.

며칠 전 만난 장대운이 비장한 표정으로 나타났다.

역시나 그때처럼 동영상을 먼저 보여 준다.

정상적으로 단속하러 나서는 해경과 새벽 불빛을 밝히며

조업하는 중국 어선.

모르는 사람이 보면 평안하기 그지없는 장면이다.

해경이 사이렌을 울리며 경고한다. 너희는 지금 대한민국 영해를 침입했으니 얼른 나가라고. 들은 척도 안 하고 전처럼 지들끼리 대형을 짜는 어선들, 이십 척. 열 척이 더 늘었다.

다시 한번 경고가 나간다.

≪이는 실제 상황입니다. 중국 어선은 불법 조업을 그만두고 물러나세요. 우리가 받은 명령은 격침입니다. 더 버티면 우린 당신들을 수장시킬 수밖에 없습니다. 다시 경고합니다. 이는 실제 상황입니다. 어서 그만두고 물러나세요.≫

숫제 소귀에 경 읽기다. 어지간하면 움찔하고 멈출 만도 할 텐데 총부리를 겨눠도 태평하다.

위협사격을 가해도 움직일 생각이 없다.

안 쏠 거라 믿는 것이다.

동영상이 잠시 멈췄다.

이번엔 해경이 죽었던 당시의 동영상이 재생됐다.

단속하러 들어갔다가 갈고리와 도끼, 식칼에 공격당했던 순간. 춘추관에 비명이 울렸다.

다시 원 동영상이 재생됐다.

함장이 본부에 명령을 다시 확인하고 또다시 경고가 나갔으나 여전히 조업 중인 중국 어선들.

그리고 발포의 순간 재생이 멈췄다.

"질문받겠습니다."

한쪽에 있던 금발의 외국 기자였다. 응해 주니.

"워싱턴 포스트의 앨런 맥도넬입니다. 방금의 영상을 보더라도 민간인을 대상으로 공격한 게 분명한데 한국의 입장을 말씀해 주십시오."

"민간인 공격이요? 당신은 눈을 폼으로 달고 다니세요? 민간인이 저렇게 대형을 이루고 남의 나라 준군인을 죽인답니까? 저들은 중국의 전위 부대입니다. 한국을 도발하라는 중국의 특수 임무를 띤 부대죠. 그렇기에……."

"증거가 있습니까? 저들이 중국 당국으로부터 명령을 받은 거라는."

말을 끊어 버리는 앨런 맥도넬에 장대운의 고개가 삐딱하게 돌아갔다.

"우리더러 증거를 내놔라? 왜 피해자한테 증거를 제시하라는 건지 모르겠네요. 미국은 강도 잡은 시민한테도 그 강도가 강도질하려 한 건지 증거를 내놓으라 하나 봐요. 집에 들어온 순간 탕! 즉결 아닌가? 그리고 그런 건 당신들이 찾아야죠. 중국 대변인의 일방적인 주장은 그대로 내보내면서 왜 한국에는 몰상식하게 구는 건지 모르겠네요. 이게 워싱턴 포스트의 공식 입장입니까?"

"저희는 진실을 알리고자……."

"진실이 알고 싶었다면 저 어선들이 어디에서 출항했고 그

선장들이 어떤 출신에 누구와 접촉했고 언제부터 이런 일을 기획했는지 조사부터 했을 겁니다. 그냥 만만한 한국을 물어 뜯고 싶어 하는 건 아닙니까? 조사하기 싫다면 양국의 말이나 옳게 실어 나르세요. 쓸데없는 참견일랑 말고."

"말도 안 되는 주장이십니다. 미국은 평화를 사랑하……."

"아주 웃기네요. 아까 말했듯 미국에선 칼 든 놈에게 총질부터 하는 거로 알고 있는데 틀린 건가요?"

"……예?"

"누가 허락도 없이 집안에 들어오면 총으로 갈겨도 되는 나라잖아요. 그걸 오히려 장려하고 칭찬하는 거로 알고 있는데 아닌가요?"

"논점을 흐리지 마십시오. 중국 어선에 대한 공격은 UN 인권법에 저촉되는 행위로서……."

"그놈의 UN 인권법이 제일 유린당하는 나라가 미국 아닙니까. 사람한테 총은 왜 쏘죠? 말로 하면 되잖아요. 상대가 칼을 들고 있든, 도둑질을 하러 왔든, 평화적으로 왜 그러냐? 이러면 네 양심에 찔리지 않냐? 설득하지 않고요."

"이 일은 미국과 아무런 관련이 없……."

"어이, 앨런 맥도넬이라고 했나?"

장대운이 말을 잘랐다.

"……."

"우린 침략당했어. 이 상황에 네 판단이, 네 인권에 대한 가치관이 그렇게 중요해? 그럼 이라크엔 미사일은 왜 던졌냐?

쿠바는 왜 손에 쥐고 안 놓으려 하고. 멕시코는 왜 분열시켜?"

"……!"

"아, 뭐, 다 좋아. 너는 다른 사람이라고 치자. 너는 정말 인격이 훌륭한 사람이니까 기회를 주겠어. 중국 어선 조업 나올 때 해경 배에 태워 줄게. 네가 제일 먼저 중국 어선에 오르겠다면 네 의기 하나는 인정해 줄게. 어떻게? 시도해 볼 생각 있어?"

동영상이 다시 재생됐다.

쇠꼬챙이, 칼날이 난무하는 장면으로.

대답을 못 한다. 그랬다. 종군 기자는 아무나 하나?

장대운은 비웃어 주었다.

"주둥이로 외치는 건 누구나 하겠죠. 그러니까 앨런 맥도넬 씨, 너희 나라나 잘하세요. 너흰 아직도 경찰이 흑인 검문할 때 무릎으로 목을 짓누르잖아요. 흑인은 사람이 아니에요? 검문할 거면 얌전히 검문만 하면 되지 왜 사람을 개돼지 취급해요. 그러다 진짜 큰일 납니다. 경동맥 막히면 사람이 죽어요. 이건 인권법에 안 걸려요?"

"……."

"하지만 총기를 갖추지 않은 민간 어선을 상대로 무차별적인 공격을 하는 건 잘못됐지 않나요?"

다른 기자가 끼어들었다.

"당신은 누구입니까?"

"르몽드의 장 피에르 기자입니다."

"르몽드면 프랑스네요."

"예."

"베트남에 식민지 건설하며 수많은 베트남 국민을 살상한 나라가 갑자기 웬일이래요? 프랑스도 중국을 침략하지 않았나요? 거기 살던 선량한 사람들을 죽이고 영토 빼앗고 그 돈으로 배를 떵떵 불리며 산 거로 알고 있는데 내가 잘못 안 겁니까?"

"그…… 얘기는 지금의 논란과 아무런 상관이 없는……."

"우리가 침략했습니까?"

"……."

"우리는 방어한 것뿐이에요. 그 잘난 인권으로 대했다가 소중한 국민이 죽임을 당했어요. 나는 대한민국 통수권자로서 그 흉악한 배에는 절대로 우리 국민을 태우지 않을 겁니다. 그렇다고 우리의 귀중한 자원을 저리도 깡그리 수탈하는 걸 지켜봐야만 하나요? 물론 장 피에르 기자라면 당신 집에 쳐들어온 강도에게 처자식까지 내줄 줄 모르겠지만 말이죠. 아 참, 제멋대로 가져간 한국 문화재나 돌려줘요. 이게 뭐 하는 겁니까? 왜 남의 문화재를 너희가 갖고 계세요?"

"……."

그때 또 누가 손 들려고 하였다. 명찰이 BBC였다.

장대운은 되레 반겼다.

"오, 영국이 또 나서려네요. 왜 안 나서나 했습니다. 여러분도 궁금하죠? 영국이 어떤 개소리를 지껄일지. 농약을 가습기 살균제로 둔갑시켜 우리 한국 국민을 학살한 나라죠? 영국 여왕이 직접 와서 무릎 꿇었던 날을 기억합니다. 해가

지지 않는 나라라고 떠벌리며 수천 년간 조상이 물려준 땅에서 잘살고 있던 민족들을 몰살시키고 노예로 부리던 이들이 또 어떤 감언이설로 세간을 농락할 건지 궁금하네요. 자, 말씀해 보세요. 경청하겠습니다."

"……."

도로 손을 내린다. 비웃어 준 장대운은 카메라를 보았다.

"지금 중국이 동해 함대를 움직였다는 보고를 받았습니다. 이 시점, 나는 중국에 묻고 싶습니다. 이봐. 장리쉰. 겨우 그거로 되겠어? 둥둥 떠다니는 고철 덩어리 보낸다고 내가 눈 하나라도 깜짝할 것 같아?"

장리쉰은 중국 주석이었다. 역대 주석 중에서도 손에 꼽을 만큼 강력한 권력을 행사하는.

춘추관이 순식간에 조용해졌다.

"와 봐. 가장 먼저 네가 자랑하는 동해 함대부터 수장시키고 다음은 북경의 중난하이를 세상에서 지워 주지. 그다음은 상해다. 아 참, 그다음은 상관없나? 어차피 너는 세상에 없을 테니. 그냥 들어라. 상해 다음엔 중국의 동해안을 잇는 벨트를 황무지로 만들어 줄 거야. 이 방송을 보는 모든 중국 동해안 도시에 사는 우리 동포와 외국인 그리고 중국의 인민들에게 말씀드립니다. 어서 빨리 대피하세요. 당신의 머리 위로 미사일이 떨어질 겁니다. 콰쾅 하고 말이죠."

새로운 동영상이 재생됐다.

현무 미사일 수십 기가 일제히 방향을 트는 장면이었다.

그 방향이 정확히 서쪽을 가리키는 걸 나침반으로 보여 줬다.

"여기 우리 기특한 녀석들을 소개합니다. 사거리 1,000km
에 탄두 2t짜리로 개량된 현무-ⅡC입니다. 아주 귀엽죠? 이
녀석들이면 중국 동부는 완전히 초토화될 거예요. 우린 이런
녀석들이 수천 기 있거든요. 이뿐입니까? 더 강한 현무-Ⅲ는
어떤가요? 현무-Ⅳ도 있습니다. 국민 여러분 다시 말씀드리
겠습니다. 중국 별거 아닙니다. 애들 전쟁이 뭔지도 몰라요.
국공 내전 때 싸운 애들 전부 죽었어요. 우리 영토에 포탄 하
나라도 떨어지는 순간 저 중국은 근대로 돌아가게 될 겁니다.
미싱이나 돌리던 그 시절로 말이죠."

◇ ◆ ◇

"일단 블러핑은 했는데 분위기가 어떻습니까?"

미국 언론 망신 주고 프랑스 언론 구박하고 영국 언론을 무
시한 일이 전 세계로 퍼져 나갔다.

상당한 반향을 일으켰다.

저마다 알고는 있지만. 감히 입 밖으로 꺼내지 못했던 불
문율에 가까웠던 과거사를, 서양의 만행을 대놓고 들춰낸 것
이니 당사자들이야 당연히 불편한 기색을 드러내는 건 당연
했고 그들의 손에 피해를 입었던 국가와 민족들은 한국 최고
라며 엄지를 추켜세우는 것도 마찬가지였다. 특히 스프래틀
리 군도로 중국과 영해 분쟁이 난 동남아시아 국가들은 모두

한국의 손을 들어 주었다.

사실 이도 개또라이 짓에 일환이었다.

앞을 향해 나아가도 모자랄 판에 서양과 척진 거로 모자라 중국의 머리에다 미사일을 꽂겠다 말한 대통령이었다. 저 중국을 미싱 돌리던 시절로 돌려보내겠다고.

당장 단교해도 모자랄 행보라.

제정신이 박힌 인간이라면 한국이 갑자기 왜 저러나 혼란스러울 것이다. 이러다 정말 동아시아에 전쟁이 벌어지면 어떡하나? 그로 인해 벌어질 일들은 감당 가능한 것인가?

한중 전쟁이 벌어지는 순간 좋아할 일부 국가는 모르겠지만 제대로 된 상식과 보편적 인류애라는 걸 교육이라는 인간개조 프로젝트를 통해 DNA에 박은 지성인이라면 우려의 목소리를 내는 게 옳았다.

하지만 그렇다 해도 물러설 수도, 양보해서도 안 될 것들은 존재하였다.

세상의 논리는 하나를 타협한다고 해서 그 입장을 겸허히 여기지 않는다. 도리어 남은 하나까지 노리며 달려들기 바쁘지.

결국 두려움의 문제였다. 죽을지 모른다는 공포.

주가가 요동치고 중국몽을 꿈꾸던 기업들이 와르르 무너지고 중국의 투자를 받으려던 엔터테인먼트 산업이 휘청였다. 그 여파가 다른 사업에도 영향을 끼치며 도미노처럼 중국과 이뤄 놓은 체계가 박살 나고 있었다.

수많은 성토가 언론을 통해 귀에 들어왔고 또 들어왔다.

가슴이 아팠다. 치솟는 분기와 울분에 나를 맡겨 저 중국 놈들의 아구리를 두 대, 세 대 때려 주고픈 마음이 하루에도 열두 번씩 올라왔건만.

견뎠다. 이 고통이 과연 한국만의 몫일까? 하고.

아닐 것이다. 북경의 전경과 상해의 풍경과 대비되는 수백 기의 미사일과 그 발사 장면이 반복적으로 송출됐다.

언제든 너희가 그리도 자랑하는 것들을 먼지로 만들어 버릴 수 있음을 주지시키고 있었다.

그렇게 중국인에게 물었다.

- 너희 정말 피 한 방울 안 흘리고 한국을 이길 수 있겠니?
- 한국이 마음먹으면 너흰 거지 시절로 돌아가는 거야. 각오는 됐니?

한국쯤 아무런 문제없이 이길 수 있다던 믿음에 의혹을 제기시켰다.

의혹은 정부가 가리던 진실을 목도하게 하였고 실상을 드러나게 할 것이다.

- 저 미사일 중 하나라도 자기가 사는 아파트에 떨어진다면?

자기 직장, 자기가 사는 고장에 수십 기의 미사일이 떨어진다고 한다. 한국발 소식으로는 저 현무 미사일 몇 기만 떨어져도 축구장 수십 개에 달하는 면적이 초토화된다고.

전쟁이 벌어지는 순간 동쪽 해안가 도시에 사는 이들은 전부 죽는다는 소문이 온라인을 타고 급속히 돌았다.

도시가 흔들릴 만큼 큰 불안감이 번졌다. 슬슬 가방 싸는 이들이 늘어났다.

단지 이것만의 문제일까?

중국이 한국의 아주 큰 교역 상대이긴 하지만 중국도 역시 마찬가지였다. 중국은 옆에 한국이 있었기에 이만한 발전 속도를 낼 수 있었다. 20년이 넘는 수교 기간 동안 얽히고 얽힌 게 너무 많았다. 당장 한국이 빠진다면 감수해야 할 것들은 더더욱 많아질 테고 이는 정권의 유지에도 치명적인 악재로 작용할 것이다.

그리고 중국은 한국의 말대로 가진 부의 대부분이 동쪽 해안가에 몰려 있다.

진짜 전쟁이 난다면…… 저 한국이 정말 동부 해안가 도시를 무차별적으로 폭격한다면…… 중국은 말 그대로 수십 년 후퇴해야 할 것이다. 물론 한국도 죽겠지만.

한국이 잃어야 할 것에 비한다면 중국은…… 어쩌면 하이에나처럼 달려들 서양 국가들 사이에서 청나라 말기를 재현해야 할지도 모르겠다. 그때보다 훨씬 더 악랄해진 그들을 상대로.

"일단 중국 동해 함대 쪽 움직임은 멈춘 것 같습니다."

"흐음, 현무가 먹혔다는 거네요."

"제대로 먹힌 거죠."

사정이 나아진 건 아니었다. 현무 미사일 수백 기가 기동하는 장면은 장대운의 말 그대로 블러핑에 가까웠다.

장부상으로 6천 기나 되는 미사일이 있다고는 하나 쓸 수 있는 건 거의 반 토막.

부랴부랴 정비하고 연료를 채운 게 겨우 1천 기다.

사실상 전력의 대부분이라 해도 과언이 아닐 정도로 현 국방부의 장비 관리 체계는 형편없었다.

"현무-I은 퇴역했고 사거리 300km인 현무-ⅡA는 북한 전용이고, 사거리 500km 현무-ⅡB도 북한 전용. 암담한 와중에 웬일로 현무-ⅡC가 사거리 1,000km에 탄두 2t짜리로 개량돼 있었습니다. 희한한 일이 아닐 수 없었습니다."

"나도 서범주 장관의 보고를 받고 아연실색했는데 현무-ⅡC 덕에 겨우 마음을 잡을 수 있었어요. 탄도 미사일이 아니면 저 중국에 먹히지 않을 테니까요."

탄도 미사일 참으로 무섭다.

그런데 현무-Ⅲ는 순항 미사일 체계였다. 현무-Ⅱ와는 달리.

공중에서 종으로 내리꽂혀 파괴력을 높인 것이 아니라 횡으로 날아가 타격하는 형태.

궁하다면 그거라도 퍼붓겠지만 요격당할 가능성이 컸다. 중국이 등신도 아니고 놔둘 리 없는 데다 순항 미사일은 명중해도 파괴력이 현저히 떨어진다.

현무-Ⅳ의 상태도 입맛이 썼다. 4번째 버전이라 해서 뭐 대단한 걸 기대하였더니 그냥 현무-Ⅱ에서 파괴력과 응용력에서 조금 더 나아간 것뿐이었다. 줄창 지대지 미사일만 바라보던 것에서 함대용, 잠수함용으로 뻗어 나간 것.

수량도 너무 적어 전장에 영향을 끼치기엔 애매했다.

즉 현 대한민국 국군 주력 미사일은 현무-II라고 보는 게 옳았다.

"그마저도 제대로 관리하지 못해 절반은 못 쓸 정도로 썩어 버리고."

1천 기라 주장하는 것도 대충 현무-IIB랑 섞어 놓은 것이다.

실제는 6백 기가량.

이래서 내부의 적이 무섭다.

"나라에 기생충들이 너무 많아요. 국가 반역죄 개정에 대한 건부터 최대한 빨리 움직여 주세요."

"알겠습니다. 각 당 지도부에 독촉하겠습니다."

동해 함대가 행동을 멈추었다고 중국이 움직이지 않는 건 아니었다.

살짝 안심한 사이 다른 일이 벌어졌다.

중국 공산당 당적에는 이름을 올린 인간만 8천만 명이었다.

그 8천만이 11억의 인민을 지배하는 구조인데.

고로 사안에 따라 마음먹으면 움직일 인간이 최소 3억 이상이라는 얘기다.

쾅.

"뭐라고요?!"

장대운이 탁자를 내려쳤다.

김문호가 서둘러 보고하였다.

"지금 한국 기업과 한국인에 대한 무차별적인 테러가 벌어지고 있습니다. 중국 언론이 혐한을 부추기고 그에 따라 중국 여론이 한국인에 대한 극렬한 반감으로 돌아섰습니다."

자료를 가져왔는데 몰매 맞는 한국인과 불타는 한국 상점과 태극기…… 파업.

"하아…… 그래서 중국 정부는요?"

"자기는 모르는 일이라고 합니다. 이는 모두 인민들의 애국심에 의한 발로라고."

"……"

장대운의 입가가 차갑게 비틀렸다.

"이것들이 진짜 해보자는 거네요."

"……예."

"일전에 준비하라는 건 어떻게 됐나요? 시설부터."

"완료 상태입니다."

"진행하세요."

명령이 떨어졌으나 김문호가 주저한다.

"아…… 진짜…… 그러면 단교가 될지 모릅니다."

"우리가 먼저 했나요?"

"……아닙니다."

"총동원하세요. 우리도 우리나라에서 중국인을 소개합니다."

"옙."

제일 먼저 군이 움직였다.

우르르 몰려가 차이나타운과 인천 일대를 봉쇄했고 서울, 경기, 부산 주요 거점뿐만 아니라 서해안 항구마다 자리 잡고 중국인을 색출해 댔다.

뒤이어 경찰도 수색에 뛰어들었다. 전국 각지에 흩어져 있던 중국인들을 일일이 찾아내 잡아들였다.

공무원들도 동참했다. 유학생 등 비교적 신원이 확실한 중국인들을 상대로 곱게 잡아들였다.

이 일이 또 한 번 거대한 논란을 일으켰다. 대한민국 정부가 중국과 관련된 모든 사업을 올 스톱시킨 것이다.

죄의 유무와 상관없이 중국인이라면 전부 잡아들이는 행태에 세계의 언론도 이것만큼은 편들어 줄 수 없다는 듯 연신 한국을 성토했다.

자랑스러운 민주주의 국가가 독재화되고 있다고.

중국도 그에 힘입어 당장 한국 내 중국인의 탄압을 멈추라고 하였지만. 청와대는 묵묵부답.

내부적으로 이미 잡아들인 중국인에 대한 세분화 작업에 들어갔다.

혼란에 혼란에 혼란을 더한 시기를 인내하고 견딘다.

그렇게 하나하나 잡아 걸러 내고 걸러 내길 한 달.

그리고 독한 한국 기업마저 더는 중국인의 등쌀에 버티지 못하고 철수에 철수를 거듭 시작할 무렵,

장대운은 다시 춘추관에 섰다.

"요즘 이 자리에 너무 많이 서는 것 같습니다. 제가 아나운

서도 아닌데 말이죠. 여튼, 장부상으로 기록된 한국 내 중국인의 숫자가 86만이라고 합니다. 그런데 싹 다 잡아 놓고 보니 120만을 훌쩍 넘어 150만에 가깝더군요. 거의 절반이 불법 체류자였어요. 범죄자들이었습니다. 물론 정상적인 체류자도 있는데 이들의 애국심이 보통이 아니더군요. 올라오는 보고서를 보면서 저는 도무지 이해할 수가 없었습니다. 어떻게 중국인은 모였다 하면 그 지역이 우범화되고 슬럼화되는지. 각종 범죄의 소굴이 되는지 말이죠."

고개를 절레절레하는데. 누가 못 참고 손든다.

미국 기자였다.

"질문 시간은 따로 있는데 브리핑을 끊다니 무례하시네요."

"죄송합니다. 마음이 급해 저도 모르게 손 들고 말았습니다."

사과하고 얼른 내리지만 장대운도 맥이 끊겼다. 끊긴 김에.

"그래, 질문이 뭡니까?"

"아, 예. 중국 국적을 가졌다면 예외 없이 조사하고 있다는 소식을 들었습니다. 중국인을 이토록 핍박하는 이유에 대해 자세히 듣고 싶었습니다."

"기자분의 단어 선택이 너무 중국스럽군요. 중국의 지시를 받았습니까?"

"예?!"

"분명 백인인데 말투가 너무 중국스럽잖아요. 중국인을 위해 일하는 것처럼."

"아닙니다. 오해하시면 곤란합니다. 저는……."

"난 원래 당신을 오해할 것도 없고 당신을 오해했다고 해서 내가 곤란할 일도 없어요. 당신이 뭐라도 되는 줄 아십니까?"

"그건……."

"핍박이라고 했습니까? 중국 내 한국인이 어떤 꼴을 당하고 있는지 모르세요? 그런 소양으로 어떻게 이 자리에 왔을까요? 보니까 워싱턴 포스트네요. 요새 워싱턴 포스트가 이상하네요. 워싱턴 포스트마저 중국에 지시를 받습니까? 왜 이렇게 친중국이죠? 쫓아내고 싶게."

"지금 대통령님의 발언은 워싱턴 포스트에 대한 심대하고 중대한 이미지 훼손입니다. 사과해 주십시오."

당당하게 사과를 요구하나. 상대는 장대운이다.

"사과는 무슨. 주둥아리만 놀리면 단 줄 아나. 가짜 언론 주제에."

"예?!"

"막 시작하는 대통령 브리핑을 끊고 일방적으로 중국 편을 드는 게 너희 명예입니까? 어디서 배워 먹은 버르장머리인지 모르겠네요. 저 기자 쫓아내세요. 그리고 워싱턴 포스트에 알립니다. 기자를 보내려면 좀 역량이 있는 기자를 보내세요. 이게 뭡니까? 질 떨어지게."

쫓겨나는 미국 기자에 다른 기자들의 표정이 좋지 않았다.

언론을 이렇게나 막 대할 수 없다는 건데.

일견한 장대운은 상관없이 브리핑을 이으려 했다.

그러다 멈췄다.

"150만이란 엄청난 숫자가 우리 땅에 들어와서…… 하아…… 정말 짜증 나네요. 여러분은 상식이 없나요? 중국은 한국인을 테러하고 한국 기업에 불 지르고 우리의 상징인 태극기에 오줌을 갈겨도 괜찮고 우리가 좀 움직이면 핍박입니까? 이게 무슨 개 같은 논리인지 모르겠네요. 생각 같아선 저 워싱턴 포스트 본사에다 미사일을 한 방 던져 주고 싶어요. 어떻게 치워도 치워도 날파리 같은 것들은 계속 나타나는지."

워싱턴 포스트를 다시 찌라시 취급해 준 뒤에야 장대운은 집중에 들어갔다.

"시작한 김에 중국과 관련한 모든 것을 조사하였습니다. 입국자와 출국자의 대조부터 사업차 온 이들, 아주 오래전부터 차이나타운에 자리 잡았던 이들, 자금의 움직임도 일정 금액 이상은 전부 조사에 들어갔습니다. 아주 놀라운 결과가 나오더군요."

기자들도 포기하고 점점 브리핑에 집중하는 이들이 많아졌다. 한껏 정색하던 장대운이 돌연 웃었다.

"중국이 아주 귀여운 프로젝트를 진행하더란 말입니다. 저는 이걸 이렇게 불러 봤습니다. 한국 병합."

타이핑 속도가 급속도로 빨라졌다.

"칼부림, 마약, 인신 매매, 불법 장기 매매…… 21C를 달리는 대한민국 안에서 이런 일들이 버젓이 자행되고 있더라고요. 불리할 땐 한국과 동포인 척 유리할 땐 중국인이라 외치는 조선족들을 앞장세워서 말이죠. 물론 생 중국인들도 그에 못지않았습니다. 아주 더러웠습니다."

장대운은 지도를 꺼내 손가락으로 일일이 짚어 줬다.

차이나타운, 대림동, 가리봉동, 안산 중국인 거리 등등.

"이 네 지역은 밤에 한국인이 못 들어간다고 하더군요. 흑사회 같은 애들 설치고 그러고 보니 베트남 갱도 보통이 아니라는 보고를 받았습니다. 한국에 한국인이 못 들어가는 중국인들의 성지가 있다는 게 이 무슨 해괴망측한 일인가 했습니다."

장대운은 또다시 지도의 여러 곳을 손으로 찍었다.

"제주도 신화리조트, 평택 현덕지구 개발 사업에 중국 신화 도시가 예정돼 있고 강원도에도 차이나타운이 입점할 계획이 돼 있더군요. 그것들을 거점으로 이 한국을 먹어 보겠다. 난리를 부립니다. 이뿐입니까? 지난 몇 년간 한국 부동산을 취득한 8만여 명의 외국인 중 절반이 중국인이더군요. 자기들끼리 마구 웃돈을 올리는 바람에 부동산이 널뛰기를 했어요. 물론 검은 머리 외국인 놈들도 한몫하였고요. 그놈들도 각오해야 할 겁니다."

타다다닥. 타다닥.

어느새 춘추관엔 타이핑 소리만 존재하게 됐다.

"요새는 금융 돈놀이에 열중하더군요. 뒤가 없는 조선족, 흑사회 놈들이 끼어들어 마구 칼을 휘둘러요. 저리로 빌려주는 돈에 우리 한국인 인생을 저당 잡히는 거로 모자라 장기까지 탈탈 털립니다. 벌써 수천에 달합니다. 미친 거죠. 겁이 없어요. 그동안 얼마나 우리나라가 우습게 보였으면 중국 공안에 쫓기는 놈들마저 한국에 터를 잡고 새 삶을 시작해요. 더 웃긴 건 중국 정부예요. 아예 한 술 더 더요. 통칭 MSS라고 하죠? 중화인민공화국 국가안전부 요원 수십 명과 로비스트, 그들을 위해 일하는 중국인 수백 명이 대놓고 활동하더라고요. 그놈들이 뭘 하고 다니는지 증거를 잡았습니다."

기자들의 얼굴에 점점 경악이 일었다.

어느 나라건 정보 요원이 활동한다는 건 거의 불문율이었다. 큰일이 아닌 이상 보통 알고도 모른 체하는데.

이 자리에서 그 얘길 꺼냈다는 건 이적 행위에 대한 증거를 잡았다는 뜻과 같았다.

역시나.

"얘들이 우리나라에 들어와 뭘 했을까요? 수백 명씩이나 되는 조직을 만들고 그 조직을 체계적으로 관리해 온 이유가 뭘까 궁금하지 않으십니까? 맞습니다. 근래 들어 산업 스파이가 난리죠? 이놈들이 대만이고 중국이고 한국인 기술자들을 빼돌리고 기술 빼돌리고 쓸 만한 정치권에 행정에 경찰에 돈 뿌리고 분탕질을 쳐댔더군요."

기자들의 입이 벌어졌다.

대통령 입에서 중국 정보 요원이 이적 행위를 했다는 말이 나왔다. 이는 흑사회가, 마피아가, 갱이, 마약하고 칼부림하고 하는 암흑가 얘기 수준이 아니었다.

국가적 분쟁 사유였다.

"이뿐인가요? 얼마나 친절한지 우리 민생에도 아주 깊게 관여돼 있더라고요. 보이스 피싱 조직에, 마약이랑 빚으로 여자를 잡아 성매매를 시키는 조직에, 불법 체류자로만 이뤄진 폭력 조직에, 돈세탁만 전문으로 하는 조직에, 불법 하우스 조직에, 장기 밀매 조직에 더러운 건 전부 이 개 같은 놈들이 관여돼 있었다는 겁니다. 중국 정부 소속 놈들이 머리로 예하 조직을 통제하고 있었다는 거예요. 저 중국이 우리 한국을 이렇게나 속에서부터 곪게 하고 있었답니다!"

연간 보이스 피싱 피해액만 7천억 원에 가까웠다.

한 푼 두 푼 모은 알토란 같은 돈이 엿 같은 수작에 엿 같은 놈들에게 흘러들어가고 있었다. 이렇게 빼돌린 돈을 또 전문적으로 세탁하는 놈들이 붙는다.

마약, 빚으로 얽혀 성매매에 동원된 여자들은?

그들이 번 돈은?

무슨 일만 생기면 칼부터 들고 쫓아오는 불법 체류자 폭력 조직은?

불법 도박장은?

장기 밀매는?

나열하는 것만으로도 입이 더러워지는 기분은 비단 장대운의 것만이 아니었다. 기자들도 동조되는지 하나같이 미간을 찌푸렸다.

"이것뿐인가요? 이놈들 하는 짓이 아주 재밌습니다. 얼마 전까지 중국인 관광객 즉 유커들이 마구 몰려왔죠? 애들도 당했더라고요. 한국에 와서 한국 식당에서 밥 먹는데. 이게 한국 식당이 아니에요. 무늬만 한국 식당이고 중국인이 주인이에요. 삼계탕 한 그릇에 5만 원씩 받습니다. 비빔밥 한 그릇에 10만 원 받아요. 불고기 한 줌 구우면 20만 원, 30만 원 달래요. 한국의 누가 비빔밥 한 그릇에 10만 원 주고 먹는답니까? 맛도 더럽게 없는 데다 된통 바가지 쓰고 돌아가니 열받죠. 그 사람들이 한국을 욕하는 겁니다. 한국 더럽다고 말이죠. 돈은 중국인이 버는데. 이것도 이놈들이 악의적으로 만들었더란 겁니다. 이렇게 되도록. 한국의 이미지를 망가뜨리려고."

기가 막히다는 듯 웃는 장대운에 동화된 기자들은 하다 하다 이젠 별 얘기까지 다 듣는다는 듯 고개를 절레절레 저었다.

"하등 도움이 안 되는 나라입니다. 중국이란 나라는. 겨울만 되면 미세먼지가 겁나게 날아와요. 우리 국민 폐가 우리 잘못도 아닌데 망가져요. 애들은 무슨 세계 경영을 하겠다며 수억 명이 아직도 아궁이를 땝니다. 석탄이죠. 나무는 진즉 사라진 지 오래입니다. 발전시킬 생각이 없어요. 북경의 대기를 보세요. 바로 앞이 보이지 않을 정도로 시커멓습니다. 자국민들 다 죽어 나가는데도, 옆에 있다는 이유로 다른 나라가 괜한 피해를 입는데도 아무런 조치도 하지 않아요. 자기 땅에서 1천 km 떨어진 섬 하나는 먹으려 그 지랄을 떨면서 말입니다."

아전인수도 이런 아전인수가 없다.

중국 불법 어선을 단속하다 사망한 해경에 대한 언급도 없다. 재발 방지를 위한 움직임은 더더욱 없다.

이러니 단속하면 뭐 하나?

잡아 봤자 선장과 어부는 인도적 차원에서 돌려보내야 하고 압수한 배는 마음대로 처리도 못 한다. 쓰레기. 보관하는 게 돈이 더 드는.

그래서 보이는 족족 침몰시키라는 명령을 했다.

들어오면 뒈진다는 인식을 심어 주려.

중국은 어부만 500만 명이었다. 확률적으로도 개새끼가 그만큼 많이 섞여 있다는 것이다. 그놈들이 서로 경쟁하며 저인망으로 긁어 대는데 중국의 해양 자원이 남아나겠나?

반면, 한국 쪽 바다는 저인망을 쓰면 불법이다.

걸리는 순간 수산업에 종사했던 게 평생의 후회가 되게 만들어 준다.

바로 옆에 깨끗한 어장이 있는 것이다.

얼마나 좋아 보이겠나?

지들 앞바다는 아무리 긁어도 나오는 건 피라미밖에 없는데 한국은 조금만 위험을 감수하면 노다지가 쏟아진다.

90년대 말에 슬슬 간 보던 것이 북한이 자기 영해 조업권을 중국에게 판 이후 극심해졌다.

숫제 배째라 였다. 중국 정부조차 개개인의 범죄를 나라가 책임질 수 없다고 우긴다.

과연 서해가 미국 영해였어도 이럴 수 있었을까?

지금 중국엔 이런 말이 나돌고 있었다.

- 기업체를 운영하고 있는데 불쌍해 보여 한국인을 고용해

은혜를 베풀었더니 뒤통수를 치고 달아났다. 한국인은 고용하면 안 된다. 조심해라.

- 원래 한국인이 그렇다. 신의도 없고 끈기도 없다. 매일 감시해야 한다. 그렇지 않으면 네 금고가 불안해질 것이다.

- 한국인은 위생 관념이 없다. 옷도 더럽고 냄새나고 밥 먹는 것도 얼마나 지저분한지 모른다. 시끄럽고 이기적이다. 예의도 없고 앞으로 우리 회사는 한국인을 쓰지 않겠다.

- 한국은 왜 중국에서 사업하지? 너네 나라에 가서 살아라. 나는 한국인만 보면 알러지가 난다. 도둑놈들 천국.

- 한국인은 겉으로만 착한 척한다. 위선자다. 우리가 위대한 문화도 전파해 주고 한자도 전해 주고 했는데 감사함을 모른다. 늘 뒤에서 우리를 공격한다.

- 너희들은 몰랐나? 그들은 원래 베끼는 족속이다. 짝퉁의 족속. 일본을 따라 하고 우리 중국을 동경하며 살았다. 그러고는 모든 걸 자기네 스스로 이뤄 냈다고 떠든다. 한국은 우리 중국이 아니었으면 아직도 거지였을 텐데. 은혜를 모르는 나라다.

도대체 누구를 가리키는 건지?

이런 일이 벌어질 줄 알고 중국과 수교한 이래 때를 가리지 않고 중국 진출에 대해 경고했다.

DG 인베스트도 중국에 진출할 때 중국이 사 놓은 미국 채권의 50%를 담보로 잡을 만큼 난리를 부렸다.

이래 놓고도 불안하다 했는데.

THAAD 터지고 무슨 일이 벌어졌나? 개갑질에 피눈물을 흘리고 쫓겨난 한국 사업가가 얼마나 될까?

중국과 관련해 돌아가고 있는 일 중 정상적인 게 있나?

언론은 대통령의 강경 일변도의 정책이 한국을 더 수렁에 밀어 넣고 있다 하며 국민의 불안감을 증폭시키지만, 과연 이게 잘못인가 묻고 싶었다.

한국의 권리를 주장한 게 왜 잘못이냐고.

"도리어 여러분에게 묻고 싶군요. 쳐들어와서 방어했고 공격당해서 반격했습니다. 당치도 않은 짓을 벌이기에 잡아들였고 그것이 진실이었음을 증명해냈습니다. 왜 난리죠? 중국에 내 목소리를 내면 죽는 겁니까? 중국이 뭔데 우리가 눈치 보죠? 중국에 있는 우리 기업이 문제라고요? 아니면 중국 수출에 문제가 생겨서요? 그 기업들 돈 벌 때는 왜 조용했죠? 그 돈 때문에 우리 국민이 죽어도 눈 감아야 하고 우리 한국을 내부에서부터 곪게 하는데 모른 척하라고요? 돈만 벌면 된다 이겁니까? 이게 뭔 개소리예요? 언론들 미쳤습니까? 중국에 돈 먹었어요?"

장대운이 카메라에게 손짓한다.

자기에게 포커스를 맞추라고.

"물론 돈만 벌면 상관없는 놈들도 있겠지만 난 다릅니다. 우리가 얼토당토않은 주장을 하는 것도 아니지 않습니까? 뭔 개소리들을 그렇게나 쌈빡하게도 하시는지. 아까도 말씀드렸듯 저 중국은 말이죠. 한반도를 먹을 생각입니다. 북한은 이미 반쯤 아가리에 들어갔고 한국은 이제사 수작을 벌이는 거죠. 두고 보세요. 얼마 안 가 김치도, 한복도, 자기네 거라고 우길 겁니다. 자기들은 먹지도, 입지도 않으면서 조선족을 핑계로 말이죠. 그런데 놔두라고요? 국민 여러분 진정 그걸 원하는 겁니까?"

이를 드러낸다.

"절대 아니겠죠. 감히 더러운 떼놈 새끼들이 어딜 발을 들여요. 그놈들 때문에 남북이 갈라졌어요. 그 새끼들이 인해전술을 벌이지 않았다면 우리가 아직도 이 꼴일까요? 그 값은 누가 치르나요? 두고 보십시오. 내가 저 중국을 어떻게 요리하는지 말입니다. 재밌어질 겁니다. 아주, 아주."

브리핑을 마쳤지만 쉽게 일어서는 기자는 한 명도 없었다.

한국과 중국. 그 감정싸움이 심상치 않았고 이러다 정말 동아시아를 뒤흔드는 전쟁이 벌어지는 건 아닌지 다들 걱정스러운 표정이 됐다.

어수선한 가운데 누가 소리쳤다.

- 뭐라고?! 파주에 대규모 수용 시설이 있었다고?!

그제야 전부 아차! 하는 표정이 나왔다.

대통령 브리핑에서도 한국 내 중국인의 숫자가 150만에 육박한다고 했다. 이 중 절반이 불법 체류자라고.

잡았다고 해서 잡은 거로 넘어가 그냥 버린 것이다.

자그마치 150만 명이었다. 그 인원들이 전부 어디에 있는지 물어보지 못했고 어떻게 수용하고 있는지 파악하지 않았다.

그런데 파주에 그 시설이 있다고 하였다. 하루 이틀 사이에 만들어질 성질이 아닌 것이.

기자들은 깨달았다. 한국 정부는 전부터 계획이 있었다는 것이다. 중국인을 소개할.

◇ ◆ ◇

"파주 수용소가 드러났네요."

"언젠가 드러날 일이지 않습니까? 눈을 가리는 명목도 좋았고요. 북한 붕괴를 대비한 난민 수용소니까요."

"홍주명 통일부 장관께서 잘 커버해 주셨죠."

국제 난민이 세계적 문제가 된 시점, 싫은 표정 팍팍 내며 각 나라에서 나눠 먹기로 난민을 수용하는 가운데에서도 유독 한국만은 난민 수용에 대한 UN의 요청에서 빗겨나 있었는데 그 이유가 북한 때문이었다.

북한이 터지면 2,700만이 쏟아진다. 시리아 몇십만과는 비교할 수 없는 국제적 재앙이 터지는 것이다.

그러나 장대운이 살핀 한국은 이에 대한 준비가 전혀 돼 있지 않았다.

그걸 명분으로 겸사겸사 일단 작게 50만 명분 시설을 파주에 지었다. 이도 물론 상당히 컸다. 이곳에서 혐성 중국인을 솎아 내고 보통 사람들 속에 숨은 범죄자나 요원들을 잡아낼 목적이었는데.

중국 정부와 갈등이 격화되며 일이 커졌다.

지금 파주 수용소엔 중국 국적 150만에 그놈들 도와준 한국 내 화교 인원 50만까지 200만이 들어가 있었다.

"난리겠네요."

"예, 정원의 네 배나 되는 인원이 한 방에 들어갔으니까요. 근데 괜찮겠죠?"

"안 괜찮으면 어쩔 건데요? 그거라도 안 지어 놨으면 한국 범죄자들 다 풀어 줘야 했어요."

"하긴. 다닥다닥 포개서 자면 되겠죠. 사실 그놈들 밥 주는 것도 아깝습니다. 죄수복도 아까워요."

"괜찮아요. 우리 세금으로 할 게 아니니까."

"그럼요?"

"김 비서는 그 목록 못 봤어요? 대 중국, 대 베트남 특별법."

"아! 그거로군요. 속인주의, 속지주의."

이를 잠시 설명하면,

한국·일본·중국 등 거주하는 국가와 관계없이 모든 한국인에 대해 대한민국의 법을 적용하는 게 속인주의란 것이다.

그리고 국적과 관계없이 한국에 있는 모든 사람에게 대한민국의 법을 적용하는 것이 속지주의인데.

한국인은 어딜 가든 대한민국의 법을 적용받는다는 거다.

즉 여기에서 말하는 중국, 베트남 특별법은 이들을 한국 기준이 아닌 중국, 베트남의 법으로 적용시키겠다는 얘기였다. 재산 취득에 관해서만 특별히.

왜냐하면, 두 나라는 부동산을 개인이 소유할 수가 없으니.

토지 사용권을 국가에서 대여받는 형식인데 아무리 돈이 많아도 자기 땅을 가질 수 없다는 게 아주 컸다.

그래서 돈 많은 중국인이 세계로 튀어 나가 유럽이고 어디고 눈에 보이는 대로 죄다 사 재끼는 것이다. 땅이든 건물이든 상점이든 주택이든 가리지 않고. 덕분에 세계 부동산이 널뛰는 거고.

"왜 우리만 허락해 줘요? 이건 아니잖아요."

"우와~ 그 건은 지나쳤는데 이 일을 위한 복선이었군요."

김문호가 감탄하다 또 뭔가 떠올렸는지 눈을 크게 떴다.

"아! 맞다. 아주 예전에 유신 정권에서 이런 법이 제정된 거로 기억합니다."

"맞아요. 화교는 한국에서 어떤 소유물도 가질 수 없다는 법이 있었죠."

"아~~~."

"그 덕에 전 세계에서 유일하게 화교가 힘을 못 쓰는 나라가 됐어요. 세계 속에서 부자로 거물로 인식되는 화교가 우리나라에서만큼은 가난한 사람들로 여겨지는 게 바로 그 이유에서죠. 재능 있는 자들이 전부 떠났으니까요."

화교의 무서움을 본능적으로 캐치한 건지 아님, 남북을 분

단케 한 놈들에 대한 응징이었는지 속내는 잘 모른다.

그래도 유신 정권은 화교를 배척했다.

"유신 정권이 잘한 것도 있네요."

"그거 하난 인정이죠."

"그럼 그 법의 부활인 건가요?"

"온고지신이죠."

불쌍하게 볼 일이 아니었다.

본질적으로 화교는 한국인이 아니다.

국외 거주 중국인. 중국 국적의 외국인이었다. 외국에 살고 그 나라의 혜택을 받지만, 뼛속까지 중국인인 인간들.

이도 지들끼리 분류법이 있다고 한다.

화교, 화인, 화예.

화교는 말 그대로 중국인.

화인은 체류국의 국적은 취득했지만, 여전히 중국 문화를 따르는 인간들.

화예는 귀화한 나라에 깊이 동화된 사람들이다.

그래서 장대운은 화교를 그리 좋아하지 않았다.

다른 나라에 이주해 고생은 많이 했다지만 누군들 안 그러나?

대신 그 나라에서 온갖 혜택을 받으며 살잖나.

그 나라의 한 축을 담당할 만큼 성장하여 갖은 이권에 가담하면서도 그 나라가 아닌 중국에만 이롭게 하는 족속들. 충성은 오직 중국에만 하는 이상한 놈들.

이게 간첩이 아니고 뭘까?

"중국에선 자기 땅을 가질 수가 없어요. 사업을 해도 꼭 중국인과 같이해야 하죠. 저놈들은 저래도 괜찮고 우린 안 되나요? 이게 무슨 말도 안 되는 계산법입니까."

이참에 싹 쓸어버릴 작정이었다.

"자, 물어보죠. 한국인은 이적 행위 시 국가 반역죄를 적용합니다. 그럼 외국인은 뭐로 벌하죠?"

"그야…… 애매하네요."

"처벌했다간 외교적 분쟁이 일어납니다. 잘못은 지들이 해놓고 우리가 더 난리예요. 계속 두고 봐야 하나요?"

"……."

"세계에서 가장 안전한 나라가 바로 우리나라입니다. 여자 혼자 밤새 돌아다녀도 무사히 집으로 돌아갈 수 있는 나라가 바로 우리나라입니다. 의료 보험은요? 이런 나라에 들어와 혜택은 다 받아 놓고 뒤통수 까면 안 되죠. 적어도 한국에서 그런 짓 했다간 개박살이 난다는 걸 알아야죠."

"그럼……! 설마 세금을 안 쓰겠다는 것도……."

"맞아요. 다 그놈들 재산으로 할 겁니다. 이적 행위가 발견된 놈들 재산 팔아서 국고로 환수할 겁니다."

"국제법은요?"

"왜요? 우리 국민도 아니잖아요. 지들 재산 팔아서 지들 입에 넣는데. 나머지는 벌금 때리면 됩니다."

"그럼 중국은요? 중국도 가만히 안 있을 겁니다!"

"이미 준비도 다 마쳐 놨잖아요. 두려울 이유 있나요?"

씨익 웃는 장대운에 김문호는 가슴에 납이 찬 것처럼 무거움을 느꼈다.

대통령은 정말 중국과 단교까지 갈 생각인가 보다.

이러면 참모는 단교를 대비해야 한다. 미리, 그 일이 닥쳤을 때 당황하지 않게.

그렇게 다음 날.

중국발 뉴스가 세계를 쳤다.

≪……후안무치의 한국과는 더 이상 정상적인 관계를 맺지 못할 것을 인식하였고 지금까지 한국에 허용한 혜택을 모두 취소하는 방침으로 선회한다. 이 일은 전부 한국 정부에 의해 시작된바 추후 이 일로 벌어진 모든 책임은 한국 정부에 있으며…….≫

내용은 비슷했다. 한국이 중국 인민을 괴롭히기로 작정했으니 중국도 똑같이 그러하겠다.

공안이 움직였다.

한국인, 한국인의 집, 한국 기업에 마구잡이로 쳐들어가 한국인을 잡아 댔다.

그 장면을 찍은 중국 관중들은 신나서 인터넷에 올리며 은혜도 모르는 한국인에 대한 위대한 천벌이 시작됐음을 외쳤다.

거리는 공안의 방조 아래 비틀린 우국충정에 사로잡힌 놈들이 장악하였고 홍위병의 재림처럼 붉은 머리띠를 휘날리며 한국 브랜드 상점을 마구 부수고 불 질렀다. 다른 외국인들조차 두려워 감히 바깥을 돌아다니지 못하게.

양국 관계는 돌이킬 수 없는 곳으로 들어가고 있었다.

"얼마나 남은 거예요?"

"최대한 빼냈으나 차마 못 떠난 이들이 상당수 있었습니다."

"미리 비상 연락망을 보냈지 않았나요? 모든 가산을 정리하고 나오라고."

"예, 그렇긴 합니다만. 수차례 경고했어도 듣지 않은 이들이 많았습니다."

"그렇군요. 그렇다면 됐어요. 목숨보단 재물을 선택했는데 선택을 존중해야죠."

"존중이요? 그렇게 말씀하시면 안 되지……."

않을까요?

그러나 장대운은 전혀 신경 쓰지 않았다.

"사람은 누구나 살며 선택의 갈림길을 만나요. 어느 길을 갈 건지 택해야 할 순간이 시도 때도 없이 오죠. 자신이 원하든 원하지 않든 그런 순간은 늘 닥쳐요. 그리고 선택하죠. 더 중요한 것을 말이에요."

"하지만 그들도 우리 국민입니다."

"다 챙길 순 없어요. 우린 분명 철수하라고 권고가 아닌 명령을 했습니다. 이런 일이 벌어질 거고 저들은 너희를 인간으로 생각하지 않을 거라고요."

"그렇긴 하지만 이게 그렇게 간단한 문제가 아니잖습니까. 국민의 생명이 달렸습니다."

"그렇다고 미사일을 던져요? 더 많은 생명이 죽을 텐데요?"

"그건……."

"간단하게 생각하면 간단해져요. 태풍이 온다고 진입하지 말라는 데도 부득불 계곡에 텐트 치는 사람들 있잖아요. 그런 놈들까지 어떻게 다 케어해요. 나중에 심심한 위로만 전하면 돼요. 죽으면 할 수 없고."

"국민입니다. 대통령님!"

김문호가 못 참고 소리쳤다.

장대운은 그런 김문호에 전혀 영향 받지 않았다.

"민주주의는 자기의 선택에 따라 자기 삶을 책임지는 시스템입니다. 사업이 망하고 교통사고 당하고 이런 것까지 우리가 책임지는 건 아니죠. 그 나라에 들어가지 말랬는데 납치당하는 걸 우리가 어떻게 막아요. 나중에 천천히 협상이나 하는 거죠. 이도 역시 죽으면 할 수 없고."

"이 문제를 그렇게까지 보시는 겁니까?"

"내 국가관이 김 비서와 다른가요?"

"국가는 국민을 보호하고 국민의 권익을 위해 최선을……."

"그건 평시의 상황이고요. 지금 우린 중국과 전쟁 중이잖

93

아요. 전시와 평시가 같은 수는 없습니다."

말을 마치면서 장대운은 또 전화기를 꺼내 어디론가 전화를 걸었다.

"예, 접니다. 완료된 겁니까? 그렇군요. 예, 걱정 마십시오. 배상액은 톡톡히 받아 낼 테니까요. 다른 분들께도 전해 주세요. 큰 용기를 내셨다고요. 예, 고생 많으셨습니다. 들어가십시오."

끊고는 다시 김문호를 보았다.

"기업도 준비됐다네요."

"후우~ 참 어디까지 가시려고……."

"기업도 수조 원에 달하는 자산을 포기했어요. 그놈들은 뭔데 거기에 남아 있겠다는 거죠? 아니, 이참에 그들을 이용해 해당 나라와 틀어지는 순간 자국민과 자국 기업에 어떤 꼴이 벌어지는지 세계만방에 보이는 것도 나쁘지 않겠네요. 이게 좋겠어요. 이것도 체크."

"전 무섭습니다."

"뭐가요?"

"장대운이란 인간이 우리의 적이 아니란 게 참으로요."

오가는 존댓말조차 두려울 만큼.

"그걸 인제 아셨어요? 쿠쿠쿡."

문이 벌컥 열리며 도종현이 들어왔다.

"대통령님."

"예."

"북에서 정상 회담하자고 합니다. 요구 조건 다 들어주겠답니다."

"갑자기요?"

일전에 미사일을 날린 건 트집 잡아 정상 회담을 파투 냈다. 노발대발하는 북에 우리는 이런 조건을 걸었다.

시끄럽고. 만나고 싶으면 임기 내 미사일 발사하지 마라. 안 그럼 너희랑은 아무것도 없다.

"아예 안 만날 생각을 하고 있었는데 말이죠. 왜 이러는지 모르겠네요."

"……예."

"도 비서실장님도 내 말을 안 믿었네요. 내가 먼저 연락 올 거라고 했잖아요."

"글쎄 말입니다. 북에서 왜 저러는지."

"만나 보면 알겠죠. 약속 잡아 주세요. 하는 김에 성대하게 가죠. 저기 판문점 그 라인 있잖아요. 거기서 양국 정상이 선을 넘는 거예요. 어때요?"

"이미 기획된 내용을 마치 처음인 것처럼 말씀하시는군요."

그랬나?

"여튼, 가 봅시다."

다음 날로 아주 쇼킹한 소식이 세계를 강타했다.

중국에 있던 오성 반도체 공장, 휴대폰 공장에 불이 나서 마구 타는 장면이 날개 돋친 듯 날아다녔다. 현도 자동차 공장에도 큰불이 났고 포스크 제철 공장에도 불이 나 전소되는 일이 벌어졌다.

중국은 당황했고 세계는 기겁해 자기 입을 틀어막았다. 한국은 더 강경하게 중국이 이런 나라니 너희도 조심하라 외쳤다.

세계 언론들마저 중국 시위대가 닥치는 대로 부수고 불 지르는 장면을 여과 없이 내보냈다. 타오르는 오성 반도체 공장과 함께. 자국에 묻기 시작했다.

- 중국과의 관계, 이대로 괜찮겠나?

결국 못 참은 우리 국민도 움직였다.

서울시청 앞으로 대 중국 규탄 시위가 예고되며 주말을 기점으로 수만 명이 한자리에 모여 촛불을 들었다.

미세먼지, 불량품, THAAD, 혐한 조장 등등 그동안 자행했던 중국의 야만적 행위를 즉시 중지하고 정식 사과를 요청했다.

3대 강령을 외쳤다.

- 나는 앞으로 중국산 제품을 쓰지 않겠다.
- 중국 국적의 노동자를 채용하지 않겠다.
- 당장 손해가 나도 나는 절대로 중국과 관계 맺지 않겠다.

그나마 남아 있던 중국 냄새마저 지워 버리자. 국민은 도리어 단결을 촉구했다. 원하지도 않았는데 예쁘게도.

더해.

- 홍콩의 민주주의를 지지한다.
- 대만의 독립을 지지한다.

중국이 가리고픈 곳을 헤집었다.

이 사실이 홍콩과 대만에 알려지며 격한 호응이 일었다.

그렇지 않아도 핍박받는 홍콩이었다. 그렇지 않아도 친중론자 때문에 급격히 입지가 좁아진 대만 정부였다.

그들이 이 일을 기점으로 현 중국 정부가 한국인에 자행하는 일들을 부풀려 알렸다.

- 이대로 중국에 흡수됐다간 너희도 또한 무뇌아가 될 것이다. 공산당이 하라면 하고 그만 하라면 그만하는 노예 같은 삶을 살게 될 것이다.

- 친중국론자는 반역자다. 그들의 말대로 중국과 병합되는 순간 우리는 우리의 자유를 저 한국인들처럼, 저 홍콩처럼 빼앗길 것이다. 마구잡이로 부수고 잡혀가도 보호받지 못한다. 중국은 법보다 공산당이 위에 존재한다.

신나서 중국을 깠다.

청와대 대변인은 여기에 휘발유를 부었다.

"기가 차지도 않는 일입니다. 우리가 중국의 기술을 빼내요? 너희들이 잡아간 평범한 시민들이? 이는 기본 전제부터가 잘못됐습니다. 중국 어디에 빼낼 기술이 있나요? 우리 대한민국이 부러워할 만한 기술이 저 중국에 있다고 보십니까? 중국 산업 스파이 때문에 골머리가 아픈 미국, 영국, 프랑스, 독일에 묻고 싶습니다. 정말 중국에 그런 기술이 있답니까?"

한국이 조목조목 중국 국가 요원을 필두로 한 기술 탈취 정황과 범죄 증거를 내놓는데 반해 중국은 한국인 체포란 액션 후 지금까지 묵묵부답이었다.

"뭐야? 이거 중국산이야?! 우왝! 나가자!"

"아줌마, 지금 때가 어느 때인데 중국산 김치를 써요?!"

들어왔다가 중국산 재료만 봐도 발길을 돌리는 손님 때문에라도 식당은 중국산 재료를 치워야 했다.

"이거 차이나잖아."

"OEM이라는데?"

"그래도 차이나잖아. 이거 친구들한테 보여 줄 수 있어?"

"아니, 이거 신었다간 욕먹겠지?"

"그냥 욕먹겠냐? 바가지로 먹겠지."

쇼핑몰에서 집었던 중국산 의복, 신발, 생활용품을 고스란히 내려놓는다. 한국 저변에 스며들었던 made in china가 외면당하기 시작했다.

기업도 마찬가지였다. 소비자의 등쌀에 못 이겨 made in china를 전량 수거해야 했다.

실상을 본 국민은 그제야 놀라워했다.

china가 보통이 아니었구나. 인지하지 못한 사이 요소요소에서 우리나라를 잠식하고 있었구나.

거점, 거점마다 차이나타운을 짓고 범죄자들을 키우고 우리의 기술을 빼돌리고 그러면서 한국 기업은 말려 죽이고.

이 사실을 깨달은 국민은 다음부터는 생활 곳곳에 숨어 있는 china 찾아내기 운동을 시작했다.

한낱 필기도구부터 최첨단 장비까지 꼬라지가 발동된 네티즌 수사대가 가차 없이 헤집으며 그 실상을 밝혀 대니 조금은 떨어져 있던 국민도 더는 가만히 보고 있을 수만은 없었다.

중국 색을 지우자. 중국 색을 치우자.

그 가운데 몇몇 기업이 또 하늘 높이 떴다. 값싼 중국 제품의 범람에도 끝까지 살아남아 자존심을 지킨 한국 기업들이 존재하고 있음을. 어려운 가운데서도 이를 악물고 명맥을 이어 가고 있음을 네티즌 수사대가 알렸다. 그들의 기술이 아주 훌륭함을.

그렇게 또 드러난 오필승 테크.

중국산 싼 가격에 밀려 고사 중이던 중소기업을 찾아 지금껏 지원해 주고 보호하고 있었음이 알려졌다.

그 꼭대기에 장대운이 있음을.

한때 60%대까지 떨어졌던 지지율이 단번에 70%를 넘어섰다.

네티즌 수사대마저 인정했다. 장대운에겐 다 계획이 있음을.

반면, 이런 분위기에도 꿋꿋하게 중국인의 인권 문제를 다루는 시민 단체도 존재하긴 했다.

선량한 중국인도 있는데 아무리 그래도 인간으로서 기본적인 인권을 챙겨 줘야 한다고 파주 수용소 앞에서 시위를 벌이는 이들.

그래서 봉사하라고 들여보내 줬다. 원한다면 보살펴 주라고.

좋다고 들어간 지 채 이틀이 되지 않아 현재 파주 수용소에 200만에 달하는 중국인이 갇혀 있고 세 평도 안 되는 공간에 이십 명씩 구겨 들어가 있음이 세상에 알려졌다.

"뭐야? 파주 수용소가 저러고 있는 거야?"

"불쌍해. 잠도 제대로 못 자겠다."

"돼지우리도 아니고 사람을 어떻게 저렇게 취급하지?"

"이건 좀 심한데. 아무리 그래도 저러는 건 좀 아니지 않냐?"

걱정 또는 우려 또는 반대하는 이들도 있었지만.

"더 꽉꽉 밀어 넣으세요. 그냥 맨바닥에서 재우지 이불 아깝게 왜 줘요?"

"이불만 아깝냐? 저것들 입에 들어가는 건 안 아까워? 다 우리 세금이잖아."

"정부가 우리 세금 아니라는데. 저 새끼들 재산 팔아서 자금 마련하고 있다는데."

"그래요? 오오, 그거 좋네. 이참에 보호비도 받아요. 저렇게 아름답게 지켜 주고 있는데 말이야."

"맞아. 저것들 빨래하고 밥 해 주고 이런 사람들은 무슨 죄야. 월급 꽉꽉 올려 줘요."

찬성하는 이들이 훨씬 많았다.

장대운은 일부러 놔뒀다. 논란이 일어도 아무런 언급도 없이. 무슨 이유에서인지 조용히 놔뒀다.

아주 조용히.

◇ ◆ ◇

"팡쯔 새끼들…… 도대체 언제까지 가둬 둘 거야. 난 다 협조했잖아."

수용소 가장 깊숙한 곳.

중대 범죄자만 따로 모아 놓은 동이 있었다.

창도 하나 없는 시커먼 독방에 갇힌 류양은 중화인민공화국 국가안전부 소속 요원이었다.

다만 일개 요원이 아니었다.

그런 척 행동하고 있으나 실체는 한국 내 중국 조직의 총책.

미국과 일본을 경로로 들어와 강남의 일식집에서 요리사로 재직 중 급습한 경찰에 의해 체포, 손 쓸 틈도 없이 수용소에 갇히지 않았다면 절대 잡을 수 없는 조직의 정점.

처음엔 누가 배신했나? 잠깐 의심이 들었으나 아니었다.

그동안 파악한 한국은 절대로 이렇게 전격적으로 잡아낼 역량이 없었다. 점조직의 특징에다 곳곳에 안테나를 마련했기에 보험도 확실했고.

그런데 이번엔 징조조차 없었다. 중국인이라면, 중국 국적을 가졌다면, 전부 잡아들이는 것이었다.

이걸 알고 얼마나 기가 막혔는지.

이런 짓은 중국이나 가능한 것인데.

이번에 뽑힌 대통령이 또라이라더니 정말 막장인가?

하지만 강남경찰서에서 조사받은 후부터 상황이 미묘해졌다.

지켜보던 이들의 눈빛이 달라졌는데…… 특히 수사과장과 접촉하고 나서부터는 완전히 바뀌었고 그때 류양은 직감했다.

어딘가에서 탄로 났구나.

이유는 모르겠지만, 이들이 알아 버렸다.

어떻게? 는 현시점 중요하지 않았다. 이들이 알았고 이제 조사가 차원을 달리할 거란 것이 중요했다.

거부하고 부인한다고 들을 놈들이 아니다. 이놈들은 확신하고 있었다. 그래서 선택한 게 B 계획이었다.

적당한 미끼를 던져 주고 그 이상은 모르는 하급 요원이 되자.

진짜 중요한 건 미끼 속에 감춘다.

"젠장, 하루만 더 빨리 출국할걸. 그놈의 유종의 미인지 지키다가 엉망이 됐어."

단지 하루 차이였다. 사장의 간곡한 부탁으로 출국 날을 하루 미룬 게 천추의 한이 될 줄이야.

핵심만 모아 놓은 자료는 따로 있었다.

그것만 들고 가면 앞으로의 인생도 탄탄대로일 텐데.

그걸 눈앞에 두고 못 한다. 이 얼마나 억울한 일인가.

"인내하자. 인내하자. 추방당하더라도 나중에 몰래 들어오면 된다. 그때 찾아가도 늦지 않아. 그건 나만이 아는 곳에 있으니까."

그러던 중 바깥소식이 들렸다. 시위대 하나가 중국인의 인권 유린 문제를 들며 파주 수용소 앞에서 진을 치고 있다고.

류양은 코웃음 쳤으나 이도 한국이기에 가능함을 알았다. 민주주의 사회는 각자의 이익대로 움직일 권리가 있었으니까.

중국이라면 당장 공안에 붙들려 쥐도 새도 모르게 사라질 텐데.

시위대가 온실 속 허약한 화초 같다며 혀를 차면서도 어쩌면 저들을 이용해 이 국면을 조금이나마 유리하게 비틀 수 있지 않을까 기대하는 상황이 어이없지만, 류양은 우선 지켜보기로 했다. 저렇게 조금씩 열다 보면 언젠가 이쪽 동도 개방되지 않을까 하고.

역시나 기자들이 우르르 찾아왔단다.

저들이 파주 수용소의 열악한 환경을 고발했고 이 일로 많은 논란이 일었다고 한다.

"그래, 이렇게 이슈를 키워 가야지. 한국 정부는 인민들의 요청을 결코 거부 못 해."

빠져나갈 생각은 아예 없었다.

국정원 새끼들이 놔주지도 않을 테고.

다만 추방 시간은 더 빨라지지 않을까?

그런데.

"뭐?!"

수용소에 들어온 봉사원 중 하나가 다쳤단다.

지나다니다 넘어진 게 아니고. 간수가 지키고 있는 데도 부식 나눠 주러 들어온 여자를 덮치고 빨고 깨물다 여자의 팔이 부러지고 지랄 염병을 떨었다고.

류양은 자기도 모르게 관자놀이를 짚었다.

"개 같은 깡패 새끼들이. 그새를 못 참고!"

벽을 주먹으로 쾅.

"쓰레기 새끼들…… 하등 쓸모도 없는 놈들. 다 잡아 총살해야 했는데."

가뜩이나 중국에 대한 이미지가 엉망인 마당에 가솔린까지 부었다. 그것도 간수도 아닌 봉사하러 온 여자를.

약쟁이가 분명하였다. 아니, 약쟁이어야 한다. 그렇지 않고서는…….

"하아……."

한숨이 푹 나온다. 약쟁이라 한들 이 사실이 알려지면…….

그나마 있던 희망의 불씨마저 사그라들자 류양은 복장이 터져 죽을 것 같았다. 저 두꺼운 철문에 박치기라도 하여 죽어야 하나?

그런데 문이 움직인다. 무쇠 특유의 무거운 굉음과 함께.

왜?

"여어~ 푸보…… 아니, 류양이 네 이름이라지?"

그놈이었다. 강남경찰서 수사과장.

저놈이 여길 어떻…… 아니 내 이름을 어떻게?

"진명철……?"

푸보는 한국에 들어오며 만든 새 신분이었다. 처음부터 푸보로 활동하였고 중국 내 조직도 자신을 푸보로 안다. 류양이란 이름은 아무도 모른다.

류양은 순간 머리카락 끝이 쭈뼛 서는 느낌을 받았다.

류양을 안다는 건 파악이 전부 끝났다는 것.

도대체 어떻게…….

"제법 치밀하게 활동하긴 했어."

뒤따라 들어온 사람이 있었다.

국정원 담당 조사 요원이었다. 질리도록 집요한 새끼.

그놈이 송곳니를 드러내며 웃는 진명철의 어깨를 짚었다.

"전국 체포왕 앞에서는 MSS 요원도 힘을 못 쓰더군. 하하 하하하하하."

"……"

"네놈이 류양이라는 건 진즉 알았다. 다만 요것 때문에 조 금 늦게 찾아온 것뿐이다."

품에서 뭘 꺼내는데.

어! 하드 디스크였다. 마지막 보루라고 숨겨 놓은 그것과 똑같이 생긴.

설마…….

"우리 진명철 수사과장께서 찾아내셨다. 요상한 암호를 걸 어 놨길래 푸느라 혼났어."

류양은 믿지 않으려 했다.

재주도 좋게 똑같이 생긴 하드 디스크를 찾아냈다 여겼다. 블러핑이라고.

그러나 국정원 요원이 던진 말은 요약 목록과 같았다.

"네가 믿든 안 믿든 상관없어. 증거는 확실하니까. 아주 오성 전자를 싹 털어먹으려 했더라고. 거기 부사장도 국가 반역죄로 잡혔어. 그 아래 부연구소장부터 따까리까지 싹 다. 현도 자동차도 디자인, 설계 부문에서, 엘진화학에서도 상당한 기술을 빼냈어."

"……!"

그가 노트북을 앞으로 내밀었다.

동영상을 하나 틀어 주는데. 온통 시커먼 시궁창이었다.

그 가운데 사람들이 웅크려 있고 살려 달라고 운다.

다음 장면엔 마구 매질하는 모습이 보였다. 여자는 발가벗겨져 한쪽에서 강간당하거나 일렬로 세워 전시 당하거나. 그 앞에서 낄낄 웃는 중국 공안의 모습까지.

설마…… 설마…….

국정원 요원의 눈빛이 차가워졌다.

"웃기지? 이걸 우리가 어떻게 손에 얻었을까? 우리가 침투해서? 아니야. 아니야. 100만 달러 불렀다고 하네. 우리 대통령께서."

"……!"

"맞아. 너희가 찍어 보내 준 거야. 대통령께서 먼저 보시고 우리한테 내려보내셨어."

"……."

입이 떡 벌어지는 류양에 국정원 요원이 말했다.

"때마침 봉사인들에게도 상해를 입혔더라. 하여튼 기대 이상의 족속이야. 류양아, 앞으론 더 기대해도 좋을 거다. 이거 말해 주려 일부러 찾아왔다. 아 참, 자살하거나 그런 건 하지 마. 왜인지 알아? 그때는 네 처자식이 어디론가 잡혀갈 거야. 꼬맹이가 참 귀엽더군. 참고로 네 아래에서 움직이던 셴샹푸, 가오홍부도 찾아냈다. 그놈들 찾았으니 그 아래 놈들도 금방 찾겠지? 잘 판단하라고 알려 주는 거야. 네 나라에 실컷 충성하라고. 하하하하하하하하하하하."

얼이 나가 아무것도 못 하는 류양을 두고 두 사람은 나갔다.

그리고 얼마 되지 않아 두 개의 사건이 뉴스로 올라왔다.

하나는 파주 수용소에 봉사 나갔던 여성이 간수들을 믿지 못하겠다며 직접 감방 안에 들어가 부식 나눠 주다 봉변을 당했다는 뉴스였다. 온갖 추행을 다 당하고 옷도 찢기고 급기야 오른팔이 부러졌다고.

충격은 잠시, 걱정도 잠시,

도리어 고소하다는 반응이 훨씬 더 컸다.

거길 왜 들어갔냐고?

도대체 무슨 영광을 보겠다고 거지 소굴로 들어갔냐고 시민 단체를 욕했다.

뉴스엔 시시콜콜한 것도 나왔다. 들어가기 전, 이후 벌어질 일에 대해 파주 수용소는 책임을 지지 않는다는 자필 사인과 동의 동영상까지 남겨 놨다고.

자기 돈으로 치료해야 한다는 것.

통쾌하다는 반응이었다.

그 다음 날 또 하나의 뉴스가 대한민국을 뒤흔들었다.

《참혹한 소식을 알려 드리게 되어 먼저 죄송하다는 말씀을 드립니다. 현재 중국에 감금된 한국인의 실태가 담긴 영상을 저희 SBC 방송사에서 긴급 입수했고…… 한 사람의 인간으로서 말도 못 할 만큼 충격적인 장면이 담겨 있으나 진실을 알려야 한다는 사명 아래…….》

류양에게 보여 줬던 동영상이 틀어졌다. SBC 8시 뉴스에서.

너무도 끔찍한 장면이 연이어 흘러 나갔다. 비록 모자이크로 가리긴 했지만, 실루엣만으로도 정황을 충분히 알 수 있는 그림이.

그게 전 국민의 가슴을 강타했다. 분노가 폭발했다.

"이 씨발, 개새끼들아~~~~!"

"중국 놈들 불쌍하다고 했던 새끼들 다 어디 갔어?!"

"내가 다 죽여 버릴 거야!! 중국 놈들은 다 죽여야 해!"

"죽여! 다 죽여 버려!!"

시민들이 밖으로 튀어 나갔다. 파주로 몰려갔다.

1개 사단이 외곽을 두르고 있음에도 출렁거릴 만큼 달려와 집결한 수만 명의 분노는 컸다.

그동안 중국이 온갖 더러운 짓으로 한국인을 괴롭힐 때도 잠잠히 참던 국민이었다. 그런 국민마저 이성을 잃을 만큼 이번 사건은 너무도 컸다. 장대운이 긴급히 나서지 않았다면 우리 군과도 부딪힐 만큼 급박한 순간이 여러 번 지나갔다.

자진 입대 신청도 줄을 이었다.

예비군은 물론 민방위도 총 한 자루만 주면 다 쏴 죽이겠다고 재입대를 외치는 이들도 생겼다.

계류 중인 법안들이 국회에서 일제히 통과된 것도 바로 이 시점이었다. 하여튼 약삭빨랐다. 한민당은.

이참에 화살을 그쪽으로 겨누려고 했더니. 아깝게.

장대운은 민생 현안 외에는 대통령령으로 계도 기간을 없앴다. 곧바로 시행되는 법안 앞에 제일 먼저 곡소리가 난 건 의외로 공무원들이었다.

기획재정부, 외교부, 문화체육관광부, 산업통상자원부, 국토교통부 밥통들의 입에서 곡소리가 터졌다. 장관으로 앉은 정은희, 정홍식, 김연, 도종민, 조형만은 가차 없이 칼을 휘둘렀고.

파면, 파면, 파면, 파면······.

그 범죄 내역들에 국민은 또 한 번 기가 막혀 했다.

그러든 말든 국가는 파면된 공무원들을 전부 고발 조치에 들어갔고. 그들을 받아 줬던 사기업들도 난리가 났다. 이와 연관되지 않으려면 경영진 혹은 사외 이사로 등록된 고위 공무원 출신들을 일제히 내보내야 했다. 그들이 이룩해 놓은 거미줄 같은 인맥도 한 번에 와장창.

협회들도 마찬가지였다.

돈줄과 인맥으로 회장단을 장악하던 적폐들이 한순간에 쓸려 나갔다. 버티는 순간 경찰들이 들이닥쳐 잡아간다.

이학주가 앉은 법무부도 인사 논란이 일었다. 대검, 중앙 지검에 쌓여 있던 라인들을 죄다 지방 발령 내 버렸다. 핵심 들만 추려다가.

그나마 법조계라고 저항이 일었으나 본보기로 지검장급 한 명과 그 아래로 따르던 부장 검사, 평검사 여섯을 다이렉 트로 파면시키자 엔간해선 조용히 짐 싸서 지방으로 내려갔 다. 총장도 임기를 다 못 채우고 끝.

경찰이라고 다를까? 일선 파출소 소장부터 줄줄이 그들에 게 떨어진 건 행정안전부가 던진 30배 고발장이었다.

집 팔아도 다 못 갚는 채무의 지옥이 펼쳐졌다.

과학기술정보통신부, 통일부만 조용했다.

조용하다고 해서 이들이 움직이지 않는 건 아니었다.

그동안 옥석을 가리고 있었고 파격적 인사로 인재들을 끌 어올렸다.

물갈이, 물갈이, 물갈이……

그사이 용기를 회복한 배현식과 우진기도 시민 단체를 급 습 탈탈 털어 댔다. 특히 사학 단체는 일고의 여지도 없이 칼 질에 들어갔다. 입시 부정 청탁부터, 비리, 공금 유용 등등 까 면 깔수록 튀어나오는 썩은 내에 어느새 국민도 알아서 하라 는 듯 지켜만 본다.

대한민국이 몸살을 앓아 댔다.

"해외 분위기는 어때요?"

"중국에 대한 성토뿐입니다. 오성, 현도, 포스크 등 한국 기업 제조 공장에 불나는 거 보고 섬뜩했는데 이번 동영상을 보고는 중국을 옹호하는 말이 싹 사라졌습니다."

김문호의 대답이 마음에 든 장대운은 찻잔을 들었다.

"미국은요?"

"안 그래도 이쯤에서 멈추는 게 어떠냐는 언질이 왔습니다."

"멈추라고요? 우리만?"

"중재하겠답니다."

장대운의 입꼬리가 비틀린다.

"웃기네요. 여태 구경하며 떡이나 집어 먹은 주제에 누구더러 이래라 저래라야. 이참에 정부 공식으로 홍콩이랑 대만을 지지한다고 발표해요. 대만이 원하면 현무 미사일도 수출할 수 있다고."

"예?!"

김문호도 화들짝.

"까짓거 누가 더 괴롭나 해보죠. 아 참, 국내 중국인들 자산 처분은 어떻게 됐어요?"

"아, 그게…… 금융 자산은 동결 처리해서 한쪽에 모아 뒀고요. 애매한 것들은 경매에 부쳤습니다."

"이도 크게 발표해요. 그 돈의 일부를 THAAD 이후 일방적으로 중국에 피해당한 사람들 구제하는 데 사용하겠다고요."

"……예."

이 건은 좋다고 고개를 끄덕끄덕.

장대운은 고삐를 확 죄었다.

111

"전격적으로 가야 합니다. 인천, 부산 차이나타운, 대림동, 가리봉동, 안산 등지의 중국인 거리는 재개발로 싹 없애 버리세요. 제주도부터 중국인이 사 놓은 땅은 전부 국가에 귀속시키고요."

"옙."

대답도 점점 거침없었다.

근거인 법이 마련됐는데 무엇이 문제일까?

장대운은 벽시계에 시선을 돌렸다.

"외교부 장관은 언제 들어온대요?"

"이제 곧 들어오실 시각입니다."

"조금 늦네요."

말을 마치기가 무섭게 도종현이 문을 열고 들어왔다. 뒤에는 정홍식이 있었다.

"어서 오세요."

"조금 늦었습니다."

"예, 대충은 들으셨죠?"

"중재 건 말입니까?"

"예."

"어떻게 판단하십니까?"

"일고의 가치도 없죠."

"미국을 제외시킬까요?"

"그래도 무방합니다. 패싱은 미국만의 전유물이 아니니까요."

"도람프가 화나겠네요."

화나는 정도가 아닐 것이다. 길길이 날뛰겠지.

정홍식은 1도 신경 쓰지 않는 표정으로 안건을 이었다.

"안 그래도 중국 외교부장이 다른 채널로 연락이 왔습니다. 그놈이랑 통화하느라 늦은 겁니다."

"호오, 그래요? 뭐래요?"

"사족이 길길래 짤랐습니다만. 뭐, 적당히 체면 좀 살려 달라는 내용입니다."

"그 지랄을 해 놓고요?"

"그놈들 뻔뻔한 건 세상이 다 아는 사실 아닙니까."

"조건을 거세요. 영토를 조금이라도 침범했다간 무조건 폭격이라고요."

"으음…… 유명무실한 거 아닙니까? 때가 되면 또 우길 텐데요."

"법대로 가자고요. 이상한 짓 하면 대가를 치르게 하면 되죠."

맞는 얘기긴 한데. 화장실 갔다가 뒤 안 닦고 나온 느낌이다. 이대로 끝냈다가 후회할 것 같은 느낌.

그러나 어차피 답도 없었다. 정홍식이 얼른 화제를 돌렸다.

"근데 파주의 중국인들은 어찌시렵니까?"

"감금된 한국인과 일대일 맞교환하자고 해요."

"그쪽에선 간에 기별도 안 갈 텐데요."

"그럼 됐다고 해요. 누가 뭐래요?"

"맞교환 하자면요?"

"선량한 애들부터 먼저 중국에 추방해야죠."

113

"역시 추방이군요."

"개잡놈들이에요. 이 땅에서 대를 이으며 먹고살았는데 아직도 국적이 중국이에요. 충성도 중국에만 해요. 누가 간첩을 품 안에서 보호해 준답니까?"

안 그래도 장대운은 대통령이 되기 전에 불법 체류자들이 서울시청 한쪽에 자리 잡고 시위하는 걸 봤다.

그때는 조용히 넘어갔는데.

이도 가만히 놔두면 안 된다.

세계 어느 나라가 불법 체류자 시위를 받아 줄까.

그놈들도 이참에 전부 추방해야지.

마음먹고 있는데 정홍식이 웃는다.

"그도 맞네요. 쿠쿠쿡."

"왜 웃어요?"

"난민만 2백만이잖습니까? 개고생하겠어요."

"우리 일이 아니잖아요. 신경 쓸 거 없어요. 근데 단교는 아직도 반대세요?"

"어차피 유명무실 아닙니까. 다시 수교하려면 귀찮기만 합니다. 놔두고 단교 형식으로 가면 됩니다. 실리로 가시죠."

"하긴. 단교하면 나중에 또 국경 설정부터 복잡하겠네요. 그렇게 가죠. 근데 그 외교부장 만날 생각이신가요?"

"별로 만날 생각 없습니다. 칼자루는 우리가 쥐었고……
아 참, 건의 사항이 있는데 그 현무 미사일 있잖습니까. 대만에 판매해도 됩니까?"

"현무 미사일요? 하하하하하하하하하하, 하하하하하하하하하."

왜 웃냐고 쳐다보니 김문호가 대신 답했다.

"안 그래도 아까 대만에 팔자고 하셨습니다. 대만이 원한다면."

"낄낄낄, 맞아요. 제가 방금 그 얘기 했어요."

"역시."

"사거리 300km 정도짜리로다 300기 정도면 중국이 움찔하지 않을까요?"

"오오, 그 정도 카드면 제가 또 그 외교부장 놈 후려 팰 수 있겠는데요. 꼿꼿한 대만 총리도 무릎 꿇리고요."

"의사 타진에 들어가 보세요. 어쩌나 보게."

"옙. 더 하실 말씀 있습니까? 얼른 일하고 싶은데."

"대통령의 첫 해외 방문지로 대만은 괜찮을까요?"

"오오, 엑설런트입니다. 제가 판을 잘 만들어 보겠습니다."

"그럼 부탁할게요."

밖으로 나간 정홍식은 곧장 기자 회견을 열어 세계를 향해 외쳤다.

- 세계는 이제 천인공노할 만행의, 만악의 근원인 중국의 민낯을 봤다. 더는 중국을 국제 사회의 일원으로 받아들이면 안 된다. 중국과 관계를 맺고 중국의 제품을 쓰는 건 악마에게 힘을 주는 것이 아니겠나? 대한민국은 이를 막기 위해 끝

115

까지 싸울 것이고 반드시 응분의 대가를 치르게 하겠다.

맹세하였다.

덧붙여 반환 시 약속을 이행하지 않은 중국 정부 때문에 민주주의의 색채를 잃어가는 홍콩의 시민들을 걱정했으며 하나의 중국을 외치는 중국의 야심 때문에 언제 침략당할지 모르는 대만에 심심한 위로를 전했다. 대만이 원한다면 그동안 단절됐던 외교를 이어 갈 수 있고 거기엔 군사적 합력도 포함됨을 넌지시 알렸다.

이렇게 되자 당장 급해진 건 미국이었다.

1971년 중국의 UN 가입과 동시에 UN을 탈퇴한 대만은 그때부터 하나의 국가로서 국제 사회에 인정받지 못했다.

잊지 말아야 할 건 당시 대만의 지위가 UN 설립 창립 멤버로 상임 이사국이었다는 것이다.

현재의 미국, 러시아, 중국, 영국, 프랑스 5개국과 같은 최정상의 국가.

그 지위를 박차고 나온 순간부터 대만의 고난이 시작되었는데. 이후 나라인 듯 나라가 아닌 듯 기묘한 길을 걷게 됐다. 한중일 삼국에 미국 대통령이 방문할 때조차 대만엔 들르지 않을 정도로 국제 무대에서 그 위상이 쇠락하였고 동아시아의 전략적 가치로서도 이해할 수 없는 대우를 받았다.

이는 결국 중국 때문이었다. 중국의 시장. 그러면서 TSMC의 반도체는 무지막지하게 사 가는 이중성에 대만은 희생당했다.

이런 와중 한국이 갑자기 대만을 하나의 국가로 인정하겠다 하였다. 군사적 협력까지 고려하고 있다고.

실제로 현무 미사일이 판매될 가능성까지 점쳐지자 발등에 불이 떨어진 주한 미국 대사가 청와대로 들어왔다.

"무슨 일이세요?"

첫 마디부터 느껴지는 퉁명함에 욱 올라오는 마크 내리 대사였지만 티 내지는 않았다.

이전의 활동은 제쳐 놓고도 대통령이 된 순간부터 리미트가 사라진 듯 움직이는 장대운은 현재 요주의 대상이었다. 잘못 건드렸다간 미국도 중국과 비슷한 마찰이 생길 수 있었다. 이는 미국의 이익과 자신의 커리어에 하등 도움이 안 된다.

"아…… 제가 찾아뵌 이유는 이번 외교부의 발표가…….."

"외교부 발표 때문이라면 외교부를 찾아가셔야지 여긴 왜 오셨냐고요."

"……."

말을 툭 끊어 버리나. 마크 내리는 또 참았다.

젊은 날부터 동아시아 지역에 근무하며 온갖 특혜를 경험한 이래 이런 푸대접은 처음일지라도 장대운은 다르다. 건드리면 나만 손해다. 되뇌며 인내했다.

"허허허, 요즘 대통령님께서 예민하신가 봅…….."

"예민요? 사담하러 여기까지 오셨어요? 청와대가 일개 대사가 사담하러 오는 곳인가요? 마크 내리 대사, 우리 한국이 우습습니까?"

"아니, 그 말씀을 어떻게 그렇게 곡해를……."

"용건이나 말씀하시라고요. 나 바쁜 거 안 보여요? 안 그래도 첫 순방지로 대만을 할까 말까 고민 중인데."

"예?!"

화들짝 놀라는 마크 내리를 장대운은 물끄러미 쳐다보았다.

"왜 놀라요?"

"첫 순방지가 우리 미국이 아니라 대만이란 말씀이십니까?!"

"그게 왜 놀랄 일이에요? 갑자기 목소리는 왜 높이고?"

"아니, 그 말씀 진심이십니까?"

"뭐가요?"

"지금 대만을 첫 순방지로 결정했다고……."

"고려하고 있다고요. 이 사람이 주한 대사면서 한국말도 못 알아들으시나?"

이젠 이런 비아냥 따윈 아무런 문제가 되지 않았다.

마크 내리는 급해졌다.

장대운의 첫 순방지로 대만이 결정되는 순간 온갖 더러운 공격이 시작될 것이다. 한국에 대사로 있으면서 그것도 못 막고 거기서 뭐 했냐고?

30년을 넘게 차곡차곡 쌓아온 경력이 와르르르르르.

막아야 한다. 해외 순방 1순위는 무조건 미국이어야 한다.

"아니, 전통적인 관례가 있는데 갑자기 그런 결정을 하시면……."

"내가 어디 가는 것도 미국의 허락을 받아야 하나요?"

"그런 말씀이 아니잖습니까. 이는……."

"그런 말씀이 아니면 하지 마세요. 미국이 뭔데 내가 가는 곳까지 이래라저래라 하죠?"

"……."

기가 막힌 마크 내리는 자기도 모르게 이마를 짚었다.

숫제 벽 보고 얘기하는 게…….

그렇다고 외교부 장관을 찾아갔다간……. 정홍식은 또 다른 면에서 장대운을 압도한다. 잘못 걸렸다가 탈탈 털려 대사관으로 돌아간 게 벌써 두 번째. 그쪽이 무서워 이쪽으로 왔는데.

"정신 사납게 자꾸 찾아오지 마세요. 한창 바빠 죽겠는데 뭔데 자기 집 안방처럼 찾아오는지. 내가 당신이 오면 대기하고 있어야 할 사람입니까?"

"……."

"그럼 더 할 말 없는 거로 알고 일어납니다. 돌아가는 길은 아시죠?"

"……."

대답도 듣지 않고 나가 버리는 장대운에 마크 내리는 직감했다.

장대운은 수틀리는 순간 미국이라도 물어뜯겠구나.

아니, 무례고 자시고 이대로 있다간 나부터 죽겠구나.

이러고 있을 시간이 없었다. 어서 백악관에 알려야 한다.

서둘러 청와대를 나가는 마크 내리.

이렇게 마크 내리가 당혹에 빠져 쫄래쫄래 백악관에 이르러 갈 때 통일부도 눈코 뜰 새 없이 바빴다.

남북 정상 회담이 코앞으로 닥쳤다.

"주변 정리는 끝나갑니까?"

"옙."

"호위총국과의 일정 조율은요?"

"그쪽에서 먼저 검시하겠다는 연락을 받았습니다."

"그럼 호위총국이 먼저 하고 다음에 우리 국정원이 들어가는 거로 하면 되겠네요."

"그러면 다음 날 또 호위총국이 검시하겠다고 할 텐데요? 국정원이 또 들어갑니까?"

"그럼 걔들만 믿고 놔두고요? 어떤 수작을 벌일 줄 알고요?"

"……아닙니다."

"계속 반복하세요. 그러려고 국정원이 있는 겁니다. 퐁당퐁당으로 가세요. 당일까지."

"옙."

대통령의 의지도 그렇고 남북 회담이 결렬되는 통에 잠시 할 일이 없어진 통일부였으나 폭탄이 왜 폭탄인가? 터지니까 폭탄이지.

북한에서 남한의 조건을 받아들일 테니 최대한 빨리 정상 회담을 하자고 연락 왔다. 채 한 달도 안 되는 기간을 주고 준비하라니 미치고 팔짝 뛸 지경.

그러나 위에서 까라고 하면 까는 게 직장인의 숙명.

장관 홍주명도 그래서 차관부터 관련 사무관들을 쥐 잡듯이 잡았다. 너희들이 싹 나가 판문점 일대 반경 5km 구역을 특별 감시 구역으로 만들라고.

홍주명은 외쳤다.

"남북 정상이 판문점에서 만나는 겁니다. 통일부에 이런 이벤트가 다시 열릴 거라 기대하지 마세요. 한 치의 오차라도 생겼다간 여기 있는 사람들 다 죽는 겁니다. 잊지 마세요. 우리 대통령의 이름이 장대운이라는 걸. 내가 그 장대운의 최측근이란 걸."

이렇게 통일부가 채찍질 당하고 있을 때 저 멀리 중국 중난하이도 통일부 못지않게 열을 올렸다.

쾅.

"뭐래 어째?!"

"벌써 한국 외교부 장관이 대만에 의사 타진 한 것 같습니다."

"언제? 도대체 언제?!"

"서로 얘기된 건 아닌 것 같습니다. 대만도 당황하는 모습인데 아무래도 발표와 동시에 움직인 것 같습니다. 그렇지 않고서야 대만 외교부가 저리도 급박하게 돌아가진 않겠지요."

"이…… 이…….."

빠드득. 장리쉰의 이 가는 소리가 사무실을 울렸다.

작년부터 이상하게 꼬였다.

저 한국과 얽힌 후 제대로 돌아가는 게 없다.

이어도 방문을 문제 삼아 산뜻하게 경고 정도로 넘어갈 생각이었는데 대뜸 이어도에 THAAD를 박는단다. 물론 인근 해상에 설치한 중국 해상 기지에 군사 시설이 들어간 건 맞는데 너무도 황당했다.

절대 놔둬선 안 될 일.

조그만 나라가 주제도 모르고 일을 벌였으니 THAAD 제재 이상 가는 경제 제재로 한국을 괴롭혀 줬다. 한국은 민주주의 나라라 여론이 좋지 않으면 정책을 이어 가기 힘들 테니.

이걸 이용해 힘을 빼놓으려 하였는데 한술 더 떠 중국의 아픈 점을 자꾸 들춰낸다. 군사적 행동까지 서슴없이 하면서.

오냐. 한판 붙어 보자고?

환영의 뜻으로 서해 영유권 분쟁으로 도화선에 불씨를 가져다 댔다. 이러면 난사군도부터 댜오위다오까지 합해 중국의 영해가 대폭 늘어난다.

명분도 좋았다. 한국과 일본이 그 잘난 대륙붕으로 영해를 나눴으니 당연히 중한 영해도 그리 그려져야 옳다고 주장할 수 있었다. 그 과정에서 애먼 해경 하나가 죽긴 했으나 이도 별걱정을 하지 않았다.

그런데 장대운이 있는 미사일 없는 미사일 다 끌어다가 서쪽에 배치시켰다. 위대한 중국을 미싱 시대로 끌어내리겠다 선포해 버렸다. 더구나 조업 중인 중국 어선마저 죄다 침몰시켜 버렸다.

이러면 전쟁인데.

하지만 전쟁은 미국 때문에 어려웠다. 한국의 미사일도 까다롭다. 아무리 방공 체계를 풀로 가동한다 한들 1천 기에 달하는 탄도 미사일을 상대로 무사를 확신할 수 없었다.

안 그래도 저 미국이 우리 중국을 잡아먹지 못해 안달인데 빌미를 주는 순간 어떻게 될까? 이러다 정말 지난 50년간의 노력이 수포로 돌아갈지도 몰랐다.

이러지도 저러지도 못한 상태. 그래서 할 수 없이 중국 내 한국인과 한국 기업이나 괴롭혀 주고 있는데.

저놈들은 한술 더 떠 중국인을 싹 잡아 수용소에 가뒀다.

자그마치 200만 명이란다. 그 와중에 침투시켜 놓은 MSS 요원까지 붙잡히고 범죄 사실을 세계 언론에 까발려지고 망신이 이런 망신도 없었다.

질 수 없어 중국 내 한인을 싹 잡아들였는데 그 과정에서 무엇이 문제가 됐는지 알토란 같은 한국 기업의 공장들이 불타올랐다.

작전을 전개한 놈들을 잡아 족치고 있는 와중 어떻게 된 건지 한국인 수용소의 실상이 전 세계에 퍼졌다.

가히 미칠 노릇.

이러지도 못하고 저러지도 못하고…… 그나마 대륙인의 기상으로 인내해 주고 있는데.

"대만과 정식 수교를 열겠다고?!"

"예."

홍콩 애들 지지하겠다는 건 귀에 들어오지도 않았다.

어차피 잡아 놓은 물고기 아닌가? 안 그래도 지도층들 싹 다 갈아엎으며 모든 정책을 친중국 위주로 돌렸다. 반항하는 놈들 사라지는 건 시간문제다.

민주 시위? 그딴 건 제압해 버리면 된다.

하지만 대만은 달랐다.

저 미국마저도 대만과는 정식 수교를 맺지 않았다.

무기 판매도 찔끔찔끔, 내륙에서나 쓸 자잘한 장비들로만 넘겼다. 그러면서 대만을 공격하는 순간 미군도 움직이겠다 으름장을 놓지만, 실제로 중국군이 상륙하면 그 약속이 지켜질까?

분명한 건 이쪽이 미국을 두려워하는 만큼 미국도 이쪽이 어렵다는 것이다.

더구나 경제는 끊을 수 없는 관계.

중국산 저가 제품이 아니라면 미국 정권은 진즉 파탄 났을 것이다. 인플레이션으로.

저 미국마저 큰소리 뻥뻥 내지르면서 뒤에선 달래기 여념이 없는데. 저 조그만 나라 장대운이란 미꾸라지 놈이 자꾸 심기를 거스른다. 주제를 모르고.

"현무 미사일을 팔겠다고?"

"예."

"미사일을? 지금 우리한테 겨눈 그 미사일을?"

"예."

"그렇게 여유가 많아?"

"6천 기가 있다고 합니다."

"뭐?!"

"어제 전화했다가 몇백 기 정도 판매해도 까딱없다는 대답만 들었습니다."

장리쉰 앞에 있는 이는 외교부장 왕슈였다.

정홍식과 접촉한.

"만약 판매되면 어떻게 되는데?"

"……."

"말해 봐."

"대만에 현무 미사일 체계가 장착되는 순간 남쪽에 위치한 모든 시는 물론 남해 함대, 동해 함대까지 사정권에 들어가게 됩니다."

"……!"

이러면 얘기가 완전히 달라진다.

대만의 국방력이 단숨에 1티어급으로 상승하게 된다는 것.

그동안 마음 놓고 대만을 요리할 수 있었던 이유 중 하나가 중국이 어떻게 해도 대만은 반격할 힘이 없다는 것 때문이었다.

그런데 현무 미사일이 간다면? 장리쉰은 자신의 심모원려 대계에 치명적인 결함이 생길 것 같았다.

'안 돼. 그것만은 안 돼.'

게다가 대만은 반도체의 나라였다.

대놓고 무기 기술 제휴에 들어가는 순간 대만도 미사일 생산이 가능하게 된다. 중국은 지금까지의 평안을 잃게 되고.

자존심 싸움할 때가 아니었다.

"막으세요."

"……예?"

"모든 수단을 다 강구해서 막으세요."

"그 말씀은…… 양보도 가능하다는 말씀이십니까?"

전쟁이 아니라면…….

"모든 수단을 다 강구하라고 했어요."

"알겠습니다."

중난하이가 발칵 뒤집혔을 즈음 미국 백악관도 안보 회의에 들어갔다.

도람프 정부 최고 위원들이 전부 한자리에 모여 현 대한민국과 대만, 미국의 포지션에 대해 논의를 시작하였다.

"한국 정부가 대놓고 대만과 수교를 맺으려 합니다. 이에 대해 내용을 정리해 봅시다."

도람프가 포문을 열자 참모진도 시작했다.

"한때 반공주의 혈맹으로 부를 만큼 절친한 관계였던 한국, 대만이 냉전이 사라질 즈음인 1992년, 한국 노태운 정부의 북방 정책으로 인해 중국과 수교를 단행함으로써 대만과 단교하게 이릅니다."

"1954년 1차 양안 위기로 1955년 우리 미국은 대만과의 미중 상호 방위 조약(Sino-American Mutual Defense Treaty)을 체결하였고 동맹이 결성됩니다. 그러나 닉슨 대통령 시절 핑퐁 외교로 인해 미국과 중국 간 관계가 급진전한 후부터 대만과의 사이에 금이 갑니다."

"중국이 서방 국가와의 외교 관계를 수립하며 개방에 돌입하면서 미국 또한 정식으로 중국과 수교를 하게 됐는데 중국이 수교 조건으로 대만과의 관계를 끊을 것을 요구합니다. 중국의 거

대한 시장 잠재성과, 중국과의 관계 개선으로 소련을 제어하려던 우리 미국은 1979년 대만과의 국교를 단절하게 됩니다."

"대만이 안보리 상임 이사국으로서 있을 당시 중국의 UN 가입을 반대했는데 1970년대 들어 상황이 급변합니다. 미국 및 서유럽 국가들의 대외 정책 변화와 함께 1960년대 이후 대폭 늘어난 제3 세계 국가들이 중국을 지지하며 중국의 UN 가입이 확실시되자, 대만은 자진해서 UN에서 탈퇴합니다."

"대만과의 단교로 1979년 4월 대만 주둔 중인 미군 사령부는 해체되었고 12월 31일 미중 상호 방위 조약 역시 만료됩니다. 이후 미국은 대만과 밀월 관계에 돌입합니다."

"UN 탈퇴 후 대만은 급격히 변하는 세계정세에 실수를 자각하게 됩니다. 이에 빈곤한 제3 세계 국가들을 경제적으로 원조함으로써 수교국을 늘려 나가 제3 세계 국가들의 지지를 발판으로 UN으로 복귀할 전략을 세우고 있었는데 주요 창구 중 하나였던 한국이 중국과 수교하며 계획을 망치게 됩니다. 이후 한국은 대만의 공격 대상이 됩니다."

"현재 대만과의 밀월 관계를 계속 유지해야 하는지에 대한 회의론이 돌기는 하나 예전 관계를 돌이켜 보면 대만엔 군사 고문단부터 미군 방송국, 미군 주택들, 타오위안 미 육군 기지, 타이중, 타이난 공군 기지 같은 미 공군의 주요 전력이 배치돼 있었습니다. 가오슝에는 제7함대 소속 분견대가 주둔했고 병력은 1만 명에서 최대 3만 명까지 수용했고 이외 알래스카 공군, 하와이 공군, 필리핀 클라크 기지에서의 증원도 가능하여 중국의 턱밑을 겨누는 난공불락의 요새로 탈바꿈시킬 수 있다는 점을 잊지 말아 주셨으면 좋겠습니다."

두서없었지만. 순식간에 대만과의 역사가 지나간다.

골자는 몇 가지였다.

대만은 중국을 제어할 가장 효과적인 카드다.

지금이라도 창구를 열자.

아니다. 어떤 정책이든 미국의 이익이 최우선되어야 하므로 상태 유지가 관건이다.

대만이란 카드를 한국이 가지려 한다. 위험하다.

대만은 오직 미국만을 위한 카드여야 한다.

"여론은 어떻지?"

"여전히 대만의 중요성에 대해 회의적입니다. 가뜩이나 군축으로 해외 파병 숫자를 줄이는 판에 지원을 더 늘린다는 건 국부를 훼손하는 행위라고 공격당하고 있습니다."

"하여튼 민주당 새끼들은……."

"일본의 하락과 한국의 성장으로 동아시아의 판도가 전통적인 것에서 다른 양상으로 흘러가고 있습니다. 이 마당에 대만마저 자유롭게 된다면 미국에 좋지 않은 결과가 나올 거라 판단됩니다."

"아마도 괌으로 밀려나겠지."

"그렇다고 대만이란 카드를 바로 삼키기에도 애로 사항이 있습니다. 삼키는 것과 현 상태를 유지하는 것 중 단연 이익은 현상 유지입니다. 대만이 중국에 편입되는 상황도 막아야 하지만 양안 대립이 격화되어 전쟁이 일어나는 상황 역시 막아야 합니다."

"이대로 놔두는 것도 안 된다는 거군."

"맞습니다. 미국의 이익에 결코 부합하지 않습니다. 현행 유지야말로 국익의 극대화에 걸맞습니다."

"결국 한국이 키로군."

"예."

하지만 그 한국이, 그 한국 정권이 전처럼 만만치가 않는다는 게 문제였다.

아예 말을 안 듣는다.

여차하면 동맹도 끊어 낼 것처럼 으르렁댄다.

그렇다고 섣불리 여론을 선동할 수도 없다. 현재 한국은 중국에 대한 감정이 최악이다. 세계 여론도 중국에 최악.

이 마당에 잘못 수작을 벌였다가 걸리는 순간 나락이다. 재선도 날아간다.

'장대운……'

도람프는 어째서 역대 공화당 정권이 장대운에 호의적이었는지 실감하였다.

앞뒤빵 나아갈 데가 없게 만든다.

앞으로 가려고 해도 길목을 막고 뒤로, 옆으로, 가려 해도 반드시 거치게 돼 있었다.

어쩔 수 없더라도 호의적이어야 했던 것.

공화당이든 미국 정부든.

'영향력도 영향력이지만 사람 자체가 강한 거야.'

직접 겪어 보진 못했지만.

당선된 후 행보를 보면 답이 나온다.

가히 파격적.

'곧 재선 시즌인데…… 이대로는 안 돼.'

오랜 세월 닦아 온 사업적 감각이 말해 주고 있었다.

장대운은 적으로 둬선 안 된다고.

더는 남에게 맡겨선 안 된다고.

중요한 건 직접 해야 한다고.

맞다. 제아무리 참모진들인들 재선에 도전하는 대통령의 심정과 같을까?

"내가 가야겠어."

"예? 한국으로 가신다고요?"

"그래야겠어."

"아직 한국 대통령의 방문도 받지 않았습니다. 이는 외교사에서 이례적일……."

이 마당에 외교 관례를 따지고 지랄이다.

도람프는 더더욱 확신이 들었다.

뭐든 내가 직접 해야 한다.

"잔말 말고 일정 잡으세요. 내일이라도 출발할 테니."

"……예, 알겠습니다."

"백악관에서 연락이 왔습니다."

"뭐래요?"

"정상 회담하자는 데요?"

"갑자기요?"

"예."

"뭐래. 쳇."

이유야 뻔했다. 그동안 아무도 건들지 않던 대만이라는 혈
도를 쿡 찍으니 아뿔싸 한 것.

계륵이 계속 계륵으로 남았으면 좋겠다는 것.

이럴 줄 알고 있었다.

대만의 부상을 기꺼이 받아들일 만큼 미국은 대인배가 아니니까. 그랬다면 한국의 통일도 필사적으로 막지 않았을 테니.

"이것도 갖고 저것도 갖고 다 갖겠다는 거네요. 양아치도 아니고."

"양아치입니다."

"아…… 그러네요. 개양아치죠."

이 땅이 비록 백척간두의 위기에서 미국의 도움으로 인해 연명하기는 했지만, 미국 주도의 정권이 들어선 근 70년간 우리 민족은 미국 때문에 오만 가지 더럽고 억울한 꼴을 다 봐야 했다.

50년대, 60년대, 70년대까지는 목구멍이 포도청이라 방법이 없었다.

그러나 지금은 2018년이다. 자기네 땅도 아직 다 개발 못한 것들이 이 멀리 동아시아에까지 와서 아가리를 들이밀며 훼방을 놓는다. 어떻게든 자기가 다 먹으려고.

그런데 또 막무가내로 거부하기도 어렵다.

막으면 막는 대로 별 수작을 다 벌일 테니.

"언제 온대요?"

"내일이라도 가능하답니다."

"지랄. 내일 도착한다는 얘기네요."

주한 미국 대사관으로부터의 통보였다.

정상 회담을 하자면서도 통보.

그놈이 도착하는 시간이 맞춰 미국으로 출국할까?

엇! 길이 엇갈렸네.

그놈이 미국으로 돌아오면 다시 한국으로 돌아온다.

엇! 또 길이 엇갈렸네. 우린 만날 운명이 아닌가 봐.

김문호가 한마디 한다.

"아주 지랄이죠? 어지간히 급한가 봅니다."

피식 웃는 김문호를 물끄러미 쳐다봤다.

"왜…… 그러십니까?"

"조금 달라진 기분이 드네."

"예?"

"우리 김 비서님이 이전까지와는 미묘하게 달라졌어. 왠지 더 적극적이 된 느낌? 혹시 입장 정리가 된 건가?"

"아…… 그 말씀이시군요. 예, 맞습니다. 확실히 정리됐습니다."

"오오~ 나에겐 좋은 일이로군. 도 비서실장님은?"

"비서실장님도 본인이 할 수 있는 걸 하기로 했습니다. 더는 휘둘리지 않고."

"근래 들어 김 비서가 나를 주로 수행하는 것도 이와 관련 있나?"

"업무 분장을 한 거죠. 각자 조금 더 나은 쪽으로 수행하자고요."

도종현은 나라 살림을, 김문호는 장대운을.

배현식, 우진기는 시민 단체 놈들을.

"반길 일이네. 받아들이기로 했다니 내 부담이 훨씬 줄어들었어."

"아직 전부 따라가진 못했습니다. 느닷없이 중국 내 한국인을 전부 철수하라는 명령을 내리실 때도 멈칫했으니까요."

"결국 했잖아."

"더디게 했죠. 그 망설이는 시간에 한 명이라도 더 빼냈다면……."

"자책하는구나."

"반성입니다."

"그래, 자기 의심 좋아. 권장하는 바야. 사람이란 본디 내가 옳다고 확신하는 순간 교만이 시작되지. 자기 파멸로 가는 급행열차를 타고 말이야."

"대통령님은 안 그러십니까?"

"왜 안 그럴까? 하루에서 수십 번씩 내 판단을 검토해. 아주 보수적으로."

"피할 수 없는 일이었군요."

"맞아. 국가 간 대결 구도에서 1도 피해 없이 일을 수행하는 건 불가능해. 다치기 싫으면 입 다물고 죽은 체나 해야겠지."

김문호가 일어나 허리를 굽혔다.

"감사합니다. 자존심을 세워 주셔서."

"……."

"앞으로 더 열의를 다해 임하겠습니다."

"……좋아요. 내일 준비는 어떤가요?"

"만전을 기하고 있습니다."

"도람프는 밤에라도 만날 생각이 있으면 오라고 하세요."

"알겠습……."

문이 열리며 도종현이 들어왔다. 뒤에는 정홍식이 있었다.

왜?

정홍식이 나섰다.

"중국 외교부장이 극비리 방한하겠답니다."

"그 새끼는 또 왜 온대요?"

"대만 때문에 급해진 거죠."

"음……."

"가이드라인을 받으러 왔습니다."

가이드라인이라…….

"최대한 양보를 받아 내세요."

"양보를…… 받아 내라고요?"

"온다는 걸 보니 전쟁은 아니네요. 도람프도 곧 도착한대요. 소식은 들었죠?"

"예."

"뭔가 꿈틀꿈틀하는 게 작품이 만들어질 것 같지 않아요?"

"일을 꾸미시는 중이군요."

정홍식의 입꼬리가 사악 올라간다.

장대운도 입꼬리를 올렸다.

"일단 북한 애송이부터 만나고요. 그래, 언제 들어온대요?"

"내일이라도 오겠답니다."

"잘됐네요. 도람프도 내일 들어온다고 알려 주세요. 야밤에 나랑 단둘이 만난다고요."

"오호호호, 그래요? 그거 아주 좋습니다. 내일이 기대되네요."

"몰라요. 또 꼬여서 뒤집힐지 알아요?"

"그것도 나쁘지 않습니다. 저놈들도 이제 동아시아의 키를 누가 쥐고 있는지 인식했으니까요. 어디로 가든 한국에 이익이 될 겁니다."

"맞아요. 이걸 못 해서 그동안 끌려다닌 거죠. 결국 처세술이란 둘 중 하나 아닌가요? 이길 수 있으면 판을 뒤집고 이길 수 없다면 스며들고."

"옳습니다. 먹거나 먹히거나."

"자, 이제 패는 던져졌어요. 남은 건 누구의 패가 더 강하냐는 거 아니겠습니까? 가 봅시다. 내일 뚱땡이 만나야 하는데 일찍들 퇴근하자고요. 하하하하하하하하하."

역사적인 장면이 연출되었다.

190cm의 키에 여전히 단련된 몸으로 핏을 유지하는 잘생긴 장대운과 뒤뚱뒤뚱 김정운이 판문점 38라인 앞에 나란히 서서 악수했다.

수많은 취재진들 앞에 서서 포즈를 잡고 서로 한 발씩 라인을 넘는 퍼포먼스로 이를 지켜보는 이들의 가슴에 쿵쾅쿵쾅 통일이라는 희망의 씨앗을 심겨 주었다.

"하하하하하하하~~~~~."

"하하하하하하하하하~~~~."

지금 뉴스에서는 한창 남북한 정상이 만나 나눌 의제에 대한 브리핑이 있을 것이다.

경제 협력, 금강산 관광 재개, 비무장 지대 유해 발굴, 경의선 철도, 평창 동계 올림픽 공동 참가, 개성 공단 재개 등등.

마치 당장에라도 통일할 듯 분위기를 몰아가겠지.

하지만 어쩌나? 북한은 통일할 생각이 1도 없다. 물론 이쪽도 마찬가지다. 절대, 전혀, 네버.

통일을 왜 안 하냐고? 남북이 합쳐지는 순간 한민족의 포텐이 터질 텐데 왜 안 하냐고?

과연 포텐이 터질까? 과연? 확실해?

소위 통일 전문가들은 통일을 저해하는 요소로 돈 문제를 현실적인 난적으로 꼽는다. 1천조 원이 넘게 든다잖나.

그러니까 내가 돈 문제 때문에 망설인다고? 이 장대운이?

웃어 준다. 돈 문제라면 차라리 쉽다. 쏟아부으면 되니까.

'아니야. 아니야. 그런 게 아니야.'

내가 보는 통일의 가장 최대의 적은 2,700만에 달하는 굶주린 인민이었다.

얘들은 답이 없다. 태어나는 순간부터 지금까지 오직 세뇌로만 길들여진 놈들. 세뇌당하지 않으면 죽는 환경에서 살아왔다.

이런 이들이 통일을, 그것도 남한 위주의 통일을 납득할까?

그렇다고 북한 위주로 통일할래?

북한은 지금 봉건주의 체제의 끝판왕인 왕정이나 다름없다.

이런 마당에 미제 앞잡이 남한이 와서 왕을 끌어내리다니 1천만 인민군이 총부리를 거꾸로 돌려도 할 말이 없다. 단 1만 명만 레지스탕스로 변해도 한반도가 몸살을 앓을 테고.

"아으으으으~ 싫어."

"예?"

"아…… 미안합니다. 잠시 딴생각을 하는 바람에."

"그러시오? 재밌는 생각을 했나 보오. 궁금한데 기래 뭣 때문에 몸을 떨었소?"

"보기 싫은 놈이 하나 있어서 말입니다. 생각만 해도 진저리가 처지는 놈이네요. 하하하하하하하."

"하하하하하하, 천하의 장대운 대통령님을 진저리치게 하다니. 누군지 궁금합네다."

"있어요. 저기 건너편 큰 땅에 사는 너구리."

"너구리요? 하하하하하하하, 하긴 그 간나새끼가 너구리 닮았긴 했소."

낄낄대는 사이 옥류관 랭면이 상 앞에 깔렸다.

점심만큼은 편히 먹자고 해서 단둘만 앉았는데.

이 제의 하나를 통과시키는 것만도 아주 피곤했다. 호위하는 놈들이 온갖 극성을 떨어 댔으니. 눈살 찌푸릴 정도로.

어쨌든. 한 젓가락 올렸다.

"으응?"

"왜요? 맛이 없으시오?"

"이거 한국에서 먹던 평양냉면이랑 다르네요."

"그러시오?"

"밍밍한 고기 육수를 생각했는데."

싸구려 칡냉면 맛이 난다.

이게 그 유명한 옥류관 랭면이라고?

도저히 믿기지 않아 물어봤다.

"혹시 냉면 맛이 변했습니까?"

"아아…… 나는 잘 모르오. 줄곧 바깥에서 생활해서."

모르쇠.

"맛이 상당히 자극적이네요. 남쪽의 진주냉면보다 더 걸쭉하고. 물론 진주냉면과 비슷하단 말은 아닙니다."

"아~ 그러시오?"

안색이 굳는다.

굳든 말든.

"발전이 없는 건지 퇴보한 건지 판단을 할 수 없네요. 세상은 저 하늘로 날아가고 있는데 이 냉면은 오히려 퇴보한 것 같네요. 왠지 안타깝습니다."

"……그거이 우리를 빗댄 거요?"

자존심 상했다는 티를 팍팍 낸다.

"그렇게 들었다면 할 수 없고요. 아무래도 국력부터가 많이 차이 나지 않습니까?"

● 대한민국 vs 조선민주주의인민공화국

면적

- 100,412km² vs 120,540km²

인구

- 51,832,112명 vs 26,855,175명

수도

- 서울특별시 vs 평양시

언어

- 한국어 (표준어) vs 조선어 (문화어)

명목 GDP

- $1조 6,032억 (10위) vs $400억 (117위)

1인당 GDP

- $31,221 vs $1,700

국방비

- $450억 vs $30억

군사력

- 6위 (자체) vs 25위

국제통화기금 분류

- 선진국 (자체) vs 통계 제외

"이 정도로 차이가 커요. 아시죠? 처음 분단됐을 때만 해도 북한이 남한의 열 배가량 잘살았다는 거."

"무신 말을 하고 싶은 거요?"

"저 러시아도 한국과 손잡고 싶어 안달 냅니다. 저 중국도 한국이 열받으니 뒷구녕으로 달려려 수작을 부려요. 그 외교부장이란 놈이 지금 한국에 들어와 있어요. 그놈 얼굴 아시죠? 만나 볼래요? 도람프는 이따 밤에 나랑 만나겠다고 태평양을 건너고 있고요. 만나고 싶으면 주선해 줄 용의는 있습니다."

"······!"

"그래서 계속 이렇게 가실 생각입니까?"

"쳇, 개방하라는 거요?"

오호라, 그 얘기 하려고 이 말을 한 거냐고 코웃음 친다.

"어느 부분에서 개방하라고 여겼는지 모르겠는데 난 개방하라는 말을 꺼낸 적이 없는데요."

"······그럼 뭣 하러 그걸 꺼내는 거요?"

"그냥 어쩔 생각인지 궁금해서죠. 순전히 궁금증에서 비롯된 질문입니다."

"······."

노려본다.

그래, 마음껏 노려봐라. 노려본다고 죽는 것도 아니고.

"이쯤에서 묻고 싶군요. 여기 무슨 얘기를 하고 싶어 온 건가요? 서로 알아서 잘살고 있잖아요. 체제 얘기야 위원장의 할아버지 대부터 줄곧 빨아 대는 거라 특별할 것도 없고. 우리도 군사 정권 때는 빨갱이를 잡자 그랬죠. 근래 들어 남북 간에 약간의 물꼬를 틀 일이 있었다지만 지금은 다 중단된 상태고 남은 것도 없잖아요. 여기 왜 온 거예요? 서로 끝난 상태 아닌가요?"

"······."

143

"액션인가요? 중국한테 보내는 메시지? 여차하면 한국으로 갈아타시겠다고?"

"뭐, 뭐시라고요?"

"그게 아니면, 원조를 원하시나?"

"원조라니! 우리가 거지인 줄 아시오?"

"하긴 거지는 아니죠. 매년 날리는 미사일 값만으로도 인민들 굶기지는 않을 테니."

쾅. 더는 참지 못하고 일어나는 김정운이었다.

그 순간 문을 박차고 호위총국 애들이 우르르 들어오고 총부터 뽑으려고 하고 분위기가 순식간에 살벌해졌다.

장대운은 눈 하나 깜짝하지 않았다.

"북한은 주인이 부르지 않아도 개가 마음대로 움직이네요. 이런 환경에서 사는 겁니까?"

김정운이 급히 둘러보니 남한 요원은 아무도 없었다.

전부 자기가 데려온 호위들뿐이었다.

"말이 잘 안 통하면 고성이 나올 수도 있고 뭔가 깨부술 수도 있고 그런 거지 다섯 살짜리 애도 아니고 여기 대한민국 대통령이랑 단둘이 있는 걸 알면서도 문을 박찬 거로 모자라 총까지 뽑으려 하네요. 나를 대체 뭐로 본 거죠? 한번 싸워 보자는 건가요?"

"……."

"그래서 이대로 끝내시겠다?"

"……."

"가겠다면야 나도 여기서 끝내지요. 안 그래도 나 아주 바쁜 사람이에요. 밤에 도람프도 만나야 하고 중국 애들 얘기도 들어 봐야 하고 말이죠. 자, 그럼 자리를 끝낼까요?"

장대운이 일어나려 하자 김정운이 입을 열었다.

"다 나가라."

"예?"

"다 나가라 하지 않나!"

쭈뼛쭈뼛 나간다. 장대운도 다시 앉지 않았다.

"이왕 일어난 김에 자리를 옮길까요? 옥류관 랭면이라고 기대했더니 너무 맛없네요. 입맛을 다 버렸습니다."

"기……럽시다."

"가시죠. 디저트나 즐기러."

밖으로 나가려던 장대운은 멈칫, 탁자로 돌아가 자기가 먹던 냉면을 엎어 버렸다.

김정운이 이게 뭐 하는 짓이냐며 화를 내려는데.

"바깥엔 기자들이 쫙 깔렸답니다. 이대로 나가면 싸운 것밖에 되지 않는데. 놔둘까요? 내가 실수로 냉면 그릇을 엎는 바람에 놀란 호위들이 들어온 거다 하면 끝날 일인데."

"……."

장대운은 그도 모자라 김정운의 곁으로 다가가 미소 지었다.

"웃어요. 해프닝이잖아요. 위대한 영도자가 이런 일에 위신이 상해서야 되겠습니까?"

"크으으음……."

나란히 나가서 같이 손 흔들었다.

기자들이 마구 플래시를 터트린다. 아주 반기며.

플래시 속에서 장대운이 우아한 몸짓으로 방향을 가리키니 김정운도 고개를 한 번 끄덕이고는 그쪽으로 향했다. 국가 정상다운 면모로.

한적한 길이었다. 날이 춥고 날씨마저 우중충해 다소 차가워 보일 수도 있겠지만, 이 길은 봄의 생기가 돋으면 화사하게 변한다. 우리 민족의 미래처럼.

그 길을 따라 몇 분간 걸었을까.

조그만 암자 비슷한 건물이 나왔다.

건물 앞에 선 장대운이 김정운에게 넌지시 말했다.

"긴히 얘기할 게 있는데. 호위들이 들어도 되겠습니까?"

호위들을 믿을 수 있겠니?

김정운은 호위 부장을 불러다 말했다.

"멀찍이 물러나라. 할 얘기가 있다."

"하지만……."

"또 나의 체면을 망가뜨릴 셈이오?"

"아닙니다. 30m 밖으로 물러나겠습니다. 다들 물러나라."

주변에 아무도 없을 즈음에야 문이 열렸다.

김정운이 들어가고 장대운이 들어가 문을 닫고. 그 순간 김정운의 뒤통수를 보는 장대운의 눈빛이 싸늘해졌다.

섬뜩. 문득 뒤에서 느껴지는 싸늘함에 김정운은 돌아보았다.

"헙!"

장대운이 바로 뒤에서 내려다보고 있었다.

"뭐, 뭐이가?"

깜짝 놀라 뒷걸음질 쳤다.

'언제?'

그런데 겨우 벌린 간격을 또 따라붙는다.

'왜?'

눈매마저 지금까지와는 달리 차갑기 그지없었다.

장대운의 콧바람이 이마에서 느껴졌다.

김정운은 우선 밀어내려 했다.

하지만 어느새 두 팔마저 잡혀 버렸다.

"이, 이기…… 지금 뭐 하는 거이가?!"

소리를 높여도 달라지지 않았다. 도리어 차갑게 웃는다.

김정운은 견디지 못하고 소리치려 했다.

그 순간 시야가 암전된 듯 깜깜해지며 숨이 턱 막혔다.

어떻게 된 건지 몰랐다.

몸부림쳤으나 목소리도 나오지 않고 숨만 가빠 왔다.

이해할 수 없는 상황.

'날 죽이려는가?'

덜컥 겁이 났다. 어떻게 여기까지 올라왔는데.

그보다 어째서? 갑자기 왜? 날 죽인다고 이 사태가 끝나나?

아닐 것이다. 지금 북한은 누구 하나 죽는다고 무너지지
않는다. 아닌가? 더 쫙쫙 쪼개지려나?

설마…… 이걸 노리고?

"……정운아."

목소리를 듣는 순간 신체를 억압하던 모든 압박이 사라진 걸 느꼈다.

눈을 번쩍 뜬 김정운. 주변이 눈에 들어왔다.

탁자 위에 누운 자신과 널브러진 다과상.

장대운을 찾았다. 의자에 앉아 있었다. 태연하게.

"이상하냐? 이상할 거다. 죽었다 살았으니."

"……."

뭐지?

"정운아, 앞으로 누구와 만나더라도 호위를 떨어뜨리지 마라. 세상엔 네가 이해하지 못하는 괴물들이 아주 많다."

"……."

"당황스럽겠지만 그냥 들어라. 너 이렇게 계속 살면 반드시 죽는다. 네 옆에 있는 놈들이 가만두지 않을 거다. 이 형이 유독 중국과 날을 세우는 이유를 너만은 모르지 않을 거라 믿는다. 더 놔뒀다간 끝이니까. 아랫동네 형이 안타까워서 알려 주는 거라 생각해. 그래도 남한이 낫지 않겠냐."

"……나한테 왜 이러는 거요?"

"널 이해하니까."

"……."

"너도 곤란하잖냐. 아버지 죽고 나서 갈수록 늘어 가는 중국빠들 때문에. 그렇다고 막을 힘도 없고 중국의 원조를 받지 않으면 정권이 돌아가질 않고 언제 뒤집힐지 모를 판에 안절

부절, 스트레스받아 와인이랑 치즈랑 입에다 때려 박고 계속 살찌고."

"……."

"종전부터 하자. 아! 네 형은 죽이지 마라."

"……!"

움찔.

"몰래 따라다니고 있을 거 아니냐. 죽일 작정으로."

"……어떻게 알았소?"

봤으니까.

"네 형을 죽이라는 놈부터 죽여. 네 형을 죽이지 않으면 널 약하게 보고 애들이 덤빌 거라 소곤대는 놈부터 죽여라. 그놈이 제일 많이 간 보는 놈이다."

"……."

입을 다문 김정운은 조용히 탁자에서 내려가 맞은편 의자에 앉았다. 뒹굴고 있던 물통을 잡아 단숨에 절반쯤 마셨다.

"후우~~~~~~~."

한숨을 길게 내쉬면서도 김정운은 이 상황이 기가 찼다.

격장지계에 휘말려 버린 것이다.

옥류관 랭면부터 요상하게 시비 건다 했는데.

이 일을 위한 한 수였다니.

"쳇, 수업료 한번 대차게 치렀구만."

"그새 살아났네."

"내래 나이는 어리지만, 지옥을 뚫고 올라왔소. 만만히 보

149

지 마시오."

"자식이, 고새 살아나서는. 하여튼 회복은 빠르네. 형이 미안하다. 일부러 그랬다."

"기분은 더러운데. 대화는 확실히 되겠군. 날 죽일 마음이 없다는 건 알겠소."

"미안하다. 이번에 헤어지면 기약이 없잖냐. 서로 재다 끝낼 생각이면 아예 만나지도 않았다. 물론 네가 어린 것도 한몫했고."

"어리지 않으면?"

"이러지 못했겠지. 이게 네 아버지한테 통했겠냐?"

"……."

하긴. 안 통한다. 아버지는 철인이다.

결국 모든 게 자기 불찰 같은 김정운이었다.

"종전하자 했소?"

"그게 순서 같아서. 언제까지 휴전국으로 남을 순 없잖아."

"미국 아새끼들이 허락하겠소?"

"나는 걱정 마라. 네가 문제지. 중국이 아주 싫어할 거야. 그 중국 돈 맛본 놈들이 앞장설 거고."

"각자 알아서 하잔 거요?"

"대신 성공하면 핵보유국으로 인정해 줄게. 내가 직접."

"……!"

움찔. 이런 말을 들을 줄 몰랐던 김정운은 무슨 의도인지 먼저 살피려 했다.

장대운은 손사래 쳤다.

"뭔 의도가 있겠어? 멈추란들 멈출 거야?"

"……."

"쿨하게 인정해 줄게. 북한이 핵보유국이라고. 그러면 되잖아."

이 한마디에 종전하자는 이유까지 납득해 버린 김정운이었다.

휴전이란 전쟁이 끝나지 않았다는 뜻이다.

아직 나라가 하나라는 것.

UN에는 각자 알아서 만든 국명으로 가입돼 있지만, 휴전 상태기에 6.25 한국전쟁을 내전으로 해석하는 게 가능했다. 이미 각자도생의 길로 걸어가고 있음에도 해석의 여지가 그렇다는 얘기다.

하지만 종전이 된다면? 전쟁이 끝났다고 선언한다면?

굳히기에 들어간다. 각자의 나라로서 서로를 인정해야 하는 시기로 돌입할 수 있다는 것.

즉 휴전인 상태에서는 북한을 핵보유국으로 인정할 수 없지만, 종전이 되는 순간 동격의 나라로서 인정받을 수 있게 된다는 것이다.

가히 엄청난 건이었다.

"……나한테 왜 이러시오?"

"그만 싸우자는 거다. 언제까지 아웅다웅할래? 그만 남한을 이용하고."

"그건……."

"그까짓 미국 안 끌어들여도 된다. 네가 마음만 먹으면 북한은 중국을 넘어서는 세계의 공장이 될 거다."

"……."

"헌데 모름지기 정치가 불안한 나라엔 누구도 들어가지 않아. 너부터도 들어가고 싶겠냐? 언제 총부리를 뒤로 겨눌지 모르는데. 남한을 봐라. 정치가 안정된 후 어떻게 변했냐?"

"……."

"네가 아무리 미사일을 날려도 남한은 하루가 다르게 발전하지. 머지않아 선진국으로서의 지위도 얻게 될 거야. 그러나 너희의 그 비대해진 군사력은 체제를 잇는다는 측면에서는 큰 도움이 되겠지만 대신 그 때문에 미래가 꺾였지. 지금에선 오히려 너희 체제까지 갉아먹고 있어. 군권을 잡은 놈들이 언제 쿠데타를 일으킬지 몰라 전전긍긍. 맞잖아. 너는 네 불안한 삶의 시작이 어디서부터라고 생각해?"

"……."

"결국 인민이 약해서다. 네 할아버지 대부터 줄기차게 인민을 바보로 만들어 버리고 나니 군부가 조선 시대 양반처럼 행세하는 거라고. 언젠가부터는 왕의 목숨마저 위협해. 이게 네가 바라는 왕국이냐? 자, 남한을 봐라. 대통령이 엿 같으면 갈아 치워 버리잖아. 이런 국민이 군인이 된 거야. 이러니까 군인 놈들도 감히 이상한 생각을 못 해."

"……."

틀린 말이 하나도 없다. 숙청해서 죽이는 것도 하루 이틀이고 공포는 언제고 불만으로 튀어나오기 마련.

지금은 숨죽이더라도 약세를 보이는 순간 앞날을 보장하지 못하게 된다.

"남한은 되는데 북한이 안 될 이유 있어?"

"……그래서 어쩌라는 거요? 군부를 치라는 거요?"

"뭘 믿고? 너 아무도 못 믿잖아."

"……."

이도 맞다.

"중국은? 한국은? 러시아는 믿을 수 있어?"

"……."

"고립무원이야. 악순환의 연속이지."

"그래서 어떻게 하라는 거요?!"

"그건 네가 더 잘 알잖아. 네 일 아니야?"

"……."

맞다. 내 일이다.

"난 내가 해 줄 수 있는 걸 말해 준 것뿐이야. 그걸 활용하는 건 전적으로 네 몫이고. 내가 북한의 왕도 아니고. 솔직히 말해 그런 왕, 거저 줘도 안 한다. 날마다 독살당할까, 어떤 놈이 뒤엎으러 오지 않나? 누가 총부리 안 겨누나? 벌벌 떨면서 사는 게 그게 인생이냐? 차라리 남태평양 외딴 섬 어부가 더 삶의 질이 높겠다."

"……."

"보기 안쓰럽다고 자식아. 이 얘기 해 주고 싶었다."

장대운이 일어나 다가온다. 또 뭘 하려고?

두 손을 앞으로 내민다.

멱살을 잡으려는 줄…… 옷매무새를 잡아 준다. 흐트러진 머리도 바로잡아 주고.

"가자. 이제. 지금쯤이면 애들 안달 났겠다."

"끝내자고?"

"그럼 끝내지 더 뭐 할 말 있어?"

없다. 딱히 없다.

"아 참, 마지막으로 경고 하나 해 줄게. 형 돈 졸라 많아. 네가 생각하는 것보다 훨씬 더. 북한이 자꾸 저 중국처럼 짜증나게 하면 싹 다 폭격해서 무주공산으로 만들어 버릴 거야. 그런 후에 차근차근 먹어 갈 거야. 이런 계획을 꿈꿔도 될 만큼 난 돈이 썩어 넘쳐. 무슨 말인지 알지?"

"……."

어깨동무한다. 동네 형이 동생 다루듯.

욱하고 솟아올랐지만 막지 못했다.

왠지 모르게. 이상하게도 마음이 차분하다.

"가자. 웃어. 우리는 쇼를 보여 줄 의무가 있잖아."

같이 나다가 김정운이 멈췄다.

"근데 옥류관 랭면이 그리도 맛없소?"

"응, 졸라 맛없어."

문을 열었다. 기다렸다는 듯 기자들이 플래시를 터트렸다.

같이 웃으며 손을 흔들흔들. 안녕~ 잘 가.

그날 뉴스 메인에 두 사람의 다정한 모습이 전국으로 송출됐다.

언론은 하나같이 통일의 가능성을 언급하며 당장 내일이라도 통일될 것처럼 설레발을 떨었으나 정작 청와대의 분위기는 달랐다.

"경제 협력이요? 쟤들한테 받을 게 뭐 있다고 협력이죠? 설마 막 퍼 주자는 건가요?"

"비무장 지대 유해 발굴이요? 이미 하고 있잖아요. 그냥 하던 거나 잘하세요."

"경의선 철도 연결이요? 그게 유라시아랑 통하는 순간 엄청난 경제 효과를 누릴 거라고요? 이 사람들이 남은 떡 줄 생각도 안 하는데 김칫국부터 마시네. 누가 길을 열어 준대요? 누가 연결한대요?"

"금강산 관광 재개요? 가능하겠어요? 언제 납치될지 모르는데? 거기 사진도 함부로 못 찍는다면서요? 감시 요원들이 따라다니고. 머리 위로 미사일 막 날아다니는데 괜찮겠어요?"

"개성 공단 재개요? 그래서 그 기업들이 다시 들어오겠대요? 정부한테 거하게 뒤통수 맞았는데? 또다시 막아 버리면 어쩌려고요? 당신들이 책임질래요?"

"평창 동계 올림픽 공동 참가요? 이거 왜들 이러시나? 쟤들이 뭐했는데 우리 선수들 자리에 끼워 줘요? 걔들 때문에 못 나간 선수들은 누가 책임진대요? 자기 일 아니라고 막 굴리는 거 아니에요?"

국무위원들을 갈구는 와중 도람프의 청와대 도착 소식이
귀에 들어왔다.

◇ ◆ ◇

서울시 소재 국정원 안가에 일단의 사람들이 몰려왔다.

입구를 지키고 있던 요원에 의해 신분 확인 후 안내받은 이
들은 엘리베이터를 타고 지하로 내려갔다.

좁은 복도를 지나 정면에 있는 문을 여니 정홍식이 반가운
표정으로 일어나 손을 내밀었다.

"정홍식입니다."

"왕슈입니다."

"먼 길 오시느라 고생이 많으셨습니다."

"아닙니다. 두 시간 정도의 여행이라 어렵지 않았습니다."

"그렇죠? 내륙 어딘가보단 차라리 한국이 훨씬 가까울 겁
니다."

"……예."

출발부터 도착까지 두 시간이면 끝날 이웃국이었다.

이렇게 가까운데 또 가장 먼 나라이기도 했다. 현실적이든
역사적이든 정서적이든.

"그래, 인사는 됐고 바로 본론으로 들어갈까요? 공식적인 행
사가 아니다 보니 오래 머물러 봤자 부담만 가실 거 아닙니까?"

"이해해 주셔서 감사합니다."

"말씀해 주세요. 경청하겠습니다."

"예, 그럼 우리 정부의 입장을 말씀드리겠습니다."

왕슈의 분위기가 정색에 가깝게 변한 건 그 순간이었다.

"……양국 간의 우애가 심각하게 훼손된 것에 우려를 금치 못한다. 이에 중화인민공화국은 현재까지 입은 물적 심적 피해에 관한 배상을 요구하는 바이며 이를 받아들이지 않을 경우 이후 벌어지는 일에 대한 책임은 모두 한국에 있다."

"아이고, 처음 뵙겠습니다. 장대운입니다."

"도람프요."

"으응? 말이 짧네요."

"……."

"약속도 없이 멀리서 달려왔길래 무슨 급한 일이 있나 했더니. 초장부터 반말이라. 싸우자고 온 거야?"

"……."

첫 대면부터 으르렁. 기분 나쁘다는 듯 노려보는 도람프의 시선을 장대운은 일절 피하지 않았다.

도리어 경고했다. 검지로 가리켰다.

"너 그러다 턱 돌아간다. 하긴 한국인에게 턱 돌아간 미국 최초의 대통령도 괜찮겠네. SNS에 올리기도. 쿠쿠쿡."

주변에 있던 모두가 경악.

중국과의 대치로 장대운 또라이설은 전 세계에 퍼졌다지만 이렇게 실제로 보니 오히려 축소된 감이 있었다.

세상에 미국 대통령의 턱을 돌리겠다니.

"이게 뭐 하는 짓이지?"

"이거 웃기는 놈이네. 남의 집에 와서 뭐 하는 짓이냐니. 내가 우스워?"

"나는 미국 대통령이다."

"나는 한국 대통령이다."

점입가경. 한술 더 뜬다.

"계속 꼬나보면 처맞고 쫓겨난다. 이거 경고 아니야. 눈탱이 밤탱이 돼서 인터뷰하고 싶으면 마음대로 해. 아주 세계 정치사에 길이길이 남을 명장면을 만들어 줄게."

훅 다가오는데. 제아무리 마이 페이스인 도람프라도 단순 돌진은 버텨 낼 수 없었다.

동서고금을 막론하고 주먹이 늘 법보단 앞서니까.

상황이 급박해졌다.

더 놔뒀다간 정말로 길이 남을 흑역사의 펼쳐질 판이라 미국 참모진들이 나서며 둘 사이를 갈라놓았다.

가뜩이나 재선을 의식하는 판에 이 사실이 민주당에 알려지기라도 한다면 처맞고 다니는 똥개라고 동네방네 떠들고 다닐 게 뻔했다.

도람프를 위주로 말렸다.

"미스터 프레지던트. 안 됩니다. 물러나시죠."

도람프는 그게 더 화가 났다.

"왜 나만 말리지?"

"그건……."

"저놈이 나보다 더 무섭다는 건가?"

손가락으로 장대운을 가리키며 말하는데 무언가 손가락을 잡았다. 장대운이었다.

"이 새끼가 누구한테 손가락질이야."

확 꺾는다.

"으억!"

"미스터 프레지던트!"

경호원으로 보이는 이가 달려들려 하나 백은호가 태클로 저지했다.

둘이 옥신각신. 하지만 종합 격투기로 단련한 백은호를 일대일로 이기기엔 무리였다.

그사이 꺾은 손가락을 더욱 강하게 쥔 장대운이 제압당한 경호원한테 걸어갔다.

"으억, 으억, 이, 이것 좀……."

도람프가 아프다고 딸려 온다. 그러든 말든.

"어이, 경호원."

깔려서 쳐다본다.

"계속 꼬나보네. 이거 부러뜨려?"

각도를 더 위험하게 만들었다.

"으아아아악."

도람프가 죽는다고 난리를 부리자 그제야 눈을 내리깐다.

그 순간 구둣발이 경호원의 머리를 쳤다.

퍽. 실신.

축 늘어지는 경호원을 일견한 장대운이 도람프를 봤다.

"아직도 내가 우스워?"

"이, 이것 좀. 으어어어어어."

"머리부터 발끝까지 뼈란 뼈는 다 박살 내 줄까?"

"아, 아니오. 내가 잘못했소. 으어어어어어어~~~~~~."

이 무슨 해프닝인지. 도람프는 체통도 잊고 난리를 부렸다.

미국 참모진들의 표정에도 참담함이 깔렸다.

당혹보단 실망감이었다. 제도권 내에서 온갖 특혜를 누리며 자란 이의 한계를 본 듯.

반면, 장대운은 진짜였다. 세상을 파도를 모두 이기고 선자의 강인함이 물씬 전해졌다.

터프하다. 아주 강한 남자.

그제야 미국 참모진들도 이 조그만 나라가 저 거대한 중국과 판을 키우면서도 끄떡없는 이유를 납득하였다.

지금까지 오판이었음을…… 장대운이란 인간 자체를 제대로 보지 못했음을 인정했다.

그제야 도람프의 검지를 놔주는 장대운.

아프다고 부러질 뻔했다고 엄살떠는 도람프를 두고 자리에 앉는다. 여기 앉으라고.

도람프도 몇 번 자기 검지가 이상 없음을 확인하고는 별말 없이 자리에 앉았다. 뛰쳐나가지도 않고.

확실히 아까와는 달라졌다.

이것이 바로 수컷 간의 우위인 것처럼.

"……양국 간의 우애가 심각하게 훼손된 것에 우려를 금치 못한다. 이에 중화인민공화국은 현재까지 입은 물적 심적 피해에 관한 배상을 요구하는 바이며 이를 받아들이지 않을 경우 이후 벌어지는 일에 대한 책임은 모두 한국에 있다."

왕슈의 발언에도 정홍식은 1도 흔들리지 않았다.

도리어 고개를 끄덕이며 알겠다는 표정을 지었다.

"그렇군요. 중국의 입장은 잘 들었습니다. 이제 한국의 입장을 말씀드리죠."

7광구 인근에 설치한 중국 해상 연구소의 군사 시설을 해체하라.

중국 어선의 불법 조업을 근절시키라.

중국 내 한국인을 즉시 석방하고 피해를 배상하라.

중국 내 한국 기업의 피해를 보상하라.

중국 내 한국인의 토지 소유를 가능하게 하라.

중국 내 한국 기업 설립 시 제한 사항을 없애라.

경제 제재 이후 피해 입은 한국 기업과 한국인에 대한 배상을 실시하라.

죽은 해경과 관련된 자 전부를 한국에서 재판받게 하라.

한국인 테러와 관련된 자 전부를 한국에서 재판받게 하라.

한국 기업 테러와 관련된 자 전부를 한국에서 재판받게 하라.

한국 기술을 훔쳐간 기업 전부를 한국에서 재판받게 하라.

한국 기술을 갖고 넘어간 한국인 전부를 송환하라.

"안 그럼 한국과 중국은 영원한 단절의 길로 가게 될 겁니다."

흥분하지도 않고 사무적으로 읊는 정홍식의 태도에 왕슈는 오늘 일이 어렵겠다 직감했다.

정홍식은 중국에서도 유명했다. 수완 좋기로. 티 내는 이는 없겠지만 찾아보면 저 정홍식과 관계된 자도 한둘이 아니다. 더욱이 그는 이전 주석 세력과 아주 밀접하다.

왕슈는 되레 여유로운 미소를 보였다.

"요구 사항이 엄청난데요. 이 정도 규모라면 거의 전쟁 배상인데요. 그나저나 우리 중국인들은 어쩔 생각이십니까? 잡는단들 가둘 데가 있습니까?"

"괜찮습니다. 파주에 수용소가 하나 더 들어서고 있습니다."

"……."

"……."

"……뭐, 어쨌든 서로의 입장은 잘 확인했군요."

"그렇네요."

"……."

"……."

잠시 대화가 끊겼으나 두 사람은 오랜 지기를 만난 것처럼 어색해하지 않았다.

그저 조용히 서로를 바라보았고 탐색하기 바빴다.

왕슈는 어느덧 조급해지는 자신을 봤다.

'내가 밀리나?'

가히 명불허전이었다.

한국이라는 소국에서 태어난 게 무색할 만큼 온 세상을 누비는 DG 인베스트의 수장.

그 실질 주인이 장대운이라지만 정홍식을 무시하는 국가는 없었다. 그 강대한 DG 인베스트의 전권을 쥐고 세계를 경영하는 남자였으니.

중국에서조차 언급할 때 뒷머리에 '공'을 붙이는 남자.

상대가 그 정홍식이라는 걸 알고 왔건만. 왕슈는 어쩐지 지는 느낌을 받았다. 확실히 소국에 있기는 아까운 인재였다.

그나저나.

'이것이 내 한계인가? 이 잠시의 침묵조차 버거워 하다니. 아니면 내가 타성에 젖었던가? 우위의 외교에 익숙해져서?'

욱일승천한 이후 중국의 모든 외교 기조가 동일했다.

강행. 협상이 아닌 협박과 위협으로 길을 닦는다.

그럼에도 그동안 아무런 문제가 없었던 건 그 협상 대상이 겁을 먹어서였다. 너무도 큰 중국의 국력 앞에.

그래서 와일드함을 잊었던가?

"……."

그런 건 아닌 것 같았다.

이런 기조가 안 먹히는 나라가 몇 개 있긴 있었다.

'그 속에서도 난 내 역할을 충분히 해냈어. 장 주석이 지금까지 날 신임한 데는 다 이유가 있다는 거야.'

대표적으로 미국이었고 일본이었다.

한국은 70% 정도는 먹었다 판단했고 유럽은 서로 건들지 않았다. 러시아는 논외.

그런데 조그만 한국이 수중에서 빠져나가는 중이다.

이걸 놔두면 자신의 커리어는 끝난다.

장리쉰 주석도 정치적 타격이 클 것이다.

그만큼 중국의 대 한국 의존도가 높았다.

소국이라고 으름장은 놨다지만, 한국이 중국 경제에 끼치는 영향력은 절대 소국 수준이 아니었다. 중국의 요소요소에 파고든 한국 기업들의 기술력은 무시해서도 안 되고 무시할 수도 없다. 특히나 현대 산업의 핵심이라 할 수 있는 반도체는 지난해만 2,300억 달러어치나 수입했다. 내년은? 내후년은? 어떨까? 2020년 전망치가 3,500억 달러라고 하던데.

갈수록 첨단 기기의 수요가 늘어 가는 가운데 한국의 반도체를 받지 못한다면 어디에서 충당하나?

2014년 반도체 굴기 선언 이후 수천억 달러를 쏟아붓고 있다지만 왕슈는 장리쉰 주석의 자신감을 믿지 않았다. 돈 쏟아부어서 될 일이었다면 저 미국이 오성과 TSMC에 반도체 1위를 내주진 않았을 테니.

두통이 왔다.

더구나 현 한국 정부는 항의하고 시늉만 하는 약해 빠진 정부가 아니었다. 윽박지르면 전쟁하자고 덤빈다.

얘들은 한다면 한다는 것. 그것이 설사 자국의 멸망을 초래하는 일이 될 지라 하더라도 자존심부터 세운다.

골치 아팠다. 모든 상황이 중국에 불리하게 돌아갔다.

"허허허, 허허허허허허허."

"……."

"설마 전쟁을 하자는 건 아니시겠죠?"

그래도 질 수 없어 으름장을 놔 보나.

"전쟁도 좋지요."

이봐라. 보통 이렇게 말을 던지면 얼씨구나 그렇습니다. 서로 좋은 길로 가야지요 하는데 얘들은 전쟁도 좋다고 한다.

"나도 싸우자고 여기까지 온 건 아니니……."

"싸우자고 온 게 아니라고요?"

"예?"

"난 전쟁의 조율을 위해 오신 줄 알았습니다."

"전쟁의 조율이라니요?"

"그런 거 있잖습니까? 싸우더라도 어디는 공격하지 말자 하는 것들 말이죠. 문화재나 주요 산업이나…… 물론 그게 지켜질지는 의문이지만 말이죠."

"허어……."

"왜 한숨이시죠?"

"진짜 전쟁하시려는 겁니까? 우리 중국과?"

"그럼 안 합니까? 중국은 다른 국가가 중국의 영토를 침략하고 중국 인민을 죽여도, 부당하게 가두고 폭행하고 강간하고 중국 기업을 불태워도 주둥이만 놀립니까?"

주둥이만 놀리냐?

외교부장으로 앉은 이래 처음 듣는 격한 언사였다.

그러든 말든 정홍식은 계속했다.

"곧 대만과의 일정이 발표될 겁니다. 대통령께서 방대(대만 방문)를 하시면 이런 발표가 나오겠죠. 한대 상호 방위 조약과 함께 현무 미사일 수출."

쾅. 왕슈가 벌떡 일어났다.

"진짜 전쟁하자는 거요?!"

"이 양반이 여태 뭘 들었나? 한국은 이미 전쟁 중이야. 지금까지 벌인 일이 장난인 줄 알았어?!"

"이, 이⋯⋯."

"6천 기 중 남아도는 5백 기 정도만 넘길 생각이야. 한국이 중국과 전쟁을 하는 순간 중국 남쪽을 지옥으로 만든다는 조건으로."

"한국은! 한국은 무사할 거라 보오?!"

"한국에 미사일이 한 기라도 날아오는 순간 베이징도 끝장나겠지. 중국의 동력이던 동부 해안 지대가 말살될 테고. 네마음대로 해 봐라. 우린 이참에 한국을 다시 설계할 생각도 하고 있으니까."

"……."

이 무슨 미친…….

왕슈는 다시 정홍식을 쳐다보았다.

혹시나 행간에 감춰 둔 의미가 있다면 찾으려 했다.

하지만 아니었다. 얘는 정말 전쟁을 말하고 있었다. 마치 선전 포고의 날만 기다리는 것 같이. 눈에 광기만 어린다.

'이런 건…… 이런 미친놈을 상대하는 건 내 분야가 아니라고!'

자기 머리를 쥐어뜯고 싶은 왕슈였으나 오히려 덤빈 건 정홍식이었다.

탁자를 넘어와 멱살을 쥐고 끌어 올린다.

너무도 놀란 왕슈는 반항조차 못 했다.

"으, 어어."

"넌 내가 여길 장난으로 온 것 같이 보여?!"

"으, 으으."

"내 눈을 봐. 내 눈을 봐! 이 자식아! 다 같이 죽는 거야! 다 죽는 거야!!!"

고성에 바깥에서 대기하던 이들이 우르르 들어왔다. 탁자에 올라간 정홍식이 왕슈의 멱살을 잡고 끌어올리고 있었다.

"근데 말이야. 한국은 어떻게든 살아남아. 왜인 줄 알아? 저 미국에 알토란 같은 자산을 숨겨 놨거든. 그 돈을 전부 한국 재건에 쏟아부을 거야. 너희가 가진 미국 채권도 큰 도움이 되겠지. 그럼 중국은 어떨까? 미국은 이참에 중국을 수십 개로 쪼개지 않겠어? 러시아? 네 우방국? 좋다고 동북방을 먹으려 달려들겠지. 전쟁이 벌어지는 순간 너흰 끝장이야! 어디서 별 거지 같은 게 나랑 맞먹으려 들어. 뒈지려고."

사람들이 기함하든 말든 정홍식은 계속 말했다.

"잘 들어. 내가 지금까지 말한 것에 대한 배상이나 그에 상응하는 것이 아니면 협상은 끝이야. 며칠 내로 대만에 헌무 미사일이 넘어가게 될 거고. 너흰 새로운 국면을 맞이하게 되겠지."

"으으, 미……국이 가만있지 않을 거요."

"도람프? 그놈이 우리 대통령을 이길 수 있을 것 같아? 모르긴 몰라도 지금 청와대에서 쥐 터지고 있을 거다. 입도 뻥끗 못 하고."

말이 끝나기가 무섭게.

짝. 뺨이 돌아갔다. 시원하게.

한 대 맞고 멍해진 왕슈가 왜 때리냐고 쳐다보니.

짝. 한 대 더 올린다.

정홍식이 씨익 웃었다.

"이거 괜찮네. 진즉 이럴걸. 이런 쥐새끼한테 말로 설명하려 했으니 길을 얼마나 돌아가야 하냐."

뒤탈도 걱정 없었다. 지금 눈앞에 걸린 게 얼마인데 외교부장 따위 처맞은 거로 시비 걸까?

신나게 세 대 더 올려붙이자 그제야 왕슈도 몸부림치며 그만하라고 막았다.

그러든 말든 정홍식은 멱살까지 놓고 두 주먹을 휘둘렀다.

아무도 막지 못했다. 이곳은 대한민국 국정원 안가였다.

왕슈는 비밀리에 입국했다. 무력보단 협상 쪽에 가까웠기에 준비도 부족했다. 아니, 누가 중국 외교부장이 한국에서 얻어맞을지 예상했을까?

퍽 퍽 퍽 퍽.

"그만…… 그만하시오."

"그래도 이 새끼가 주둥이를 놀려. 너는 더 맞아야 해."

"아픕니다. 아파요."

"아프라고 때리는 거다. 이 개스키야. 우리 국민 잡아다가 개 취급해 놓고 어딜 뻔뻔하게 여길 들어와. 뒈져랏! 뒈져랏!"

주먹으로 때리다 못해 발로 밟자 더는 보다 못한 국정원 요원이 정홍식을 말렸다.

그러면서 은근히 왕슈의 발목을 지그시 밟는다.

아프다고 고래고래 고함치는데도 들리지 않는 것처럼 정홍식 말리는 것에만 집중하는 요원에 정홍식의 눈에 이성이 돌아왔다.

"오호, 어딜 때려야 더 아프다는 걸 알려 준 거로군요."

"아닙니다. 저희는 장관님께서 너무 격해지셔서 건강이 염려돼……."

"친절도 하셔라. 제 건강 걱정까지. 안 그래도 혈압약 먹는 걸 어떻게 아시고. 감사합니다. 다시 협상을 진행해 볼까요?"

"옙."

다른 요원 둘이 만신창이가 된 왕슈를 의자에 앉히고는 나갔다.

다시 단둘이 남은 밀실.

정홍식이 물을 집으려 손을 들자 화들짝 놀라는 왕슈였다.

두 손이 덜덜덜. 왕슈는 이 상황에 참혹하고 민망하기도 하거니와 자기도 이럴 줄은 몰랐다는 당혹이 더 컸다.

"으으으, 으으으으."

그도 그럴 것이 살며 누군가에게 얻어맞아 본 경험이 없었다. 이 자리가 난생처음. 맞는다는 게 이렇게 아픈 건지도 오늘 처음 알았다. 이렇게 무서운 건지도.

이러다 정말 맞아 죽겠다는 생각이 든 순간 얼마나 공포스러웠는지 몰랐다.

더는 이곳에 있기 싫었다. 앞의 정홍식도 무섭고 여기 이 밀실도 너무 무섭다.

반면, 정홍식은 입꼬리가 승천했다.

"이 새끼 이거 완전 쩌리였구만."

못 참겠다는 듯 휴대폰을 꺼내 사진을 찍어 댔다.

찰칵 찰칵 찰칵.

왕슈는 어떻게든 얼굴을 가리려고 애썼지만. 정홍식이 가만히 있어! 더 맞을래?! 한 마디에 저항을 멈췄다.

마음껏 사진을 찍은 정홍식이 다시 자리에 앉았다.

"하여튼 떼놈 새끼들은 사흘에 한 번씩 패야 해요. 아니, 조상님들은 뭘 하셨나요? 너무 평화만 사랑하신 거 아니에요? 그랬으니 주제를 모르고 덤비잖아요."

"……."

덜덜덜.

어느 순간 눈이 뒤집혀 덤빌지 모를 정홍식에 왕슈는 어찌할 바를 몰랐다.

"그래, 뭐 하러 온 거냐?"

"……."

"뭐 하러 온 거냐고?!"

"……."

쾅.

"이 새끼가……."

"대만, 대만 때문에 왔습니다."

"그러니까 새끼야. 왜 온 거냐고?"

"대만과의 수교를 막기 위해서……입니다."

말꼬리가 줄어들긴 했으나 충분히 알아들을 정도는 됐다.

정홍식도 짐작은 하고 있었다.

저 도람프가, 여기 이 왕슈가 급히 한국에 들어온 건 대만 이벤트 이후였으니.

"그래서 어떻게 막으려고?"

"……."

"이 새끼가 덜 맞았나."

정홍식이 벌떡 일어나자.

겁이 난 왕슈가 서둘러 답하려 했는데.

정홍식은 답 따윈 들을 생각도 없다는 듯 머리통부터 후려쳤다.

그냥 패고 싶어서.

"……."

근데 어랍쇼.

손맛이 너무 좋다.

주먹맛이 좋다.

패자.

그냥 패자.

그래, 이 기회가 아니면 언제 패냐.

중국 시장에 진출한 이래 그 꽌시인지 뭔지 때문에 받아
왔던 스트레스를 이참에 풀겠다는 듯 주먹을 꽉 쥐었다.

흠씬, 죽기 직전까지 패 줄 테다!

뒷일?

그딴 건 장대운에게 맡기면 된다.

지금은 기쁨에만 충실하자.

"으아아아아아아아아아아아아아~~~~~~~~~~~~~~~."

"중국 외교부장이 은밀히 들어오다 그만 교통사고를 당했답니다."

"오오, 그래요? 많이 다쳤대요?"

"전치 12주는 넘을 것 같답니다."

"흐음, 거의 박살이 났나 보네요."

마치 남의 나라에서 교통사고가 났다는 표정이라 김문호는 할 수 없이 한마디 더 얹었다.

대통령은 알고 있어야 할 것 같아서.

"실은 정홍식 장관님이 팼답니다."

"예?"

"안가 밀실에서 마구 팼답니다. 죽기 직전까지."

"……."

"……."

"……."

"……."

"……통제는요?"

"안 했습니다."

"그럼 됐어요. 어차피 알려질 일이잖아요."

"이유는 안 묻습니까?"

"어지간하면 팼겠어요? 알아서 했겠죠."

"중국 측 항의는요?"

"더 나빠질 일 있나요?"

없다. 없는데. 왕슈가 입원한 병원은 달랐다.

명색이 의사인데 교통사고와 폭행을 구분 못 할까?

누가 봐도 처맞아서 실려 온 사람이었다.

그런데 중국 외교부장 왕슈란다.

중국의 외교부장이 한국에 들어와 겁나 처맞았다고?

외교적 분쟁 거리인데…….

'이 새낀 언제 우리나라에 들어온 거야? 보통 이 정도 급이면 언론에서 먼저 알고 떠드…… 설마 몰래 들어온 거야?'

아무래도 그런 것 같았다.

더구나 이런 거물이 입원했는데도 정부는 아무런 조치도 취하지 않는다. 하물며 경찰도 배치하지 않고 함구령도 없었다.

혼한 재벌만 해도 주가 떨어진다고 온갖 야단법석을 떨었을 텐데.

'마음대로 하라는 거야?'

그렇다면 못 할 것도 없지.

안 그래도 중국 놈들한테 유감이 많은데.

근래 벌어진 일만 열거해도 중국 놈들과는 한 하늘 아래 살수가 없을 지경이었다. 외교부장이 대순가? 다 때려잡아야지.

예전 도움을 받았던 기자에게 작은 성의를 보내 본다.

[왕슈, 중국 외교부장. 입원.]

≪……경의선 철도 연결은 한민족의 미래에 크나큰 비전을 제시해 줄 겁니다. 우린 이 기회를 반드시 잡아 새로운 미래를 향해 걸어 나가야 할 겁니다.≫

≪좋은 말씀이십니다. 경의선 연결이 줄 경제적 효과는 이루 말할 수 없이 크겠죠. 북한이 길을 내줘야 한다는 전제가 깔렸기는 하나 이도 북한과 지속적으로 관계를 맺다 보면 좋은 방향으로 나아갈 수 있을 겁니다. 어디 하나 나쁠 이유가 없으니까요…….≫

통일과 관련하여 한국이 얻을 경제적 효과에 대해 논의해 보는 시사 프로그램이었다.

장대운이 출연하여 무상 급식, 환승 시스템을 설파한 이래 주가가 상승한 프로그램이었는데 현재는 정치인이라면 누구든 한 번은 나가고플 만큼 권위 있는 방송이 되었다.

옛날 그 TV 토론회처럼.

그때 발언권을 받은 부산시장이 언급했다.

≪좋은 일이죠. 부산을 국제적 허브 도시로 만들 절호의 기회이니까요. 그런데 과연 경의선을 부산에서 멈추는 게 국익에 도움이 될지는 따져 봐야 할 것 같습니다. 유라시아 철도를 부산에서 멈추는 게 아니라 일본까지 잇는다면 더 큰 경제적 효과가 나오지 않을까요? 일본의 선진 기술이 넘어올 다리를 만드는……. ≫

"어어, 저 새끼 왜 저래?"

"글쎄 말이야. 잘 나가다가 갑자기 일본까지 이으라니."

"저거 미친 거 아냐? 누구 좋으라고 유라시아 철도를 일본까지 이으래?"

"선진 기술? 아무리 선진 기술이 좋다고 해도…… 이상한데."

지켜보던 기자들마저 웅성댈 만큼 부산시장의 주장은 임팩트가 컸다. 그때 기자 중 하나가 우우웅 휴대폰을 봤다.

문자 메시지다.

[왕슈, 중국 외교부장. 입원.]

이건 또 뭐지?

왕슈라면 중국 외교부장이다. 근데 입원?

보낸 자를 보니 아는 의사였다. 예전에 인연이 있어 가끔 술이나 한잔하는.

"……!"

화들짝 놀란 기자가 즉시 주변을 둘러봤다.

전부 시사 프로그램을 보고 한마디씩 하는 중이다.

이거 설마……!

기자는 슬금슬금 짐을 챙겨 일어났다.

이러고 있을 시간이 없었다.

이 메시지가 사실이라면.

100% 특종이다.

≪한일 해저 터널을 뚫어 양국 간의 교통을 더욱 원활하게 하고 교류를 한다면 경제 효과는 물론 정치와 모든 부분에서 시너지를 일으킬…….≫

"어이, 어디가?"

옆자리 기자 놈이 부른다.

"으응?"

"어디 가냐고?"

"아, 볼 일이 좀 생겨서. 나 먼저 갈게."

대답하는 둥 마는 둥 안절부절 비 맞은 똥강아지마냥 떠나는 기자를 다른 기자가 유심히 쳐다보았다.

기자가 저런 행태를 보일 때는 딱 두 가지 경우였다.

무언가 크게 잘못됐거나. 졸라 큰 특종 앞에 잔뜩 쫄았거나.

움직이기 귀찮았지만. 특종의 가능성을 두고 가만히 있는 건 기레기나 할 짓이니.

남자도 일어나 뒤를 쫓았다.

"……아니, 건방지게 굴길래 포지션 확인 좀 시켜 준 거야. 의도한 건 아니야. 몇 마디 나누다 보니 나도 모르게 손이 올라가서."

"그래도 어떻게 한 나라의 외교관을 폭행할 수가 있습니까? 그것도 장관급을요. 좀 심하셨습니다."

정홍식을 앉혀 두고 김문호가 잔소리를 퍼부었다.

"나도 장관이라고."

"예, 압니다. 그래도 이건 아니지 않습니까? 아예 반 죽여 놨지 않습니까!"

"한 대 때리나 반 죽이나."

반성의 기미 없이 깐죽대는 정홍식을 노려보는 김문호였다.

버티던 정홍식이 두 손 들었다.

"알았어. 알았어. 다음에 만나면 인내해 볼게. 나도 아무한 테나 손 올리는 놈이 아니라고. 적성국이잖아. 떳떳하게 입국도 못 하는 놈이 와서는 '앞으로 모든 책임은 한국에 있소' 하는데 참아? 조져야지. 안 그래? 김 비서도 속으로는 이해하잖아."

"아무튼 이번 일로 상당한 물의가……"

"난 정운이도 후려 깠는데."

들릴 듯 말 듯 장대운의 입이 열리자.

김문호의 더듬이가 확 돌아갔다.

"예?! 지금 뭐라셨습니까?"

"으응? 아니, 그냥……"

얼버무리려는데.

"정운이라면 그 김정운 위원장이요? 지금 그 김정운을 깠다 하셨습니까?!"

"……"

정홍식을 놔둔 채 입을 꾹 다무는 장대운에게 다가가는 김문호였다. 얼씨구나 정홍식도 눈을 반짝이며 옆으로 붙었다.

"언제 그 뚱땡이를 깐 거예요?"

"아니, 그게…… 본론엔 들어가지 않고 자꾸 허튼소릴 하길래 잠시 죽음을 겪게 해 줬죠."

"옴마, 죽음까지 겪게 해 줬어요?"

오호라, 거기까지 갔어? 하며 정홍식이 반기는데 김문호의 눈치가 심상치 않았다.

서둘러 변명해 보았으나.

"뭐, 그래도 외상은 하나도 없어요."

"뭐라고요?!"

결국 호랑이를 불러들이고 말았다.

"세상에 그 김정운 위원장을 죽음 직전까지 몰고 갔다면서 외상은 없어요? 이게 말이십니까? 전쟁 나면 어쩌시려고요?!"

"안…… 났잖아……."

"안 났잖아? 이러면 다입니까? 났으면요? 났으면요?!"

"안 났으니까…… 된 거지 뭐."

"하아~ 요새 왜들 이러십니까. 그리도 냉철하게 구시던 분들이 왜 이리도 감정적이 되셨어요."

"나름 냉철하게 하는 거라니까."

"냉면 먹을 땐 호위대가 들어갔으니까 디저트, 거기 맞죠?"

"……."

분위기 파악 못 하고 입을 놀리는 정홍식에 장대운이 당황한다. 김문호는 이마를 짚었다.

"하아…… 건방지다고 주먹부터 날리는 외교부 장관에, 대통령은 전쟁 못 일으켜서 난리고……."

"아이고, 왜 그래? 김 비서도 속으론 시원하잖아. 정은희 장관 안 보이니까 김 비서가 예민해지네."

"내가 입이 안 터지게 생겼습니까?!"

괜히 한소리 했다가 얼른 시선을 피하는 정홍식이었다.

문제는 이것만이 아니었다.

"근데 도람프는 괜찮겠습니까?"

"도람프?"

왜? 라는 표정의 장대운에 김문호는 허파가 뒤집힐 것 같았다. 참모진들 앞에서 그 망신을 줘 놓고?

"도람프 검지를 부러뜨릴 뻔했잖습니까!"

"뭐야? 도람프도 당하고 갔어?"

정홍식이 다시 살아나 반긴다.

"오오오, 우리 대통령님도 한 건 하셨네. 역시 우리 대통령! 쿠쿠쿡."

"장관님!"

"건방지게 굴잖아요. 감히 우리 집에서 '나는 미국 대통령이다' 이러는데 가만히 있어요?"

"미국 경호원도 머리를 밟아 기절시켰잖아요!"

"그건…… 조금 미안하네. 걔도 역할이 있는데."

"이대로 되겠습니까? 전부 적으로 돌려세워서 어떡하려고요?!"

"에이, 도람프 걔는 나한테 못 덤벼. 그랬다간 다 죽거든. 안 그래요. 장관님?"

"도람프 따윈 말씀만 하십시오. 하야당하게 할 테니."

자신감을 내비치는 정홍식을 손가락으로 가리키는 장대운이었다.

이것 보라고. 그놈에 대한 방비는 충분하다고.

이쯤 되니 김문호도 그 약점이란 게 궁금해졌다.

"도대체 뭘 잡고 있길래 막 나가는 거예요?"

"아, 그거? 별거 아니야. 그게 뭐냐면……."

그때 문이 열리며 도종현이 들어왔다. 어이없다는 표정으로.

성큼성큼 다가오는 도종현에 또 한소리를 들을까 싶은 정홍식과 장대운이 움찔대건만 노력도 무상하게 리모컨만 집어 TV를 켠다.

뉴스였다. 뉴스인데…….

부산시장이 나불나불.

뭐야? 쟤 지금 뭐라는 거야?

◇ ◆ ◇

바로 지상파 3사 기자들을 불렀다.

안 그래도 요즘 간질간질했는데 뺨까지 때려 주니 방법이 없었다. 움직일 수밖에.

세상에 할 일이 없어서 한일 해저 터널을 뚫는다잖나.

이게 대한민국 정치인이라는 인간의 입에서 나올 말인가?

"귀여워. 너무 귀여워서 자근자근 밟아 주고 싶네."

"예?"

"아니, 아니에요. 그래서 다 왔대요?"

"5분 후에 출발하시면 됩니다."

한일 해저 터널에 대한 건은 근래만의 문제가 아닌 역사가 꽤 오래되었다. 1930년대 일제강점기부터 일본과 만주를 잇는 대역사로 일본이 야심 차게 기획하던 프로젝트인데.

군국주의의 잔재.

2차 세계 대전에서 패망하면서 쑥 들어간…… 한 오십 년 잠잠하던 게 1980년대에 들어 입방아에 오른 적 있었다. 일부 단체들이 당위성을 주장하며 수면 위로 끌어 올리려 했으나 전부가 시큰둥해서 실패.

2003년엔 1994년 영불 해저 터널을 근거로 우리 정부가 먼저 나서서 타당성 검사를 해 봤다.

한국교통연구원에서 철도·해운·항공 등 국가 기간산업의 타격과 국방상 문제, 국가 정체성 문제 등을 들어 타당성이 없음으로 도장 쾅.

2011년에도 우리 정부가 다시 연구해 봤다.

이도 경제성 없음으로 폐기.

2014년에 들어 통인교와 금오 아시아나 그룹에서 자꾸 경제성만 따지기보다는 한일 관계와 한국, 일본의 단일 생활권 형성, 관광객의 유치 등을 고려해야 한다고 주장하다 쑥 들어갔다.

그리고 이번 2018년엔 부산시장이 나서서 뚫자고 한다.

- 한국의 국력이 커졌으니 일본만 득을 볼 거라고 판단하는 건 근시안적인 사고다.

- 한일 해저 터널은 한일 화해의 터널이 될 것이고 동북아 공동체를 잇는 거대 플랫폼이 될 거다.

- 한국 정부도 미래 전략 차원에서 접근해야 할 것이다.

- 부산의 쇠락을 막을 마지막 카드다.

이러니 이 몸이 안 튀어나오고 배길 수가 있나?

"혹시 날 불러내려고 일부러 그런 건가?"

"예?"

웃긴 건 댓글이었다.

의외로 찬성파가 많다는 거다.

└ 수도권만 발전하는 현 환경을 바꿀 아주 중요한 계기가 될 것 같다.

└ 부산의 생존을 위해 해저 터널이든 광안리 케이블카든 무조건 다 밀어붙여야 한다.

└ 물류가 움직이면 돈이 흐르니 일본에서 이득 보는 걸 배 아파하는 것보단 우리가 먹을 걸 생각하자.

└ 부산이 한국과 일본의 중심 국제도시라는 명성을 잇기 위해선 남쪽 길을 뚫어야 한다.

└ 부산은 결코 서울의 변두리가 아니다.

└ 수도권 발전만 하나? 부산은 젊은이가 다 빠져나갔다.

└ 부산 도시 전문가인 부산시장이 어련히 알아서 발언했을까? 더럽게 말 많네.

이런 요상한 기조의 저변엔 한일 해저 터널 공동연구회라는 게 있었다. 일본의 듣보잡 학자들과 부산에 있는 대학교 교수 나부랭이부터 건설사 간부 깽깽이들이 모여 세운 단체.

어휴~~.

배현식과 우진기는 뭐 하나 몰라. 이런 놈들부터 안 때려잡고. 볕 좋은 앞마당에 도착하니 3사 방송사가 세팅 마쳐 놓고 대기하고 있었다.

"여어~ 기다리셨습니까? 제가 안 늦었지요?"

"아닙니다. 이제 곧 마쳤습니다."

"약속 시각을 정확히 지켜 주셨습니다."

"어서 오십시오. 준비 끝났습니다."

다들 웃으며 반기는 척을 하나 풍기는 긴장감은 속일 수 없었다.

이런 불안감이었다.

'오늘은 또 무슨 일로 우릴 불렀을까?'

'또 무슨 짓을 저지르려 우릴 앞세울까?'

장대운은 실로 가슴이 아팠다.

언론이 가까이하기 두려워하는 대통령이라니. 결코 이런 관계를 원하지는 않았는데 눈물이 또르륵 앞을 가린다.

해서, 오늘은 좀 부드럽게 가 볼까?

"요새 시끄러운 이슈가 있더라고요. 한일 해저 터널이라고요."

그제야 이것 때문에 불렀구나. 라는 표정이 나온다. 부디 상식적인 선에서 발언해 달라는 염려와 함께.

그러든 말든.

"거대한 적을 앞두고 한창 집중해도 모자랄 판에 국론을 분열시킬 불씨처럼 보이더군요. 그래서 사전에 진압하려고 나온 겁니다. 정부 공식 입장인 거죠. 한국 정부는 한일 해저

187

터널에 관해 아무런 계획이 없음을 알리려고요. 다시 말씀드리겠습니다. 제가 대통령으로 있는 한 한일 해저 터널은 너희들 꿈에나 있을 겁니다. 자, 질문받습니다."

"한일 해저 터널 건설에 반대하시는 것 같은데 어떤 이유에서 반대하시는지 알 수 있겠습니까?"

"아주 간단합니다. 돈이 안 돼요."

"……경제성이 없다는 겁니까?"

"가성비가 떨어지죠. 위험성도 높고요. 그리고 북한에서 길을 열어 주지 않는데 전제부터가 잘못되지 않았습니까?"

"아아~ 그럼 통일의 가능성을 부정하시는 겁니까?"

하여튼 누가 기자 아니랄까 봐 입에서 나오는 건 전부 자극적이어라.

"갈 길이 멀다는 거죠. 유라시아 철도가 부산에 올 생각이 없는데 이 논의가 무슨 소용이 있냐는 겁니다. 이럴 시간에 어떻게 하면 중국을 한 번 더 괴롭힐까 고민하는 게 더 건설적이지 않겠습니까?"

"으음, 우리 손에서 떠난 문제라는 말씀이시네요. 그렇게 알아들어도 됩니까?"

"예. 우리 한국은 그 막대한 건설비를 충당할 여력이 없어요. 부산발전연구소라는 곳에서 한일 해저 터널에 대해 내놓은 자료를 토대로 보면 이거 건설하는데 120조 원이라는 돈이 든답니다. 이중 한국이 40조 원을 부담하면 된다고 말입니다. 40조래요. 어우~ 살 떨리네요."

"40조 원이라면…… 도전해 볼 만한 금액 아닙니까?"

40조 원이 만만해 보이나?

하긴 네 돈이 아니니까 그렇겠지.

"그거 뚫어서 몇천조 원씩 벌 자신 있다면 없는 돈이라도 만들어서 해야겠죠. 근데 말이죠. 나는 당최 그 120조 원이라 추산한 것도 믿음이 안 간단 말입니다. 이어도 해상 기지에 미사일 박는 것만도 엄청난 자금이 소요됩니다. 근데 바닷속에다 생짜로 뚫는 터널이 120조 원 갖고 될까요? 내 계산으로는 어림도 없습니다. 설사 어찌어찌 만들었다 한들 200km나 달하는 구간 유지비는 누가 감당합니까?"

"아아~ 유지비가 있군요."

놓쳤다는 듯 기자들이 서둘러 체크한다.

"우리 철도연구원 자료에 따르면 50km짜리 일본의 세이칸터널(애도 해저 터널) 1년 유지비가 200억 정도 든다고 합니다."

"50km에 200억이면 200km면 800억입니까?"

"아니죠. 해저 터널은 길면 길수록 기하급수적으로 유지비가 늘어나요. 최소 1,500억을 봅니다."

"아!"

"이뿐입니까? 세이칸터널 내 조금씩 새는 바닷물이 1분당 20톤에 달한답니다. 이를 24시간 내내 펌프가 퍼내고 있고 그러한 이유로 습기가 늘 100%를 지향한다죠. 부식되고 있다는 겁니다. 괜찮아 보입니까?"

"……"

"올림픽 경기장 하나 유지하는 것만도 난리인데 이걸 누가 책임지라고요? 근데 일본 애들이 건설 비용부터 유지까지 약속을 안 지키면요? 언제나 그렇듯 나 몰라라 하면요? 누가 책임지나요? 부산시장이 자기 몸으로 막을 건가요?"

"……."

"도대체 얼마나 돈이 더 들 건지 예상이 안 됩니다. 더구나 일본은 지진이 많은 국가예요. 한 번씩 흔들릴 때마다 어디에 금이 갔는지 전부 체크해야 합니다. 불안해서 다니겠어요? 그렇게 찔찔 새다가 퍽하고 터지면? 혹은 테러리스트들이 폭탄으로 쾅 날리면? 기자님들이 가족과 터널을 통과하고 있을 때 터널 중간이 쫙 갈라지면서 내부로 대한 해협의 맑은 물줄기가 쏟아져 내리는 겁니다. 시원하다고 헤엄쳐 나올 겁니까? 이게 감당 가능하십니까?"

"……."

기자들의 입을 떡 벌어졌다.

그렇게까지는 생각 안 해 봤다는 듯.

한숨이 나왔다. 너무 나만 똑똑한가? 아니면, 내 곁에만 오면 멍청해지는 건가?

"다음으로 넘어가서 저들이 장점이라는 일본 관광객 수요가 늘어난다는 걸 따져 볼까요? 근데 말이죠. 일본인 관광객이 한 해에 몇천만 명씩 옵니까? 오히려 우리가 더 많이 가지 않나요? 라멘 먹으러? 설사 온다고 해도 오사카에서 부산까지 얼마나 걸릴까요? 도쿄는요? 비행기 타면 1시간이면 올 길을 열차 타면 얼마나 걸릴까요? 운임은요? 아니 뭐, 해저 터널이 아쿠아리움처럼 바깥이 보일 것 같으면야 세계적 관광지로서 기꺼이 돈을 쓴다지만 그냥 터널이잖아요. 깜깜한."

"……."

"소설 쓰는 것도 아니고 누가 이걸 타러 오사카에서, 도쿄에서, 규슈 가라쓰시까지 간답니까? 거기서 그냥 비행기 타면 되는데. 설마 규슈인들 전용으로 만들자는 건 아니겠죠?"

"허어…… 구구절절 다 맞는 말씀이시네요."

고개를 끄덕끄덕. 장대운은 바로 화면 전환했다.

"다음은 그네들이 주장하는 화물 관련 장점을 볼까요? 나 참, 기가 차서. 너희들 일본 화물 철도나 가서 정비하라고 하세요. 일본이 지금 어떤 수준인지 알지도 못하면서 화물 운송 운운해요. 아이고, 답답하네. 얘들은 축중률 자체가 낮아요. 다시 설명해 철도 위에 올릴 수 있는 중량이 아주 낮다는 겁니다. 국제적 운송을 위한 컨테이너의 표준 중량이 20피트 기준 30톤인데 일본은 60%밖에 안 나와요. 세계 어느 곳과도 호환이 안 돼요."

"엇! 그렇습니까?"

엇! 그렇습니까?

이게 기자가 할 말이냐? 너희가 먼저 조사했어야지!!

"하아~ 정말 짜증 나네요. 호환이 안 되는 열차가 한국에 들어올 수 있나요? 유라시아 철도를 탈 수 있나요? 하려면 좀 제대로 준비해 놓고 덤빕시다."

"……."

191

"이뿐인가요? 일본 철도는 궤간(폭)마저 달라요. 코레일은 1,435mm 국제 표준 궤를 사용하죠. JR 화물은 1,067mm 협궤예요. 궤를 고치거나 3선 궤로 만들지 않는 이상 최소 1번은 환적해야 한다는 겁니다. 이걸 해 줘서 돈 벌자는 건가요? 그깟 몇 푼 벌자고 수백조 원을 투입해요?"

"……."

"이런 문제에도 불구하고 만약에! 기어코! 해저 터널을 뚫었다 쳐요. 철도만 다니진 않을 거 아닌가요? 자동차도 다녀야 할 것 아니에요."

"……그렇죠. 터널을 뚫는다는 것 자체가 교통을 위한 것이니까요."

"그러니까 말이에요. 영불 터널이 그걸 몰라 카레일 방식을 쓸까요?"

"카레일 방식이라면……?"

무식한 놈들.

"아니, 글쎄, 어떤 미친놈이 사고 치면요? 막 쌩쌩 달리다 쾅 사고 나면요? 중간에 사고 나서 차에 불이 나고 펑 터지면요?"

"……?"

"그래서 영불 애들이 터널 뚫어 놓고도 승용차랑 버스, 트레일러용 도로를 안 만든 거 아닙니까. 다 열차에 실어 나릅니다. 이 뭔 개똥 같은 일이에요? 아니, 설사 그마저도 아주 넉넉하게 다 통과됐다고 칩시다. 아주 러프하게 잡아서 말이죠. 근데 말이에요. 한국과 일본은 도로 운행방식이 달라요.

우린 오른쪽, 일본은 왼쪽. 내 눈엔 막 사고가 터질 것 같은
데. 이거 나만 보이나?"

"……."

다들 할 말이 없는지 눈만 끔뻑끔뻑.

장대운도 더 이상은 TMI 사족이라 느꼈다.

주요 정보도 너무 떠벌리면 잔소리가 된다.

남은 판단은 국민에게 맡기고 인터뷰를 끝내자.

정리하자.

"나라에 웬 친일파 매국노가 이리도 들끓는지 모르겠습니
다. 잡아내도 잡아내도 끝이 없어요. 북한이 갑자기 홱 돌아
서 유라시아 철도가 뚫린다 해도 종착역과 지나가는 역 중 무
엇이 더 가치가 있겠습니까? 이 둘만 비교해도 논란거리가
없잖아요. 왜일까요?"

"……."

"부산이 종착역이 되는 순간 일본은 유럽에 수출하려면 무
조건 부산항에 와야 할 테니까요."

"……."

"중간에 거치는 역이랑 무조건 와야 하는 역이랑 같아요?"

"……."

"내가 참 기가 차서. 댓글 보니까 한일 해저 터널 안 뚫으면
부산이 죽는다고 쓰여 있더라고요. 남쪽으로 길을 뚫어야 산
다고 하더라고요. 뭔 개소리들을 그렇게 심박하게들 하시는
지. 에이 씨, 짜증 나게. 말하다 보니 더 열받네. 내가 네놈들

몇 놈 이익 때문에 부산의 미래를 일본에 넘겨줄 것 같으냐? 한일 해저 터널이 부산의 쇠락을 막을 마지막 카드라고? 아이고, 부산시민들 참으로 훌륭하십니다. 이런 시장 뽑아 놓고 밥이 목구멍으로 넘어가십니까?"

"……!!!"

"부산의 쇠락이요? 내 보기엔 그런 놈들을 지도자로 앉힌 당신들이 더 문제입니다. 당연히 발전이 없겠죠. 제 주머니만 중요한 놈들이니까. 가장 앞장서서 우리의 이익을 대변해야 할 시장이 일본의 이익을 위해요. 한일 해저 터널은 그놈이, 그놈들이, 그나마 남아 있던 부산의 성장 동력을 찢고 부산의 일자리를 없애고 부산의 비전마저 해체하려는 겁니다. 그런 놈들을 떠받드는데 발전이 뭡니까? 식민지나 안 되면 모를까."

헙! 놀란 방송사들은 서둘러 생방송을 마치려 했다.

대통령의 입에서 식민지 소리가 나왔다.

대박 폭탄!

그러나 득달같이 달려들어야 했을 기자들이 되레 설설 기며 피했다.

장대운은 끝이 없는 사람이다.

이들도 지쳤다. 더 있다간 또 무슨 핵폭탄에 휘말려 날아가 버릴지 모르기에 아예 안 들으려 했다. 어서 빨리 돌아가자. 조마조마한 가슴으로 세팅을 해체하고 있는데.

기어코 한마디 더 던진다.

"근데 그 시장이라는 놈 어느 정당에서 공천받은 거래요? 이쯤 되면 일본에서 뭐 먹었나 조사해 봐야 하는 거 아니에요?"

◇ ◆ ◇

→ 어제 대통령 인터뷰 봤어? 우와~ 나 어제 한일 해저 터
널이라는 말 처음 들어 봤잖아. 완전 개또라이 새끼들 천지더
구만. 부산 놈들은 뭐 하는지. 진짜 밥이 목구멍으로 넘어가
는지 모르겠어.

└ 어제 밥 먹다가 넘어가던 밥풀떼기 튀어나온 1인. 나 그
새끼 안 찍었음.

└ 나도 어제 처음 알았음. 대통령 인터뷰 보니까 아주 오래
전부터 준비하고 있었더구만. 부산을 필두로 말이야. 완전 개
멍청이들 아니야? 어떻게 거기에 터널을 뚫을 생각을 하지?

└ 그게 먹힌다잖아. 부산에는.

└ 부산은 매국노만 사냐? 부산이랑 일본이랑 가깝다더니
벌써 일본에 먹힌 거 아냐?

└ 그러네. 대통령도 식민지나 하랬어. 완존 정신 나간 새
끼들 아냐? ㅋㅋㅋ

└ 노예야. 노예근성이야. 빨갱이는 개지랄 떨면서 일제강
점기는 잊어버린 거야. 저래 놓고 제2의 도시? 다 쫄딱 망해
버려라.

└ 놔둬도 망할 판이던데요. ㅋㅋㅋ 해저 터널 일본에 뚫어
주면 알아서 망하겠던데 굳이 애쓸 필요 없어요. 그때 부산시

장은 뭘 하려나?

  └ 일본에서 정치인 하겠죠.

  └ 근데 한일 해저 터널 공동연구회라는 것도 있었어요? 난 처음 들어 보는데.

  └ 몰라요. 대통령이 있대요. 그 새끼들이 때마다 일어나 터널 뚫으라고 난리라던데요.

  └ 해저 터널 뚫으라는 데는 통인교랑 금오 아시아나도 있던데요. 경제적 이익을 따져 봐야 한다고 떠들었다던데요.

  └ 종교는…… 안 건드는 게 좋지 않겠어요?

  └ 그거 일본 꺼 아니에요? 일본에서 엄청 강세라던데요.

  └ 한국도 커요. 대학교도 있고 신문사도 있고. 예전엔 몇 천 쌍씩 합동결혼식도 했다던데요.

  └ 결혼도 지정해 주는 사람과 해야 한 대요. 완전 복불복.

  └ 금오 아시아나는 이대로 놔둬도 돼요?

  └ 매국 행위잖아요. 가만 놔두면 안 되죠. 난 앞으로 금오가 들어가는 건 전부 거부입니다. 그런 놈들이 돈 벌면 되겠어요?

  └ 그 공동연구회인가 뭔가부터 조사해야 하지 않나요?

대한민국에는 건드려선 안 될 게 몇 가지 있었다.

그중 하나가 역사 왜곡이다.

한국은, 한반도는 억울함이 사무친 나라였다.

하필 옆 나라가 중국과 일본이라.

협잡꾼과 철면피들 사이에 낀 억울한 백성들.

때마다 엿 같은 사건을 일으키며 피눈물 쏟게 만들어 놓고는 섬나라 협잡꾼은 도리어 자기가 한국을 도와줬다며 역사를 자기 식으로 뒤틀어 버리고…… 실질 경제 지표를 따져 보면 1910년보다 1945년이 더 낙후됐다는 건 아는지.

서쪽에 철면피들만 사는 대륙은 지들이 뭘 한들 그래서 뭐? 그래서 어쩌라고? 싸울래? 뒈질래? 막무가내로 밀어붙인다.

일생을 통틀어서 잘못하고도 사과 한 번 안 하는 이웃들이 바로 두 나라였다.

한민족은 이 둘에 수천 년간 질리도록 당한 DNA를 가졌다. 본질적으로 두 나라 족속을 싫어할 수밖에 없는 체질을 가졌다. 그런데 모처럼 온 한국의 기회를 일본에 넘겨주자는 주장을 어떻게 받아들여야 할까?

어떻게 부산시민을 그렇게 폄훼할 수 있냐는 항의는 극히 일부에 불과했다. 도리어 항의한 사람이 댓글 공격을 받으며 게시물을 삭제하기 바빴다. 신상만 탈탈 털려.

이를 위해 이학주의 법무부도 움직였다.

라인이 통째로 날아가며 조금은 체질 개선된 검찰이 총출동.

며칠이 안 가 한일 해저 터널 공동연구회의 치부가 세상에 드러났다. 일본 기업과 단체에 돈 받고 이 일을 시작했고 그들이 연구했다는 성과 또한 전부 일본에서 넘어온 자료임이 밝혀진 것이다.

부산시장이 한민당 공천인 건 새삼스러운 일이 아니었다.

한일 해저 터널 옹호의 글도 의도적으로 꾸며진 것이 드러
나며 한민당은 또 한 번 휘청였다. 소위 댓글 부대라는 것이
활용됐음이, 그 일당들이 전부 잡혀 들어가며 진술했다. 이
일이 조직적으로 기획됐음을.

당연히 부산시청도 뒤집혔다.

한일 해저 터널과 관계된 놈들 다 때려잡는 와중 또 이런
기사가 슬그머니 떴다.

【중국 외교부장 왕슈, 극비리에 한국에 입국】
【왕슈 외교부장 이동 중 교통사고로 모 병원에서 치료 중】

가뜩이나 앞뒤빵으로 자극당해 예민해진 국민 앞에 또 하
나의 먹잇감이 떨어졌다.

감히 중국 놈이 우리 땅에 들어온 거다.

뭐하려고? 기술 빼내려고?

잡아 죽여!

불이 막 타오르려는 시점 이런 기사가 또 떴다.

【속보, 중국 왕슈 외교부장. 교통사고가 아닐 수 있다는 의혹?】
【폭행의 흔적 확인! 왕슈 외교부장, 누가 그를 폭행했는가?】
【전치 12주 이상의 참혹함. 담당 의사 日, 이런 유의 상처
는 교통사고에서는 절대 나올 수 없다】
【왕슈 외교부장의 극비리 입국과 폭행 사건. 이 일의 전말은?】

【침묵하는 청와대. 청와대는 이 사건을 몰랐나?】

【아무런 언급도 없는 중국. 혹 왕슈 외교부장은 버림받은 건가?】

→ 나 사진 입수했음. 겁나 처맞은 거임. 누군지 모르게 그 중국 새끼 정말 뒈질 정도로 처맞은 게 분명함. 전후 비교 사진 공유. ㅋㅋㅋ

└ 헙! 이 정도였어?

└ 눈탱이 밤탱이에 입술도 터지고 이도 나감. 얼굴 전반에 홍반이 드러난 거로 보아 대놓고 팬 거임. 갈비뼈도 몇 개 나간 것 같음. ㅋㅋㅋ 여기저기 찰과상도 보이고 이마도 찢어지고 이건 백퍼임. 발로 짓밟은 거임.

└ 진짜 처맞았나 보네. 누군지 모르겠는데 정말 찰지게도 때렸다.

└ 근데 누가 때린 거죠?

└ 이 사람아, 그걸 알면 내가 여기 있겠나? 이런 건 모르는 게 약이야. 알아도 모르는 척.

└ 왕슈, 저놈이 입 꾹 다물고 있는 이유가 있겠죠. 지가 억울하면 벌써 동네방네 떠들었을 거 아니에요.

└ 설마 대통령이 깠나? ㅋㅋㅋ

└ 호오, 그럴 가능성도…… 대통령이 깠으니 암말 못 하는 거 아닉ㅋㅋ?

└ 에이, 대통령이 저렇게나 사람을 잘 팬다고? 말도 안 돼.

ㄴ 이 사람, 아무것도 모르네. 대통령이랑 올림픽 유도 영웅 한태국 스파링 영상이 아직도 돌아요. 대통령은 종합 격투기 스페셜리스트야. 뭘 알고 말해야지.

ㄴ 나 그 영상 봤음. 진짜 장난 아님. 한태국도 대단한데 대통령은 진짜 빠름.

ㄴ 이거 문무겸전이야? 법전도 아직까지 달달 외워 쓴다며?

ㄴ 대통령이 천재인 거 몰라?

ㄴ 하긴 천재니까.

ㄴ 대통령이 깠다면 인정.

ㄴ 나도 인정. ㅋㅋㅋ

ㄴ 개인정.

ㄴ 좋댓구만 인정.

ㄴ 위 새끼 홍보하러 왔지?

ㄴ 맞을 짓을 했겠지. 글고 패도 되잖아. 그 영상 못 봤어? 중국에 갇힌 한국인들. 내 앞에 있었으면 그냥 죽였어.

ㄴ ㅆ ㅣ ㅂ ㅓ ㄹ, 그것만 생각하면…… 나도 모르게 입대 신청할 뻔했잖아. 군대 이미 다녀온 1인.

ㄴ 요새 입대 신청은 사람들이 밀려서 국방부도 못 받아 준대요. 쿠쿠쿡.

ㄴ 근데 괜찮을까요? 외교부장이 한국에 들어왔다가 폭행당한 거잖아요. 중국이 가만히 있지 않을 것 같은데.

ㄴ 200만 명 잡아넣은 건 괜찮고? 전쟁 나려면 진즉 났어. 이 사람아. 걱정 마슈.

ㄴ 오오, 전쟁 안 나요?

ㄴ 우리 대통령이 개또라인 걸 전 세계가 알았어. 전쟁 나는 순간 서해에 배치된 현무 미사일이 날아가는 거야. 중국도 끝장나니까 섣불리 못 나오는 거지. 근데 이런 소문도 은근 돌던데. 대만에 현무 미사일 판다는.

ㄴ 에엑! 대만에 현무 미사일을요? 그럼 어떻게 되는 거예요?

ㄴ 뭘 어떻게 돼? 중국이 엿 되는 거지. 동쪽에서 남쪽에서 겨누는 거야. 누구 하나 건드렸다간 양쪽에서 날아오는 거야. 그러면 미국도 가만히 있겠어? 상호 방위 조약에 따라 참전하겠지. 중국 엿 되는 거야. 엿이나 팔아라. 팔아라. 졸라 많이 팔아라!

ㄴ 혹시 그거 때문에 왕슈 새끼 들어온 거 아닐까요?

ㄴ 호오~ 그거 막으려고?

ㄴ 오오, 가능성 높음.

ㄴ 이 씹새들. 다 뒈졌어!

실시간으로 올라가는 댓글을 보며 장대운과 김문호는 흐뭇한 표정을 지었다.

대체로 호의적인 것도 좋지만 기특한 게 더 컸다.

휘둘리지 않는 것이다. 적당한 정보만 있으면 알아서 판단할 만큼 국민의 역량이 커졌다는 것.

"거의 면도날 같은데요. 한정적인 정보로도 이만큼이나 따라오다니."

"수십 년 교육에만 투자한 보람이 이제야 나타나는 거지. 전문 분야를 가진 덕후들도 상당히 배출했고."

"마음에 드십니까?"

"굿."

미소 지으며 차를 음미하는 장대운에 김문호가 물었다.

"도람프는 더는 만날 계획 없으십니까?"

"걔들이 요청해?"

"점잖게 만나자는데요."

"뭐래. 흰둥이 새끼들이."

"어쩔까요?"

"만나야지. 근데 북에선 연락이 없어?"

"없습니다."

"둘 중 하나라고 봤는데. 서울을 불바다로 만든다며 미사일을 동해로 날리거나 진짜 종전 협정에 들어가거나."

"조용한 게 좋지 않겠습니까?"

"그렇긴 한데…… 꽉 막히는 건 바라는 바가 아닌데. 뭔 문제가 있나?"

"알아보라 할까요?"

"놔둬. 그나저나 발표는?"

"준비 끝났습니다."

"그럼 내보냅시다."

"알겠습니다."

판문점 남북 정상 회담 때문에 요새 나라가 시끄럽긴 했다. 본의 아니게 부산시장이라는 월척이 걸려들긴 했는데 이렇다 할 건더기 없이 계속 논의되는 건 나중에 실망만 증식시킬 거라 이쯤에서 진화하고자 하는 것이다.

딱 잘라 말했다.

- 통일? 이제 한 번 만났다. 한 번 만나고 결혼하리?
- 경제 협력, 금강산 관광 재개, 비무장 지대 유해 발굴, 경의선 철도, 평창 동계 올림픽 공동 참가, 개성 공단 재개 등등 이런 것에는 전혀 투자할 계획이 없다. 일절 계획 없다.
- 북한을 도울 일도 없다. 여간해서는.

이러자. 반응이 엇갈린다.

그럼 그렇지 하는 쪽과 그래도 인도적 차원에서 도와줘야 하는 거 아니냐는 쪽.

그래서 말해 줬다. 그럼 네 사재부터 털어라. 창구는 만들어 줄 테니 모금해 보자. 했더니 쑥 들어간다.

이제 좀 진득하게 일하나 싶은데.

몇몇 시민 단체가 나와 이의를 제기했다.

남북이나 중국, 매국노 얘기가 아니었다.

≪개정된 법에 따라 범죄자들에 대한 처우가 심각할 지경이다. 법도 인간을 보호하기 위한 장치이다. 너무 강력한 법 제재는 인권을 침해한다. 정부는 즉시 인권 탄압을 중지하라.≫

≪범죄자 신상 공개는 사회 재기의 발판마저 뭉개는 악랄한 처사이다. 정부는 범죄자 신상 공개를 철회하여 인권을 보호하라.≫

≪사회 교화가 우선이다. 범죄자라 낙인 찍기 전에 먼저 회복할 기회부터 주자. 범죄는 범죄일 뿐 사람을 미워하지 말자.≫

가만히 지켜보는데. 기가 찼다.

"간댕이가 부은 건지…… 지금 시국이 어떻게 흘러가고 있는데."

그러나 무시하지는 않는다.

저마다의 목소리가 있어야 민주주의 아닌가?

다만 자율성에는 책임이 따르겠지.

찾아갔다. 그들이 시위하는 앞으로.

"어머어머어머."

"장대운이야. 장대운!"

"대통령이 왔어. 어머머, 미선이 엄마. 대통령께서 오셨어."

의외로 일반인들이었다.

자기가 옳다고 생각하는 일에 매진하는 이들이랄까?

그런데 대표라는 자는 색깔이 좀 달랐다. 걸어오는 기질부터가 시위로 잔뼈를 닦은 냄새가 난다.

"인권 공동체 '친구'의 대표 서미란입니다."

오십 대의 여성이었다. 겉으로 보이는 모양새는 단아하기 이를 데 없다. 내미는 손도 아주 깨끗하다.

그러나 풍기는 냄새는 절대 못 속인다. 이 사람은 꾼이다.

"그러세요? 대한민국 대통령 장대운입니다."

"예, 여긴 어쩐 일로…… 오셨습니까?"

"지나다가 들렀습니다. 무슨 얘기를 하시는 것 같길래 10분 정도 여유도 있고 해서."

몇몇 기자들이 슬금슬금 다가온다.

"그러셨군요. 저흰 인권 단체입니다. 사회 구성원들의 소중한 인권을 보호하고 지키기 위해 힘쓰는."

"훌륭한 일을 하시는군요. 그런 면에서 대통령의 임무도 그 범주에 들어가겠군요."

"아아, 무슨 말씀인지 알겠습니다. 맞습니다. 대통령님도 국가와 민족을 수호하시니까요."

기분 좋은 미소를 짓는다.

이도 거울 앞에서 수없이 연습한 티가 난다.

날것들은 결코 이런 이미지를 연출해 낼 수 없으니까.

그러니까 서미란은 연예인 같았다. 웃어야 할 때 웃는. 겸손함이란 포장 속에 자신만만함을 숨긴.

하지만 이 여자는 자신 앞에 선 사람이 어떤 종류의 인간인지는 몰랐다. 이런 유 정도는 세계 유수의 곳을 돌아다니며 질리도록 만난 내공이라는 것도.

어떻게 상대해야 하는 것쯤은 자동으로 나온다.

흥미가 떨어졌다는 듯 장대운은 몸을 돌렸다.

"그럼 계속 수고해 주세요. 저는 직무가 바빠서."

당장에라도 수행 차량에 탑승할 듯 굴자.

"저, 저기, 대통령님!"

다급하게 잡는다.

속으로 웃었다. 니가 그럴 줄 알았다.

이게 어떤 기회인지 모를 빠꼼이가 아니까. 이 일을 계기로 자기 몸값 올릴 생각에 몸을 떨고 있겠지.

모른 척.

"왜 그러시죠?"

"그냥 가시려고요?"

"가면 안 됩니까? 제가 여기에서 할 일이 있나요?"

"그냥 가시면 어떡합니까. 여기까지 오셨는데 무슨 답이라도 주셔야죠."

"무슨 답을요?"

묻는 가운데 김문호가 곁으로 다가와 서미란의 신상 내역을 조용히 읊는다. 역시나 경력이 화려하다.

"대통령님, 저희 시위하는 거 안 보이십니까? 범죄자 인권 보호에 대한 답을 해 주셔야죠. 그냥 가시면 어떡합니까?!"

갑자기 언성을 높인다. 주변에서 들을 수 있도록.

사람들이 뭔가 하다가 대통령이 있다는 걸 알고 모인다.

기고만장한 미소가 입가에 슬쩍 드러났다 사라지는 걸 확인했다. 까불기는.

"답을 주셔야죠. 시위하는 거 보셨으면서 그냥 지나치려하십니까? 저희가 보이지 않으십니까?!"

"잘 보여요."

"그럼 범죄자 인권 보호를 위한 어떤 언급이라도 말씀해 주셔야죠."

자기가 무슨 독립투사라도 된 듯 군다.

잔 다르크의 환생인가?

"왜요?"

"왜라뇨? 지금 한국은 범죄자 인권에 대한 탄압이 심각할 지경입니다. 이 상황을 모르십니까?"

"제가 뭘 모른다는 거죠?"

"아니, 범죄자 인권 탄압이 심각하다고요! 몇 번 말씀드려야 합니까!"

"그러니까 뭐가 심각하다는 거죠? 이해가 안 돼서 그러는데."

"정녕 모르십니까?"

"제가 뭘요?"

이야기가 계속 겉돌자. 서미란은 답답하다는 듯 주변을 둘러보며 자기 가슴을 쳤다.

기자들이 그 모습을 영상과 사진으로 담았다. 이 정도면 불통의 대통령이 되려나?

"범죄자 탄압을 당장 중지해 주세요. 이는 심각한 인권 문제로……."

"말씀을 이상하게 하시네요. 탄압이라뇨. 내가 무고한 시민을 잡기라도 했습니까?"

"그건……."

"범죄를 저질러 벌받는 거잖아요. 아닌가요?"

순진무구한 표정으로 봐 줬다.

"그렇긴 한데 너무 심하게……."

"범죄를 저지르지 않으면 상관없는 문제 아닌가요?"

말을 끊어 버렸다.

"그야……."

"법은 선량한 시민 보호가 최우선입니다. 그러려고 법이 있는 거죠. 범죄자 따위를 옹호라는 게 아니라. 제아무리 자기가 옳다 생각하는 일을 하신다지만 법의 의의까지 훼손하시면 곤란합니다."

"……."

표정을 보아하니 이 여자는 법에 대해 자세히는 모른다.

기타 잔잔바리 법은 빠삭할지 몰라도 정론이 없다는 것이다.

더 나가 봤다.

"무엇이 그리 문제라 하시는지 모르겠습니다. 범죄자라고 해서 고대처럼 오물통에다 처박아 넣는 것도 아니고 몽둥이로 죽을 때까지 패는 것도 아니고 어디 가둬 놓고 고문하는 것도 아니잖아요. 그냥 징역살이잖아요. 여기 어디에 문제가 있죠?"

"……."

"전에도 징역살이, 지금도 징역살이. 달라진 게 있나요?"

장대운의 인식 내 범죄자에 대한 처벌 수위는 현대의 것보단 훨씬 과격했다.

고대에 비한다면 현대의 형벌은 호캉스나 다름없다고 생

각하는 부류.

때 되면 나오는 맛있는 밥에, 좋은 잠자리에, 다치면 치료도 해 준다.

단지 못 나오는 것뿐이다. 시간을 자기 마음대로 활용 못 하는 것뿐이다. 사회의 다양한 혜택을 못 받는 것뿐이다. 단지 그것뿐이다.

후려 패는 것도 안 되고 불로 조지는 것도 안 되고 죽이는 것도 안 된다.

다 안 된다.

'그럼 당한 사람은 뭐지?'

그러나 서미란도 이대로 밀릴 수는 없었다.

그녀는 이 일을 계기로 이 바닥의 네임드가 되고 싶었다.

"그럼 한 번 범죄자는 영원한 범죄자란 겁니까?"

"당연히 영원한 범죄자죠."

"그게 무슨 말도 안 되는……."

"호적에 붉은 금이 그어진다면서요. 안 없어진다면서요? 설마 범죄 기록을 없애 달라는 건가요?"

"제가 언제 그런 말을……."

"진짜 아무것도 모르시네. 전과자가 돼도 호적에는 아무런 기록이 남지 않습니다. 게다가 2008년 호주제 폐지로 호적도 사라졌어요. 이 말이 생긴 건 일제강점기 때입니다. 일본에 협조하지 않고 저항하는 이들을 일본은 불령선인으로 불렀고 이들의 호적에 붉은 금을 그어 구분, 감시하려고 만든 게 목적이죠. 범죄자 따위에게 이런 거창한 호칭을 붙여선 안 되죠."

"아니, 그 말씀이 아니라. 조금만 잘못해도 징역이 10년 이상부터입니다. 이는 벌주기 위한 법이라고밖에 보이지 않습니까."

"그럼 200년씩 때리는 미국은요?"

"그건……."

"적어도 우린 살아생전에 사회로 돌아올 기회는 주잖아요. 뭐가 문제죠?"

"대통령님은 그들이 감옥에서 죽었으면 좋겠습니까?"

요것 봐라.

안 되니까 혐오 프레임을 씌우려 한다.

"자꾸 논점에서 벗어나시는데 그게 대체 무슨 말씀이시죠?"

"몇십 년씩 징역형을 준다는 건 제 판단엔 죽을 때까지 가둬 두고 싶다는 뜻으로 보인다는 겁니다."

"이상하네요. 제 말 어디에 그런 뜻이 내포돼 있었죠?"

"미국 법이 그렇다고 하셨……."

"미국 법보다 사람 냄새가 난다는 말씀이잖아요. 그게 문제인가요? 더 강하게 해 달라고요? 그렇군요. 그렇게 여길 수도 있겠어요. 아예 미국처럼 500년씩 때릴까요?"

"……."

입을 떡 벌린다. 이 무슨 개떡 같은 논리냐는 얼굴이다.

"……그럼 범죄자 신상 공개는요? 그것도 심한 처사 아닙니까?"

말을 또 돌리네.

이도 반박할 말은 수십 개다.

그중 하나를 골랐다.

"이상하네요. 대체 뭐가 불만이죠? 미국처럼 죽을 때까지 못 나오는 것보단 낫지 않나요? 죽을 때까지 못 나오면 굳이 신상을 공개할 필요가 없잖아요. 그전에 나오니까 신상 공개가 필요한 거고요."

"아니, 죄는 미워하되 사람은 미워하지 말라는……."

"오호라, 그거였어요? 처음부터 그렇게 말씀하시지. 죄는 미워하되 사람은 미워하지 말라."

살짝 인정해 주니.

"맞습니다. 우리는 같은 인간입니다. 인간으로서 존엄은 지켜 줘야 하는 게 아닙니까?"

금세 콧대를 세운다.

장대운은 피식 웃었다.

"그러세요? 그렇게 열혈이시라면 서미란 씨도 뭔가 걸어야 하지 않을까요?"

"예?"

뭘 그리 놀란 토끼 눈을.

"대학교에 다니는 따님이 있다고 들었는데. 아닌가요?"

"맞……습니다."

"좋습니다. 그렇다면 묻죠. 범죄자 중에 보니까 아이를 강간 살해하고 장모한테도 바지 내리고 덤빈 놈이 있던데 당신

딸을 그 강간 살해범 방에 하룻밤 보낼 수 있습니까?"

"예?!"

"진지하게 묻는 겁니다. 그럴 수 있다 하시면 그리 조치해 드릴게요."

"뭔…… 말도 안 되는……."

당연한 반응이다.

누가 그런 놈 방에 자기 딸을 넣고 싶겠나?

딸은커녕 아들도 넣어선 안 되겠지. 쇠몽둥이 든 장정 열 명이면 모를까.

Chapter. 46

"싫다는 거네요. 이거 의외인데요. 죄는 미워하되 사람은 미워하지 말라면서요? 그 정도로 범죄자 인권 문제에 열성이 신 분이 자기에겐 다른 기준을 적용하시겠다? 그럼 그 강간 살해범이 출소할 때 당신 옆집에 방을 얻어 주면요? 원한다 면 그리해 줄게요."

"······."

"이도 대답을 안 하시네. 다시 묻죠. 어느 날 출소했는데 그 놈이 우리도 모르게 우리 동네에 들어와 사는 건 괜찮나요? 그 놈 집 근처에 사는 분들은 어떤 기분일까요? 이도 괜찮나요?"

"······."

"왜 대답을 못 하시죠? 그토록 범죄자 인권에 매진이신 분이라면 자기 자녀 정도는 얼마든지 시험대에 올릴 수 있는 거 아닌가요? 그렇다면 저도 인정할게요. 당신의 고매한 인격을."

"……."

절대로 말 못 한다.

이 몸이 또라이라는 인식은 이미 세계가 인식했다. 더구나 항간에는 중국의 외교부장을 떡으로 만든 놈이라는 지목도 받고 있다. 자존심에 못 이겨 '예, 그럽시다' 라고 했다가 진짜로 딸을 그 방에 보내 버리면…….

서미란은 상상했는지 몸을 부르르 떨었다.

"대답을 영~ 못 하시네."

장대운은 시위에 동참한 이들을 봤다.

"당신들께도 물을게요. 굳이 그 강간 살해범이 아니더라도 폭력범이나 약쟁이 방에 아들이나 딸을 넣을 수 있나요? 그럼 여기에서 계속 시위하시고요. 제가 책임지고 당신네들 자녀를 그놈들과 대면시켜 줄게요."

쑥 들어간다.

이럴 줄 알았다. 그렇게 아동 복지 이런 데나 신경 쓰지 왜 이 더러운 판에 끼어서는.

장대운은 기자들을 보았다.

"강간 1년, 살인 3년, 수십억 사기 쳐도 2년이면 끝. 야동 유포도 2년, 사람을 자살하게 만든 강간범도 2년. 수백억 횡령한 경제범도 3년. 재벌이 수천억 뇌물 뿌리고 비자금 조성

해도 3년에 집행 유예 3년."

기자들이 움찔한다.

"이게 벌입니까? 이게 응징입니까? 당한 사람들은 평생의 한으로 남아 고통받는데 범죄를 저지른 놈들은 고작 몇 년이면 돌아와 활개를 칩니다. 이게 과연 여러분이 생각하는 징벌입니까? 기자분들도 그렇게 생각하세요?"

"……."

"……."

"……."

아무도 말 못 한다.

말 못 하겠지. 양심이 있다면.

"어떻게 된 건지 쌍놈의 새끼들이 법을 아주 우습게 봐요. 열받으면 칼로 찌르고 몇 년 학교 갔다 온대요. 까짓거 살면 된다네요. 재범에 재범에 재범에 무슨 전과 20범, 30범이 발에 차일 만큼 많아요. 대체 집행 유예는 왜 주는 건가요? 수천억 횡령해도 징역 3년에 3년 집행 유예면 아예 가두지 않겠다는 거잖아요. 법이 왜 이렇게 사람 봐 가면서 특혜를 남발하죠? 이게 검사, 판사들만의 문제인가요? 검사, 판사들만 개새끼인가요? 이게 여러분이 말하는 교화입니까?"

주변이 조용해졌다.

"저는 범죄도 등가 교환이 필요하다고 봅니다. 사람 팬 놈은 지도 맞아야 하고 사기 친 놈은 일생을 고통 속에 가둬 놔야 합니다. 재벌은요? 그놈들은 가두는 것보단 금융 치료가 제격이죠. 그게 더 뼈아플 테니까요. 찢어지게 가난하게 만들어서 말이죠. 아, 강간 살해범이요? 후우~ 피해자들만 생각하면 능지처참도 과하다 생각이 안 듭니다. 이게 제 기본 인식입니다."

"……."

"……."

"……."

"민주주의 사회라서, 아직은 인정이 남아 있는 사회라서 이만큼이나 양보한 거라는 거예요. 본래 계획은 태형, 장형도 부활시키려 했어요. 피해자 가족이 직접 범죄자를 응징한다. 이 얼마나 통쾌합니까? 맞아요. 맞습니다. 원래 이래야 해요. 범죄를 저지르면요. 그에 상응한 벌을 받아야 합니다. 범죄란 누군가에게 피해를 입힌 걸 뜻합니다. 가만히 잘살고 있는 사람에게 가서 몹쓸 짓을 한 거예요. 오해하지 마시게 다시 한번 말씀드립니다. 이번에 법이 강화된 이유는 노상 방뇨나 고성방가 같은 경범죄를 대상으로 한 게 아닙니다. 물론 이도 횟수가 도를 넘으면 중범죄로 넘어가게 되겠지만, 원천적으로 중범죄에 관한 대응입니다. 악랄한 범죄, 악독한 놈들을 대상으로 한 거죠. 일상을 살아가는 우리 국민과는 아주 동떨어진 얘기란 말입니다."

그제야 기자들도 고개를 끄덕끄덕.

주변에 모인 시민들도 그랬다.

법이 무섭다고? 범죄를 안 저지르면 된다.

죄를 저지르면 처벌을 각오한 거로 보면 된다.

"술 먹어서 용서를 해 줘요? 아니요. 가중 처벌을 받을 겁니다. 정신병이 있어서 용서를 해 줘요? 아니요. 그놈은 사람이 아니라고 생각할 겁니다. 음주 운전 해 보세요. 걸리는 순간 손모가지를 자르고 싶게 만들어 줄 겁니다. 촉법소년이요? 나이 어리다고 까부는 순간 이 세상에 태어난 걸 후회하게 해 줄 거예요. 그리고 모든 범죄에는 금융 치료가 따를 겁니다. 범죄인이 돈까지 많아 봐요. 아주 기가 막힐 일이 생겨요. 탈탈 털어 30배 법을 적용할 겁니다. 범죄 저질러 보세요. 자본주의 사회에서 돈이 없다는 게 무슨 의미인지 처절하게 깨닫게 해 줄 테니까."

말을 마친 장대운은 잠시 주변을 둘러보았다.

조용했다. 침을 꼴깍 삼키는 소리가 들릴 만큼.

귀엽네. 피식 웃어 준 장대운은 몸을 돌렸다.

뒤에서 누가 소리쳤다.

"어, 어디로 가십니까?"

"집이죠. 지금 집에 미국 대통령이 기다리고 있거든요. 그럼 수고하세요."

도람프가 먼저 와 기다리고 있었다.

집무실로 가길래 김문호도 무심코 따라 들어가려 했더니

도람프가 단둘이서만 얘기하자고 막는다. 자기네 참모는 물론 아무도 못 들어오게 해서 중간에 붕 떠 버린 김문호는 어쩔 수 없이 비서실로 향했다.

그런데 입구부터 이상한 소리가 들려왔다.

"ㅇㅇㅇㅇㅇ······."

"으어어어어······."

깜짝 놀라 들어갔는데.

코 박고 무언가 열중하고 있던 이들이 스르르 고개를 들었다.

동생들이었다. 이미래, 전소희, 강민수, 박서진, 오순길, 유재진, 이시원.

"으어어, 으어, 왜······요?"

"왜······왔······어······요?"

"또····· 일감 주러····· 허억, 헉······."

"저····· 나쁜 새······끼가······."

"잡히면····· 넌····· 죽어."

"차······라리····· 죽·····여라."

다크서클이 입까지 내려와 있었다.

움직임도 좀비처럼 흐느적흐느적.

이미래가 휘청거리면서도 일어나려 하길래 얼른 달려가 속삭였다. 다른 애들은 듣지 못하게.

아니, 말하면서도 망설였다. 이 몰골을 보고 무슨 말을 꺼낼까?

하지만 어쩔 수가 없었다. 이는 대통령 지시 사항이다.

"그게 미래야. 대통령께서 범죄인 현황 좀 뽑아 달라······
고 했는데 얘기하면 안 되겠지?"

"씨발."

"으응?"

"뭐······요?"

"너 방금 욕하지 않았어?"

"안······했어······."

"반말······도 하네."

"알······겠······어······요······. 얘들아, 또······ 일이다."

"으으으으으으······."

"으어어어어······."

섬뜩한 느낌에 주변을 보니 애들이 이쪽으로 기어 오고 있
었다. 축 늘어져서. 슬금슬금.

애들이 왜 이런 거지? 근래 바빠서 돌아보지 못한 건 사실
인데. 피골이 상접해 흐느적거리는 게 만성 피로에 쩔다 못해
푹푹 썩은 사람 같았다.

"으응?"

그러고 보니 애들이 쉰 적 있었던가?

가만히 돌아봐도 딱히 기억에 없었다.

특히나 2004년 처음 시도된 '미래人 프로그램'이 2006년 전
국 동시 지방 선거에서 대박을 터트리고 나선 더 쉰 적이 없
었던 것 같은······ 대통령 집권 이후 대한민국 시스템을 적으
로 선포한 후부턴 그 살인적인 업무량을······ 아아~~~~~.

"살……려……주……세……옴……."

"으어, 으어어어어어어……."

"나……부터. 여기…… 꺼내…… 헉헉헉."

"날…… 꺼내 줘."

"제발…… 그만……."

좀비 여러 마리가 기어 오고 있었다.

잡히는 순간 저 수렁에 같이 끌려 들어갈 것 같은 위기감에 김문호는 걸음아 날 살려라 도망쳤다.

미안하다. 미안하다~~~~~~.

"후아……."

심장이 다 떨렸다. 살며 이렇게 끔찍했던 적이 있던지.

진저리가 쳐진다.

앞으로 비서실 문에 출입 금지 봉인을 붙여야겠다.

끼이익.

대통령과 도람프가 웃으며 문을 열고 나왔다.

벌써? 10분도 안 걸린 것 같은데.

분위기도 나쁘지 않다. 서로 악수하고 하하하 웃으며 헤어진다. 도람프는 그 길로 돌아가 버린다.

김문호는 얼른 장대운에게 붙었다.

"정홍식 외교부 장관을 불러 주세요."

"아, 예."

콜 하려 했더니 정홍식이 이미 들어오고 있었다.

"도람프가 왔다길래 뭔가 변한 게 있나 해서요. 하하하하."

너스레는…….

장대운은 별말 없이 손짓했다. 팔로우 미.

정홍식, 도종현과 백은호와 함께 우르르 집무실로 들어갔다.

앞장선 장대운은 소파에 앉자마자 이런 말을 던졌다.

"당분간 대만과의 수교는 보류하겠습니다."

"예?"

"아…….."

"혹시 미국이 압력을 가한 겁니까?"

10분 전까지 대만과 수교하느니, 현무 미사일을 파느니 설
레발을 떨었는데. 갑자기?

장대운도 선선히 인정했다.

"압력 비슷하네요."

"압력이군요…….."

"후우…….."

"동의하신 이유를 알 수 있습니까?"

"별거 없어요. 미국이 이 사태를 전부 해결해 주기로 했습
니다. 우리 대신."

이건 또 무슨 소리? 설마 엿 바꿔 먹자는 아닐 테고.

현재 미국이 나설 만한 사태는 하나밖에 없었다.

중국과의 갈등.

이 갈등을 미국이 해결해 주겠다고?

"정말인가요?"

"예."

진짜로 덤비겠다는 것.

즉 이어도 건 외 관망 태세였던 미국이 입장을 선회할 만큼 이번 대만 건의 파장이 컸다는 뜻인데.

시사하는 바가 결코 작지 않았다.

대만이 문제가 아니었다. 이는 결국 우리 한국과도 아주 밀접하게 맞닿아 있었다.

다들 그걸 깨달았다는 듯 표정이 무거워졌다.

장대운도 마찬가지였다.

"느끼셨다시피 미국은 자기가 가진 기득권을 절대 놓으려 하지 않습니다. 이게 과연 대만만의 문제일까요?"

"아닙니다."

"아닐 겁니다."

"아닐 거라 봅니다."

"예, 다들 그렇게 보셨군요. 우리 한국도 마찬가지입니다. 아니, 동아시아에 소속된 국가 전부가 그렇겠죠. 저기 섬나라 일본은…… 벗어날 생각이 없으니 예외로 둔다지만."

"대통령께서는 무엇을 염두에 두고 계십니까?"

"전작권 전환입니다."

2025년 한국의 품으로 돌아오는 전시전환 작전권.

이미 정해진 일을 앞두고도 이런 수작을 벌일 거라는 뜻이다.

"그렇군요. 그때도 미국이 이런 짓을 벌일 거라 보신 거군요."

"근자에 다른 우려할 만한 이슈는 없으니까요."

"반드시입니까?"

"반드시입니다."

장대운이 단언한 만큼은 아니더라도 여기 있는 모두도 이번 대만 건으로 그럴 거라는 예감을 받았다.

미국은 절대 자기 우위를 놓지 않을 테니.

"그때 아마도 중국을 이용하리라 봅니다. 은근슬쩍 안보 위협을 가하겠죠. 미국은 관망으로 일관. 우리 한국이 적당히 무너지길 바랄 겁니다."

"중국은 빚을 갚을 기회니 이용할 테고요."

"흐음, 이거 쉬운 일이 하나도 없군요."

"막을 방법이 없겠습니까? 잘못하다간 알면서도 당하게 생겼습니다."

세계 최강대국 두 나라가 은밀히 손잡고 한국을 갈구겠다는 계획을 세운다면 보통의 방법으로는 헤쳐 나가는 게 불가능했다.

장대운은 씁쓸한 표정을 지었다.

"그때는 진짜 전쟁이겠죠."

보따리 내줄 수는 없으니.

"……그렇군요."

"오필승 디펜스에 박차를 가해야겠어요. 시간이 얼마 없어 보입니다."

당장에라도 전화할 듯 장대운도 조급함을 드러냈다.

지금까지 중국과 갈등을 빚으면서도 티 내지 않은 감정선을. 그만큼 돌아올 위험이 크다는 것인데.

정작 문제는 다른 곳에 있었다.

정홍식이 짚었다.

"더 걱정인 건 다음 대 대통령입니다."

"아!"

"아아, 그렇군요."

장대운마저 전쟁을 생각할 만큼 아득한 상황이었다.

누가 이 나라를 이끌어 나갈까? 어느 강심장이 미국과 중국을 상대로 대차게 딜을 걸 수 있을까?

다음 대 나올 대선 후보를 격하하자는 게 아니었다.

사람이 달랐다.

사람이 다르면 할 수 있는 일도 달라진다.

"개헌밖에 없군요."

"2020년 총선을 반드시 승리해야 하는군요."

"반드시 70% 이상을 얻어 내야 합니다."

헌법 개정은 국회 재적 의원 과반수 또는 대통령의 발의로 제안된다.

즉 지금이라도 개헌은 진행할 수 있었다.

다만 원하는 헌법 개정이 확정되려면 조건이 몇 가지 있었다.

국회 재적 의원의 2/3 이상의 찬성을 얻어야 하고 국회 통과 후에도 국민 투표에 부쳐 과반수의 투표와 과반수의 찬성을 얻어야 한다.

모르긴 몰라도 한민당이 총력을 다해 결사반대를 외칠 것이다.

개헌의 주요 골자는 결국 장대운의 재임일 테니.

"한민당부터 죽여야겠군요."

"민생당도 망가뜨려야겠습니다."

"이렇게까지 안 하려 했는데 저 미국의 수작을 버텨 내려면 다른 대통령으론 어림도 없을 겁니다. 특히나 한민당 출신이 대통령이 되는 날에는 모든 것이 도로아미타불이 되겠죠."

"맞습니다. 가장 먼저 철저하게 망가뜨려야 할 게 한민당일 겁니다."

"근데 미국이 이런 의도를 모를까요?"

"아……."

"알겠죠. 틀림없이 수작을 벌이겠군요. 안보의 위협을 가하면서."

"왜 이렇게 진드기처럼 느껴질까요?"

"하지만 안 할 수도 없을 노릇 아닙니까. 우리로선 물러설 수 없는 승부입니다."

"그도 맞군요. 반드시 해내야겠어요."

"좋습니다. 각오 한번 다져 보죠."

이렇게 중지를 모으고 있을 때 장대운이 손을 들었다.

쳐다보니.

"그 계획은 보류해 주세요."

"예?!"

"대통령님!"

"왜 안 된다는 겁니까?!"

저항했으나 장대운은 눈을 감고 고개를 저었다.

"섣부른 판단은 파탄을 부릅니다. 우리는 우리에게 주어진 5년이란 시간 동안 수많은 기득권을 무너뜨리겠죠. 이 작업에도 한 치의 오차가 있어선 안 됩니다. 저들은 FM대로 해도 억지를 부리는 종자니까요. 그리고 전 대통령의 생명을 연장시킬 생각이 없습니다. 시대가 절 허락하지 않는다면 그것대로 좋다고 봅니다. 부디 다른 생각 마시고 있는 동안만 최선을 다합시다. 그게 제 생각입니다."

"……."

"……."

"……."

욱하고 올라왔지만. 할 말이 없는 답변이었다.

우리 민족의 운명을 조금 더 믿어 보자는데 대체 무슨 말을 더 할까?

짝짝짝. 장대운이 박수로 환기를 시켰다.

"일단은 주어진 현안부터 해결하죠. 미래는 미래일 뿐입니다. 아직 다가오지도 않은 미래 때문에 현실의 중요성을 놓치면 안 됩니다. 묵묵히 갑시다. 나라 곳간 곳곳에 숨어든 기생충이랑 도둑놈 새끼들부터 도려내야죠."

"……알겠습니다."

"인정합니다. 내부의 적부터 치우는 게 우선이겠죠."

"아쉽지만. 알겠습니다. 주어진 하루에 최선을 다하는 것도 미래를 대비하는 것일 테니까요."

이렇게 일단락 지었다.

찜찜한 감은 어쩔 수가 없었다.

지난 시간 동안 묵은 때가 너무 많이 쌓인 대한민국이라.

한순간에 때 빼고 광내고 청소하려니 할 게 너무 많았다.
허리가 휠 지경.

'그래도 무조건 뚫을 수밖에 없는 상태야.'

허리가 휜다고 하지 않는다면 점점 무거워진 대한민국은
가라앉을 일밖에 없었다.

김문호는 가슴이 답답했다.

초일류로 가는 기업과 젊은 세대들 앞을 가로막는 삼류 정치.

그 삼류 정치가 초일류로 가는 우리 민족의 발목을 잡는다.

그러나 이도 대한민국이다.

대한민국의 정치가 삼류라는 건 대한민국 국민 대다수가
삼류라는 뜻이다. 그놈들을 뽑아 주는 게 결국 국민이니까.

'후우~~ 체질 개선은 어쩔 수 없이 세대가 바뀌어야 한다
는 건가?'

너무 아쉬웠다.

장대운은 지금 이 순간 자리하는데 국민은 아직도 저 뒤에
서 아웅다웅이다.

백마 탄 초인이 이리 오라 외쳐도 국민은 엉뚱한 곳을 기웃
거리기 바쁘다.

그랬다. 지금 가장 답답한 이가 장대운일 것이다.

홀로 외치는 소리.

이런 게 절대자의 외로움이란 건가?

'내가 할 일도 어쩌면 이것일지도 모르겠지. 내가 돌아온 이유도.'

그의 외로움을 알아주라는 게 아닐까.

절대자를 외롭게 두지 말라는 게 아닐까.

김문호는 장대운을 믿었다. 본인 스스로보다 더.

'그래, 더 밀착하자.'

도종현, 백은호, 정흥식이 물러간 자리에도 남았다.

"왜······?"

안 가냐는 것이다.

"이따, 와인 한잔하시는 건 어떠십니까?"

"와인이요? 나랑?"

"오랜만에 딱 한 잔만 하자는 거죠."

대통령은 술을 많이 마셔도 곤란하다.

말술인 장대운은 집권 후 술을 입에도 대지 않았다.

국방과 국가 안보를 책임지는 수장으로서 최소한의 취침 시간 외 항시 명료한 정신을 유지하기 위해서였다.

그렇잖나. 대통령이 술판 벌이고 주지육림이라니.

가당찮았다.

장대운이 히죽 웃는다.

"좋죠. 한 잔만이라면 저녁 식사가 아주 풍성해지겠죠."

"옳은 말씀이십니다."

이렇게 강제로 가족과의 식사 자리에 초대받았다.

"어서 오세요. 김 비서님."

"아이고, 이걸 다 영부인께서 준비하셨습니까?"

"아…… 음…… 예."

영~ 어색하다.

영부인은 아직도 본인을 영부인으로 부르면 낯이 붉어진다.

처음부터 이런 자리엔 어울리지 않는다 생각하였고 결코 나서는 법이 없었다. 그저 일 마치고 돌아온 남편에게 따뜻한 가정을 선사할 뿐.

그 겸손에, 그 온유함에, 그 평범함에, 결혼할 당시만 해도 의문을 가졌던 이들 모두가 녹아 버렸다.

아무렴, 다른 능력이 특출난들 무에 소용일까.

재녀들이 넘치는 사회라지만 그들 수천 명을 합친들 장대운 하나만 할까?

장대운에게 필요한 건 능력이 아니라 쉼이었다.

그에게 어울리는 짝을 보라.

홀로 선 장대운에게 이렇게나 훌륭한 가정을 선물하였다. 절대자가 가진 외로움의 한편을 자기도 모르는 사이에 삭혀 줬다. 참으로 위대한 여성이었다.

"차린 게 없어서……."

"오늘은 된장찌개군요. 계란말이에, 콩자반, 진미채라니. 우와~ 진수성찬입니다. 어쩜 제가 오는 줄 알고 계셨습니까? 다 제가 좋아하는 것뿐입니다. 하하하하하하하."

"그래요? 호호호호."

저녁 식사도 손수 차리신다. 남편과 아이들을 위해.

바깥에선 영부인이지만 집에선 가정주부다.

"너무 맛있겠는데요. 오늘 밥 두 그릇 예약입니다. 가능하죠?"

"물론이에요. 세 그릇도 드셔요."

"하하하하, 문호야, 어서 먹자고. 된장찌개 식겠다."

"옙."

뚝배기에 자글자글 끓는 된장찌개를 밥에 한 국자 덜어 슥 슥 비벼 고추장 잔뜩 묻은 진미채를 올린다.

이렇게 한입 하면 구수함과 동시에 매콤 달콤에 쫄깃한 식감이 뇌리를 친다. 이런 게 감칠맛이다.

김치는 거들 뿐. 계란말이는 별미다.

콩자반은 첫맛은 짭짤, 씹을수록 달다.

아주 좋다. 행복한 식사.

오랜만에 한국인다운 식사라고 할까?

"어땠어?"

"좋았습니다. 매일 들르고 싶을 만큼."

"매일은 안 돼."

"하하하하하하, 그래요?"

"나만 누려야 해. 내 거야."

"암요. 암요."

"아직도 결혼 생각 없어?"

"갑자기 훅 들어오시네요."

"문호 너 정도면 최상급 신랑감 아냐?"

"꿈이 더 큽니다."

"같이 해. 멀티로."

"그걸 이해해 줄 여인이 있을까요?"

"임자는 어딘가에 있어. 만나지 못했을 뿐."

"……그렇군요."

영부인이 와인을 내왔다. 김치전과 함께.

대충 치즈 얹은 카나페 같은 핑거 푸드가 나올 거라 생각했는데 의외였다.

"난 이 조합도 괜찮더라고. 김치전을 조금 바삭하게 구우면 잘 어울려."

"그런가요?"

짠. 와인 향기를 맡고 잔을 휘휘 돌리고 살짝 머금으며 호로록 같은 건 하지 않았다.

언젠가 장대운이 그랬다.

와인의 시작은 물 대용 음료로 보는 게 옳다고.

과연 옛사람이 물 대용 음료를 그리도 까탈스럽게 마셨을까? 라는 질문에 나는 답을 하지 못했다. 식사 예절, 의전, 언어의 품격, 예술적 감각, 전통 모두 존중하지만 과한 건 도리어 삶을 얽매는 멍에일 뿐이라고. 운동선수의 지겨운 루틴같이.

동감하여 이후로는 '와인 음용법 따라 하기' 따윈 관뒀다.

맛보고 맛있으면 그만이다.

"이거 괜찮은데요."

"그래? 나도 마셔 보자."

한 모금 꼴깍.

"오오, 좋네. 마트에서 3만 원에 파는 거 샀다는데 괜찮다야. 아주 잘 골랐어."

"그래요? 저도 한 병 사야겠는데요."

"그래…… 너도 즐겨야지."

순간 장대운의 눈빛이 그윽해졌다. 이제 들러붙은 이유를 대라는 듯.

김문호도 잔을 내려놓았다.

당신의 외로움을 일부나마 이해해 주기 위해 왔습니다. 라는 말 따윈 절대 하지 않는다. 그건 남자의 길이 아니니까.

대신 다르게 가자.

"애들 휴가 좀 보내 주세요."

"으응?"

전혀 예상 못 했다는 반응이었다.

"근래 애들 얼굴 보신 적 없죠?"

"그야…… 그러네."

"좀비가 돼 있더라고요."

오늘 비서실에 갔다가 당황했던 이야기를 해 줬다.

더 머물렀다간 자기도 좀비가 될 것 같아 도망쳐 나왔다고.

"으음…… 그러고 보니 옳게 쉰 적이 없겠어. 정은희 수석…… 장관이 애들 안 챙겨 줬나?"

"챙겨 줬죠. 그때마다 일이 터져 제가 다 불러 모았고요. 한창때인데 여름에 해수욕장 한 번을 못 갔어요. 지금 저에 대한 원망이 하늘을 찌릅니다."

"아이고, 이거 잘못했네. 내가 잘못했어."

"그럼요. 엄청 잘못하셨죠."

"알았다. 일주일 쉬라고 해. 내일 알려 줘."

"감사합니다."

고개를 숙였다.

"마음 같아선 한 달 주고 싶은데 일이 빡빡한 거 알지?"

"압니다."

"미국이 나서 준다길래 조금 여유가 돈 거야."

"그렇겠네요. 모쪼록 미국이 잘 나서 줘야 할 텐데요. 우리
애들 휴가 또 안 끊기게."

"아~ 이런 식으로 끊겼다는 거구나."

장대운이 고개를 끄덕끄덕.

김문호도 동조했다.

"예, 제가 이런 식으로 끊었죠."

"원망받을 만하네."

"예, 엄청 미움받고 있습니다."

"미안."

"미안하셔야죠."

"하하하하하, 알았다. 알았어. 내가 더 챙겨 줄게."

"감사합니다. 역시 보상이 있어야 의욕이 샘솟는 거 아니
겠습니까."

"옳지. 옳지. 알았다. 걱정 마라. 앞으로는 더 세심히 살필게."

"걱정 안 합니다. 부족하면 또 와서 달라고 할 건데요. 뭐."

"그래, 그래라. 그게 좋겠다. 내가 쳐다볼 게 좀 많냐. 니가 많이 보고 알려 주라."

"저만 믿으세요. 제가 좀 봅니다."

"그래, 문호 네가 잘 보지. 이러면 안심인가?"

"예, 이제 안심하고 주무셔도 됩니다. 그럼 저는 이만 돌아가겠습니다."

"벌써 가려고?"

"영부인께마저 미움받으면 곤란합니다."

"오오, 눈치 챘겠네."

"그렇죠. 이쯤에서 사라지는 게 제 신상에 제일 좋을 것 같습니다."

"그래, 어서 가라. 너도 잘 쉬고. 내일 보자."

"예, 안녕히 주무십시오."

제7함대가 움직였다.

오키나와의 천년바위처럼 육중한 무게감으로 존재하던 그것이 조류를 타고 이동하는 흰긴수염고래 무리처럼 파도를 헤치고 북상하더니 대만에 상륙했다.

웬만한 국가급 전력을 상회 한다는 함대의 위용에 놀란 중국은 허둥지둥 동해 함대와 남해 함대에 시동을 걸면서 동아시아의 평화를 해치는 미국은 당장 행동을 멈추라고 깽깽대기 시작했다.

시끄러운 중국.

그러나 감히 일정 거리 이상 접근하지 못했다.

제7함대가 언제든 개전이 가능한 전투 모드로 돌아선 것도 있고 실제로 동해 함대와 남해 함대를 표적으로 겨누고 있었기 때문이었다.

군사 훈련 할 때마다 대만 방공 식별 구역까지 마음대로 침범하던 위세는 어디로 갔는지 중국은 이후 외교전에 총력을 가하는 모습을 보였다.

시시때때로 나오는 바람에 익숙해진…… 이젠 친구 같은 대변인이 나와 미국의 부당함을 동네방네 시끄럽게 떠드나 미국은 그러든 말든 자국 내 중국 기업 때려잡기에 돌입했다.

중웨이라는 기업이었다. 휴대폰 제조 회사.

이 회사가 미국의 기밀을 중국에 넘겼다는 증거를 잡았다고 온통 들쑤셨다. 부회장을 소환하고 국세청이 들이닥치고 국토안보국이 일대를 샅샅이 훑고.

구금된 한국인들에 대한 문제도 언급했다. 싹 다 풀어 주고 지금껏 일으킨 모든 소동에 대한 배상을 하라 하였다. 그리고 뒤로는 일대일로와 닿아 국가 기간망을 통째로 중국에 빼앗길 위기에 빠진 국가들에 차관을 제안했다.

이 일을 위해 5,000억 달러의 기금을 조성하겠다고.

국면은 어느새 한국 vs 중국에서,

미국 vs 중국으로 돌아섰고.

한국은 순식간에 동아시아 분쟁에서 반쯤 가려지는 효과를 누렸다. 눈치 빠끔인 외국인 투자자들이 슬금슬금 돌아오는 것도 그에 일환이었다.

"미국이 잘해 주고 있네요."

"쪼잔해져서 그렇지 한 번 움직이면 파급력이 크죠."

"확실히 그런 면이 있는 것 같습니다. 여태 우리가 해 온 것들이 별거 아닌 것처럼 여겨져요."

"좋다고 볼 일은 아니죠. 저 화살이 지금은 중국을 향하지만, 방향을 바꿔 우리를 향하는 순간 상당한 일이 벌어질 겁니다."

"영원한 우방은 없다는 건가요?"

"먹고사는 일이라는 겁니다. 생존 문제."

"흠……."

대통령과 대략적인 업무 보고를 마치고 비서실로 가던 도중 시민 단체 들쑤시느라 바쁜 배현식과 우진기를 만난 김문호였다.

"요새 사학 재단들을 조사하는 중이라면서요?"

"예, 워낙에 폐쇄성이 강한 조직들이라 난항을 겪고 있습니다. 제가 많이 부족합니다."

"압수 수색은 안 하시고요?"

"갑자기요?"

한 번도 안 해 본 얼굴이다. 그놈들은 다짜고짜 쳐들어가야 일망타진이 가능한데…… 이러니 실적이 없지.

훈수가 필요할 때다.

"정황이 잡히면 바로 덤벼도 괜찮을 겁니다."

"그……런가요? 증거 없이도요?"

"언제 증거 잡고 언제 수사 기관과 연락하고 그래요. 짧아
도 십 년이고 길면 수십 년 묵은 게 사학 재단 아닌가요? 곪을
대로 곪았을 거예요. 의심 정황이 포착됐다 싶으면 다 훑어
버리세요. 몇몇 출세욕에 목마른 검사 붙여 드릴게요."

"아~~ 그렇군요. 괜히 우리끼리 움직이니 일이 잘 안 풀렸
나 봅니다. 안 그래도 그 문제 때문에 대통령께 가던 길이었
습니다."

"해결된 건가요?"

"예."

"이학주 법무부 장관께 가 보세요. 그분이라면 아예 전담
팀을 꾸려 주실 거예요."

"알겠습니다. 감사합니다."

신나서 가는 배현식과 그런 배현식을 보며 이쪽으로 엄지
척을 날리는 우진기에 피식 웃은 김문호도 자기 갈 길을 갔다.

비서실이 보였다.

문 앞에 선 김문호는 심호흡하였다.

너무 무서워 잠깐 봉인하려 한 적 있었으나 오늘은 좋은 소
식을 들고 찾은 거니까…… 괜찮겠지?

"얘들아~ 나 왔다."

◇ ◆ ◇

"흐으으으음……."

"으으음……."

"……."

"……."

정리하고 얼른 휴가 떠나라 채근해도 못마땅한 얼굴이다.

김문호는 왜? 냐는 질문은 하지 못했다.

저 얼굴들이 이미 이렇게 말하고 있었다.

'수상해.'

'이거 또 무슨 음모를 꾸미려고 수작이지?'

'저 입 좀 봐. 틀림없어. 틀림없이 다른 의도가 있는 거야.'

'배신자 놈.'

'제발 좀 가라. 허튼소리 말고.'

김문호는 욱하고 올라왔으나 찜질방 60℃에서 1시간 버틸 인내심을 발휘하며 자상한 목소리를 냈다.

"대통령께서 일주일간 휴가를 주셨어요. 얼른 짐 챙기고 퇴근하세요."

그러나 눈을 부릅뜨고 쳐다보기만 한다.

'내가 네 말을 믿을 것 같아?'

'다른 사람은 믿어도 네 말은 절대 못 믿어.'

아, 왜?! 휴가 가라잖아! 휴가 가라는 대도 난리야!

"저거 딴짓하려는 거 맞지?"

"아무래도 그런 것 같아. 우리 빼돌리고 여기다 또 무슨 폭탄을 떨어뜨리려고."

"지금 쉬라는 게 말이 돼? 할 일이 얼마나 많은데."

"설마 자르려는 거야? 다 퇴직시키려고?"

"그렇구나! 우리 휴가 간 사이 사무실 치우려고 이러는 걸 수도 있어."

그동안 쌓은 불신의 골이 얼마나 컸으면 휴가 가래도 저럴까.

김문호는 고개를 절레 흔들었다. 모두 나의 부덕이다.

∞ 이것만 끝내면 휴가 가자. 이 일만 끝내고 휴가 가자. 어허이, 이것만 끝내면 진짜 보내 준다니까. 내 말 못 믿어? 진짜로 휴가증 걸고 하는 거야.

이래 놓고 한 번도 보내 준 적 없었다. 단 한 번도.

오해하지 마라.

보내 주지 않으려는 건 아니었다. 진심으로 보내 주고 싶었다. 그때마다 자꾸 일이 터져서 그렇지.

"그냥 휴가 가라고. 아무것도 안 한다고 자식들아!"

"차라리 똥을 믿겠다."

"저 새끼 저러다 또 전화해서 집합시킬 거야."

"잔인한 새끼."

"그러게. 그렇게 우리 뒤통수를 치고 싶을까? 인두겁을 쓴 악마가 분명해."

"저 새끼, 대통령한테 받은 스트레스를 우리한테 푸는 거야?"

"독사 같은 놈."

김문호도 서서히 이마에 핏대가 솟았다.

이 새끼들이 가라는 데도 지랄이야. 내가 네놈들 휴가 얻으려고 대통령과도 담판 지었는데. 이 중요한 시기에!

확 다 뒤집고 일거리 투척해?

하지만…….

참는다. 찜질방 80℃의 인내심이다.

"아니야. 아니야. 진심이라고. 얼른 짐 싸서 휴가 가라고. 내가 어제 대통령이랑 담판 지었다고!"

"야이, 새끼야, 그냥 처라! 차라리 그게 속 편하겠다."

"그래, 차라리 죽여라! 이 나쁜 놈아!"

"싸우자. 싸우자!"

"물러가라! 물러가라!"

"악덕 김문호는 물러가라~~~~~!!"

"이…… 씨부럴 것들이…… 나도 이젠 못 참아."

무언가 팅 끊어지는 느낌에 김문호도 더는 인내하지 못하고 달려들려 했으나 언제 왔는지 도종현이 팔을 붙잡았다. 도종현은 비서실의 장이었다.

"우리 잘못이다."

"끄으으으응."

도종현마저.

"그동안 못 믿을 짓만 했잖아."

"젠장."

으드득.

동생들을 향해 송곳니를 드러낸 김문호는 부르르 떨다 몸을 홱 돌려 나갔다.

"알아서들 해. 지금부터 휴가니까 쉬든지 말든지."

문을 쾅.

도종현은 불신천국인 일곱 비서를 달랬다.

"미안하다. 일이 이렇게까지 되다니. 심히 유감이다."

"유감, 유감! 유가아아아암!!!"

흠칫.

"차라리 개가 똥을 끊는다 하시지!"

"맞아! 어디서 개수작이야!"

"착한 형사, 나쁜 형사야?! 우릴 아주 졸로 봤어."

"물러가라! 악덕 상사! 물러가라! 악덕 상사!"

"도종현은 꺼져라!"

자신까지 공격하자 도종현은 자기도 모르게 창밖을 봤다.

날씨가 참으로 화창하였다.

그 귀여웠던 아이들이 언제 이렇게 험악해졌는지.

미안하다. 나는 일을 이렇게까지 만들고 싶지 않았다고.

"커흠흠, 어쨌든 휴가다. 난 분명히 알려 줬다."

도종현도 얼른 도망 나갔다.

둘 다 휴가라고 하고 나가 버리자 비서실 일곱은 서로의 얼굴을 보았다.

"……."

"……이거 실화야?"

"……그런가 본데."

"정말 쉬라고?"

"……그런가 봐."

"뭐지?"

"갑자기 왜 이러지? 불안하게."

갈피를 잡지 못하는 일곱은 어쨌든 휴가 가라니 퇴근은 했다. 퇴근이라 봤자 청와대 한편에 있는 직원 공용 숙소인데.

다 모여서는.

"……."

"……."

"……."

"……."

"……."

"……."

"……."

조용하다.

누구도 입을 여는 이가 없었다.

적막만이……

반쯤 혼이 나간 얼굴들.

침대에 기대 멍, 의자에 널브러져 멍, 식탁에 엎드려 멍, 그냥 바닥에 누워 멍…… 초점이 하나 없고 허공만 응시하였다.

6

"우리…… 그러니까 우리 정말 쉬어도 되는 거야?"

"몰라."

"이러다 또 전원 집합 아니야? 왠지 그럴 것 같은데."

"일단 쉬라고 하잖아."

"그렇긴 한데."

"쉬라잖아. 쉬라니 쉬어야지."

"그래, 쉬자."

"그래, 우리 쉬자."

"쉬자……."

"……."

"……."

"……."

"……."

"……쉬는데."

서로를 쳐다본다.

아니, 정확히는 이미래에게 시선이 옮겨 왔다.

"미래야."

"누나."

"네가 말 좀 해 봐."

"이미래."

"으응?"

"어떻게 해야 해?"

"어떻게 해야 하는 거지?"

"……뭘?"

"어떻게 해야 하는 거냐고?"

"도대체 어떻게 해야 하는 거냐고?"

"뭐를~?"

"쉬는 거."

"쉬는 거."

"쉬는 거?"

"응."

"응."

여섯이 쳐다본다.

제발 알려 달라고.

"그야…… 뭐, 맛있는 거 먹고 푹 자는…… 거…… 아냐?"

"맛있는 건 늘 먹잖아. 여기 청와대라고."

"그럼 잠이라도……."

"잠이 안 와. 이상하게 등을 댔는데도 잠이 안 와."

"맞아. 나도 등만 대면 1초 만에 떨어졌는데 희한하게 눈이
말똥말똥해."

서로의 얼굴을 본다.

망연자실.

그 순간 일곱은 깨달았다.

우리는 쉴 줄 모른다.

"이거 우리가 이상한 거야?"

"……모르겠어."

"쉬는 게 뭐지?"

"도저히 모르겠어."

"하긴 몇 년간 쉰 적이 없지 않아?"

"최소 10년은 넘었어."

"헐~."

"우리가 10년 동안 쉰 적이 없다고?"

"엇, 정말이네. 쉰 기억이 없어. 전혀 없어. 아예 없어. 완전 없어."

"그냥 TV라도 보면 되는 거 아냐?"

"으아아아아악!!!"

그때 막내 이시원이 말했다.

"형, 누나."

"왜?"

"나 사실 아까부터 불안해. 마음이 계속 이상해. 어떻게 해야 하는지 모르겠어. 그냥 죽을 것 같아. 미안한데…… 그냥 아까 하던 거 마치고 오면 안 될까?"

"일하겠다고? 도종헌, 김문호 그 새끼들이 쉬랬잖아. 그 악마 같은 종자들이."

"그렇긴 한데…… 계속 아무것도 안 하고 있으려니까 막 몸이 떨리고 속이 메스껍고 그래."

"하아…… 시원이 너도 그러냐? 하긴 나도 그래. 여기 봐봐. 손가락이 막 떨리지? 오늘 치 타자를 치지 않아서 그런가?"

"눈도 뻑뻑해요. 하루 치 자료를 훑어보지 않아서 그런지 몰라도."

"오늘 공문 뿌리는 날인데. 그거 안 뿌리면 일이 안 돌아갈 텐데."

하나둘 자기도 그렇다고 한다.

이미래도 사실 같았다.

자꾸만 하던 일이 생각났다. 꼭 화장실 갔다가 밑 안 닦고 나온 것처럼 온몸이 찝찝.

꾸욱 눌러 참고 말해 본다.

"쉬라잖아. 휴가 가라잖아. 명령대로 휴가 가야 하는 거 아냐?"

"그러니까 무슨 휴가? 어딜 가야 하는데?"

"맞아. 쉬는 게 뭐야? 어떻게 해야 쉬는 건데?"

"몰라. 나도 졸라 쉬고 싶다고~~~~~~~~~~~~."

소란스러워졌다.

그 사이에서 일곱은 자신에게서 뭔가 아주 큰 것이 결여됐음을 느꼈다.

몸과 마음이 따로 놓는 듯한 혹은 누군가 자꾸만 뒤에서 등을 미는 것 같은 조바심 또는 자기 안 무언가가 온전치 못하다는 걸.

결국 못 참고 이시원이 뛰쳐나갔다.

"안 되겠어. 나 그것만 끝내고 올게."

"나도! 나도 기획재정부에서 올라온 자료만 좀 정리하고 올게."

"나도! 법무부 보고 자료 올려야 해."

"나도 공문만 좀 뿌리자."

여섯이 일어나길래 이미래도 자기도 모르게 같이 일어나려는 다리를 두 손으로 꾹 붙잡고 초인적인 인내심으로 내리눌렀다.

"다들 스톱! 쉬라잖아!"

"너나 쉬어!"

"너나 실컷 쉬어!"

"에이씨, 나도 마음이 불편해서 못 쉬겠다!"

"!!!"

이미래도 이 순간 인생의 아주 중요한 깨달음을 받았다.

쟤들이 저러는 이유를 알 것 같기도 했다.

쉬라는 데도 못 쉬는 이유.

우리가 잘못된 게 아니다.

몸을 가만히 놔둔다고 쉬는 게 쉬는 게 아니라는 것쯤은 이미 알고 있었다. 이렇게나 불편하고 답답하고 불안한 건 절대 쉬는 게 아니라는 것도.

그랬다. 불편하면 몸을 가만히 두어도 쉼이 될 수 없다. 마음이 편해야 모든 게 평안해진다.

'쉬는 것도 완벽해야 가능하구나.'

이미래도 인정했다. 자신의 부족함을.

어제 김문호 개자식이 부탁한 교도소 현황 정리가 되지 않았다. 그게 계속 마음 한구석에 걸렸다.

그렇구나. 그걸 없애야 마음에 평안이 오겠구나.

머리가 환해지는 것 같았다.

"맞아! 가자. 나도 도저히 안 되겠다. 나도 사실 시원하게 타자 치고 산더미 서류에 짓눌려야 뭔가 살 것 같은 기분이었어."

"그치?"

"하긴 일중독으로는 우리 중 누나가 최고지."

"가자! 가서 일 좀 보고 쉬는 건 나중에 생각하자."

기다렸다는 듯 우르르 나가는 일곱.

그 뒷모습에 미련이라고는 1도 없었다.

"형님……."

"웅……."

"쟤들 뭐 해요?"

"일…… 하는데."

"휴가 가랬잖아요."

"나도 가라고 했어."

비서실을 바라보는 김문호, 도종현은 황당했다.

"으하하하하하, 이제야 좀 살 것 같네. 그래, 바로 이 서류를 검토했어야 했다고!"

"아아~ 이거야. 이거. 산더미 서류에 짓눌리는 감각. 이 뼈근함이 없으니 뭔가 허전했던 거야. 하하하하하하."

"강민수! 아 쫌! 빨리 검토하라고. 다음 사람 기다리잖아!"

"하하하하하, 10분만 주쇼. 내가 얼른 검토하고 넘겨줄게."

김문호와 도종현은 서로 쳐다보았다.

"쟤들 왜 저래요?"

"몰라. 난들 아나?"

"뭔가 우리가 대단히 잘못한 느낌이 들어요."

"그……런가?"

난리였다.

"야! 오순길! 기획재정부의 법리 검토 요청 어떻게 됐어?!"

"그거 법무부가 아직 의견을 보내 주지 않았어요."

"보내 주지 않으면 끝이야? 앙?!"

"바로 알아볼게요. 이 새끼들은 일 처리가 왜 이렇게 늦어!
아~ 너무 좋아."

한쪽에선 서류가 가득 든 박스를 아예 머리에다 짊어지는
녀석도 있었다.

"더 짓눌러라. 더 짓눌러라. 이 정도로는 뼈를 짓누르는 뼈
근함이 오지 않는다. 이 몸은 아직 멀었다"

"재진아, 그거로 되겠냐. 더 짜내야지 자식아. 그래서 아이
디어가 나오겠냐. 한 박스 더 올려! 꽉꽉 눌려야 돼. 꽉꽉! 피
가 막혀 죽을 것 같이."

"오케이! 하하하하하하하하."

도종현과 김문호는 다시 서로를 쳐다보았다.

"우리 휴가…… 전달한 거 맞지?"

"분명히 전달했어요."

"……."

"……."

"……근데 휴가가 왜 이래?"

"그······건 나도 모르겠어요."

보다 못한 김문호가 소리쳤다.

"야! 휴가라고! 이 새끼들아, 집에 가서 좀 쉬라고!"

아무도 답하는 이가 없었다.

너는 떠들어라.

나는 일하련다.

"너희들 그러다 나중에 번아웃 생긴다고 이 새끼들아! 쉴 때는 쉬는 거라고!!"

"저것 봐. 저 새끼 우리 더 부려 먹으려고 쉬라고 한 거야. 내 저럴 줄 알았어."

"하여튼 간악한 새끼. 항상 저변에 의도가 깔려 있어요."

"맞아. 지가 언제부터 착한 척했다고. 우리더러 쉬래. 저리 꺼져라. 우우~~."

"야, 쳐다도 보지 마. 현혹되지도 마. 저러다 반드시 나중에 딴소리한다고. 백퍼야."

헐~.

미국이 대 중국 수입 품목에 대한 관세를 20% 상승시키고 제재 품목에 대한 범위를 300개로 늘린다고 발표했다.

쿵하고 놀란 중국은 부당한 조치라며 다시 소리를 꽥꽥 질렀다. 자기들도 미국 품목에 관해 똑같이 적용시키겠다 발표했지만, 누구의 타격이 더 클까?

세계인도 보았다.

현재 미국과 중국의 갈등이 그저 시늉만이 아님을, 미국이 진심으로 덤벼들었음을 느끼자 상하이 종합 지수가 대폭락을 맞이했다.

중국에 투자를 약속했던 글로벌 기업들도 주춤, 미국의 눈치를 보기 시작했고 미국은 그들에게 경고하듯 미국 기술이 들어간 반도체 장비의 수출을 제한했다. 자국 내 활동하는 중국 산업 스파이 축출을 명분으로 미국에 거주 중인 중국인에 대한 대대적인 조사에 들어갔음을 천명했고 조금이라도 의심스러운 정황이 포착되는 순간 FBI의 방문을 받았다. 그 숫자가 무시 못 할 수준에 이르자 미국도 한국처럼 중국인 전부를 가두려는 게 아니냐는 말이 돌았다.

민주주의 사회에서 나오기 힘든 사건이었다.

자유를 억압한다는 건 그 기치를 뿌리에 둔 국가로서는 정반대의 길을 가는 것이니 양날의 검이라 할 수 있는데 의외로 상당한 호응을 얻었다.

그만큼 미국 국민도 중국인의 행태에 신물이 난 것이다.

국민이 정부의 손을 적극적으로 들어 주는 것으로 모자라 칭챙총 운동이 들불같이 일어나 중국인을 타격해 대자 덩달아 한국인, 일본인에까지 외모가 비슷하다는 이유로 그 피해가 번져 갔다. 국기를 붙이고 다니지 않으면 위험할 정도로.

어쨌든. 세계정세가 묘해지고 있었다.

"미국이 진짜로 덤벼드네요. 대충 보여 주기만 할 거라 생각했는데."

"우리를 벤치마킹한 걸 수도 있고 어쩌면 전부터 노리고 있었을 수도 있고요."

"그럴 수도 있겠죠. 이제 그 이야긴 접어 두고 우리도 차이나타운이랑 가리봉동, 대림동 일대 재개발에 착수했죠?"

"일단 무조건 싹 밀어 버리라고 했습니다. 혹여나 돌아와도 아무것도 남아 있지 않게."

"그놈들이 과연 돌아올까요?"

"일부는 돌아오지 않을까요? 제아무리 중화, 중화해도 한국에서 살던 버릇이 어디 가겠습니까? 한국 맛을 봤으니 절대로 헤어 나오지 못할 겁니다."

"으음…… 그렇기도 하겠군요."

말을 슬쩍 멈추는 장대운에 김문호는 허리를 일으키며 더듬이를 세웠다.

화제 전환 하려는 특유의 뉘앙스라.

"근데 비서실은 휴가 안 가요?"

"아……."

그 얘기구나.

"밤에도 불이 켜져 있던데. 어떻게 된 건가요?"

"그게……."

자초지종을 설명해 줬다.

다 들은 장대운은 한숨을 푹 내쉬었다.

"……내 잘못이……죠?"

"모두의 잘못입니다. 누구 한 명 특정 짓기 어려울 만큼 멀리 왔죠."

"심각하네요. 일하지 않고는 쉴 수 없는 몸이 되다니."

"저도 걱정입니다."

"음……."

257

"……."

"근데……."

"……예."

"문호, 너는 괜찮아?"

"저……요?"

"응."

"전 괜찮습니다."

"정말?"

"예."

단호하게 대답하나 장대운은 그런 게 아님을 잘 알았다.

가뜩이나 살인적인 업무량을 소화하는 이들.

쉬란들 들을 인간들도 아니다. 되레 더 자기 일처럼 더 덤빈다.

이런 종류의 인간들은 집에 묶어 둔다고 쉬는 게 쉬는 게 아니었다. 도리어 병난다. 하물며 새벽녘에 조깅이라도 하고 수영이라도 다녀오고 어학 학원이라도 끊어야 오전 시간이 알차다 생각하는 이들.

이런 이들이 무턱대고 쉬는 게 납득되겠나?

일을 하기 위해서라면 전무 이사란 위치도 버리고 평사원부터 시작하래도 군말 없이 OK 하는 일꾼들…….

이들에게 쉼이란 결국 일 속에서 기쁨과 보람을 찾는 것밖에 없었다.

그런 면에서 대한민국을 바꾼다는 대명분을 둔 현 방향성은 이들과 상성이 아주 좋았다.

"중소기업 진흥 공단에서 박람회를 연다는데 바람이나 쐬고 올래?"

"갑자기요?"

"거기에서 유망한 기업도 발굴하고 그런다고 하네. 쓸 만한 기업이 있는지 보고 와도 좋잖아. 청와대 얼굴마담으로."

"아……."

청와대 얼굴마담이란 말에야 겨우 납득한다.

모든 사고가 청와대 기준으로 맞춰 있다는 뜻이다.

"환기나 하고 와. 공단 이사장 면도 살려 주고."

"……예."

"미국이 달려 주는 바람에 한숨 돌렸잖아. 이럴 때 내치도 다지는 거지. 아 참, 범죄인 현황을 뽑아 왔어?"

"여있습니다."

주섬주섬 봉투에 든 서류를 꺼내 넘겨주는 김문호에.

"이거 넘겼으니까 내일은 거기 갔다 와."

"……알겠습니다. 하루 휴가라 생각하죠."

"그래. 따라가겠다는 애 있으면 데려가고."

"따라갈까요?"

"……아니겠지."

"저 혼자 가볍게 다녀오겠습니다."

"그럼 끝."

끝내려는 장대운을 김문호가 잡았다.

"왜?"

"아, 근데 대만 건 말입니다. 포석이었나요?"

"포석?"

"예."

"대만과의 수교 얘기를 묻는 거야?"

"예."

그 건 하나로 한국은 상당한 측면에서 우위를 차지할 수 있었다.

미국과 중국은 당황했고 그 결과 이렇게 갈등의 중심에서도 꽤 빗겨났다. 엄청난 시간을 번 것이다.

"사실 이 정도로 나올 줄은 몰랐어. 어느 정도 브레이크는 걸 수 있을 거라 보긴 했는데."

"그 말씀은…… 뻥카였다는 겁니까? 대만과의 수교가?"

"고급스럽게 블러핑이라고 하자."

"허어……."

사기꾼.

"에이, 완전한 뻥카도 아니다. 중국과의 싸움을 오래 끄는 건 우리에게 전혀 도움이 안 돼. 아직 대한민국의 체력은 장기전에 어울리지 않으니까. 그저 바통을 넘겨준 거야. 네가 선택해라. 더 싸울래? 말래?"

"아아~ 중국에 이대로 계속할 건지 운을 띄운 거로군요."

"그렇지. 계속 깃대 세우고 나불대면 대만이랑 수교하면 되는 거고 아니면 어떻게든 액션을 취할 거라 봤지. 그 과정에서 왕슈가 저리 처맞을 줄은 몰랐지만."

"정홍식 장관께서 오버하신 겁니까? 저는 얘기가 된 거로……."

김문호는 깜짝 놀랐다.

"얘기된 건 아니지만 도리어 더 잘됐어. 그렇잖아. 대통령이 미사일 들고 설치는데 외교부 장관이 주먹질하는 게 뭐 대수라고. 오히려 그런 이미지가 외교전에선 더 잘 먹혀. 어지간하면 맞붙으려 하지 않을 테니까."

"아……."

"이제 됐어?"

"여전히 모호하긴 하나 가능성에 표를 던질 수밖에 없었던 상황이니 이해는 갑니다."

"그거면 된 거야. 어차피 전쟁은 벌어지지 않을 테니까. 우리 국방부가 그거 하나는 잘했잖아. 화력 알러지 말이야."

전쟁이 벌어지지 않을 건 알았다.

언론만 모르는 것처럼 국민이 불안하게 떠들 뿐. 저 미국도, 여기 청와대도, 외국의 투자자 놈들도 모두 알았다.

결국 전쟁의 시작은 중국일 텐데. 그 중국이 한국과 혹은 미국과의 전쟁에서 남길 만한 게 있을까?

그나마 만만했던 나라인 한국도 막상 포장지를 뜯고 보니 앗! 뜨거 아닌가. 그도 모자라 이제는 미국 제7함대가 앞바다에 진을 치고 있다.

전쟁이 발발하는 순간 중국이 미싱 돌리던 시대로 회귀하는 건 명약관화했다.

이걸 모를 중국 수뇌부가 아니었다.

"그렇죠. 첨단 장비에는 인색해도 화력만큼은 차고 넘쳐도
부족하다 생각하는 놈들이 우리 국방부니까요."

"그거라도 없었으면 중국이랑 붙어 볼 수 있었을까? 잘한
건 잘한 거야."

"칭찬해 줘야겠네요."

"그래, 칭찬한 김에 다이어트도 시키자고. 너무 뚱뚱해."

"별을 줄이시려는 거군요."

김문호도 단박에 알아챘다.

"그래, 별이 너무 많아. 야전과 일부 핵심 빼곤 전부 정치별
이라고 봐도 되겠더라고. 월급 루팡에, 국방부 비리에 빨대
꽂은 기생충에."

"알겠습니다. 그럼 그리 알고 저는 내일 중소기업 박람회
나 참석하겠습니다."

"그래라."

"그럼 가 보겠습니다."

"가는 김에 도 비서실장님 좀 불러 줘."

"옙."

김문호가 나가고 10분쯤 지나니 도종현이 들어왔다.

바쁜데 왜 부르냐는 표정에 장대운은 김문호가 넘겨준 서
류를 던져 주었다.

"뒤에 첨부된 것부터 보세요."

"예⋯⋯."

도종현이 살피다 고개를 든다. 황당하다는 듯.

"이거 정말입니까?"

"그렇다네요."

"허어~ 울고 싶은데 뺨까지 때려 주네요. 어떻게 하실 생각이세요?"

"뭘 어떻게 해요? 내 눈에서 눈물 뽑아냈는데 다 죽여야지."

"교도관부터 연관된 놈들 다 죽이는 거 맞죠?"

"예, 잡아다 그 교도소에 수감시키세요."

"오케이."

그날부로 서울 남부 지방 검찰청 전 인원이 업무 정지 명령을 받았다. 가진 휴대폰도 전부 압수. 강당으로 검찰 총장부터 일개 수사관까지 1명 예외 없이 모여 사건 브리핑을 받았다.

법무부 장관 이학주와 같이 등장한 도종현이 이렇게 말했다.

"여기 계신 이학주 법무부 장관님 아래 전부를 용의자로 두겠습니다. 예외는 한 명도 없습니다. 법무부도 감찰에 들어갔어요. 난 여러분을 믿지만, 국민은 안 그렇겠죠. 즉 검찰에 대한 국민의 신뢰도가 바닥인 건 내 잘못이 아닙니다. 그러니 증명해 주셔야겠습니다. 그리고 혹시 몰라 첨언하자면 이 일과 조금이라도 연관된 자는 각오하셔야 할 겁니다. 감히 장대운 정부의 검찰 명예를 땅에 떨어뜨렸으니 대가를 치러야겠죠?"

누군가 뜨끔하든 말든 수십 대의 차량이 서울 남부 지방 검찰청을 출발했다.

본래 교도소는 법무부 장관 직속 기관인 교정 본부에서 주관하였다. 교정 본부 내에는 서울, 대전, 대구, 광주 네 개의 교정청이 있었고 이들이 각 지역에서 34개의 교도소와 11개의 구치소를 운영한다.

법무부의 외청이 아니기에 그래서 더욱 법무부의 치부가 될 수 있는 사안이긴 했으나 이학주는 그런 것에 연연하지 않고 적극적으로 호응해 줬다.

"아쉽긴 하네."

"죄송합니다."

"도 비서실장이 왜 죄송합니까. 법률에서 검찰에게만 수사권이 있음을 정했는데."

직접 하고 싶었단 얘기였다.

"……그렇죠?"

"아쉬움은 없어요. 다만 왜 이렇게 할 일이 많은 건지. 취임 이래 노인네를 너무 격무에 시달리게 하시네요."

의욕을 발하다 갑자기 힘들어 죽겠다는 태도를 보인다.

그러나 도종현을 속일 순 없었다.

"입꼬리는 내리고 그런 말씀 하시죠."

"으응?"

"즐거우신 거 압니다."

"보였수?"

"예."

"커흠흠. 도종민 산업통상자원부 장관도 그러더니 그 피는 전부 눈치가 빠릅니까?"

"전 느린 편입니다. 둔재에 속하죠."

"에이, 누가 장대운 정부의 비서실장을 둔재라고 격하하겠소. 흰소리하지 마시고 자, 우리도 가 볼까요?"

"좋죠."

마이웨이 격이나. 밉지 않은 이학주라.

부르릉부르릉.

붕붕 자동차를 타고 함께 서울 남부 교도소로 향했다.

역시나 순순하게 잡혀 주진 않고 있었다.

문 앞에서 검찰과 대치하며 어떻게든 막으려 난리다.

시간을 끄는 것이다.

증거만 감춘다면 어물쩍 넘어갈 수 있을 거라 여기는 것.

그러나 이학주의 등장으로 모든 것이 올스톱 되었다.

교정 본부는 법무부 장관 직속이다.

교정 본부장도 아니고 서울 지방 교정청장도 아닌 일개 교도소장이 장관의 행사를 막는다?

으으음, 얼마나 참혹하게 돼지려고?

바로 뚫렸다. 검찰이 뛰고 그 사이를 이학주와 도종현이 산책하듯 걸었다. 뒤에서는 경찰 병력이 달려와 막아서던 교도소장과 교도관들을 체포했다.

우리는 제소자가 지켜보는 가운데 천천히 안내에 따라 교도소 건물 내 구석진 곳으로 갔다. 얼마나 철통같은지 들어가는 데만 철문을 세 개나 통과해야 곳이었다.

"잘해 놓고 사는구먼."

"호텔이네요."

밥 먹다가 연락받았는지 반쯤 먹은 스테이크와 와인이 식탁 위에 남겨져 있었다.

다른 탁자엔 포커 카드가 널브러져 있고 한쪽 벽엔 다트 게임기도 있다. 방으로 들어가 보니 최고급 침구에 은은한 조명, TV, 노트북도 한 대 있다. 옴마야, 휴대폰도.

"어지간히 급했나 보네요."

"그러게. 웬만하면 이런 건 남겨 두지 않았을 텐데."

휴대폰을 들어 올린다.

"이게 급습의 맛 아니겠습니까?"

"이 정도면 교도소 생활도 나쁘지 않겠구만. 자네 생각은 어떤가?"

"나가지만 못할 뿐인 거네요."

"설마."

"예?"

"교도소 안에도 보란 듯이 이런 짓을 해 놓은 놈들이 밖인들 안 나갔을까?"

"……"

"이러니 법을 두려워하지 않는 거야."

"……"

"이거 정말 큰일이로군. 아무리 뒤집은들 이게 사라질까? 이 자본주의 사회에서?"

"……."

"무인도를 다시 개발해야 하나 진심으로 고민되는 순간이
야."

한때 무인도를 이용, 민족 반역자들을 한 곳에 몰아넣은 일
이 있었다.

하지만 정권이 바뀌고 인권 문제가 대두되며 흐지부지 사
라지게 되었는데. 왜 그 시절이 그리워지는 건지 모르겠다.

그 고민을 고스란히 장대운에게 전해 줬다.

어찌하면 좋겠냐고?

쳇, 하고 웃는다.

"뭘 그리 머리를 싸매세요. 좋은데 있잖아요. 그리로 보내요."

"예?"

어딜?

"파주 있잖아요. 파주 수용소로 보내세요. 엄연히 말하면
거기도 교정 본부 소관이잖아요. 그 쌍놈들 다 추려서 중국
범죄자 놈들 방으로 싹 밀어 넣으세요. 안 그래도 비좁은데
우애 깊게 지내라고요."

"아……."

그림이 그려졌다.

생각만 해도 끔찍한지 도종현이 몸을 부르르 떨었다.

"어서 가서서 발표하세요. 대한민국 교정 본부가 이렇게나
썩었음을. 만천하에 알리세요. 도저히 믿을 수가 없어 특단
의 대책을 내린다고요."

"……."

정말로요?

멍~~.

"뭐해요? 가서 조지세요."

"아, 아옙."

◇ ◆ ◇

【황제 교도소? 교도소도 돈의 논리에 지배되다】

【교도소 내 VIP만을 위한 5성급 수용동이 따로 존재한다? 그 실태를 알아보자】

【교도소 특혜, 하루 이틀만의 문제가 아니다. 이학주 법무부 장관 전국 교도소 급습】

【서울 남부 교도소 초토화. 교도소장부터 교도관까지 연결된 뇌물의 커넥션】

【돈 많은 제소자는 특별 대우? 교도소마저 죄악에 물들다】

【교도소 특혜 점입가경. 교정 본부는 물론 법무부까지 관련된 자 줄줄이】

【이학주 법무부 장관. 성역을 가리지 않고 철퇴를 내리겠다】

【법무부 발표. 교도소 특혜와 적발된 공무원 전원 파면 조치와 고발 원칙. 강도 높은 조사 예고】

【전국 교도소 급습 원인. '인권 공동체 친구'와의 인연으로 범죄인 현황 정리하다 발견】

【전국 교도소 급습의 단초를 제공한 '인권 공동체 친구'에 대해 알아보다】

【인권 공동체 친구의 서 모 대표. 자신이랑 상관없는 일이라 부인】

폭탄이 떨어졌다.

그동안 VIP다 뭐다 교도소 내에서 온갖 특혜를 누리던 정치범, 경제 사범들의 면면이 전부 드러났다.

설상가상으로 범죄인에 대한 실명 거론과 사진 사용이 합법화됐다. 거칠 것이 없어진 언론은 그들의 사진을 대문짝만하게 걸며 국민의 이목을 끌었다.

【법무부, VIP 사범들에 대한 전격 이송 결정. 파주 중국인 수용소로 보낸다】

【법무부, 연관된 공무원들에 대한 대원칙 결정. 해당 교도소로 송치한다】

깨알 같은 조치에 국민이 연호했다. 교도소장질, 교도관질하던 교도소에 제소자로 보내 버린다는 것.

통쾌해 했다.

교도소 VIP들은 더 난리가 났다. 말도 사회적 인식도 통하지 않는 파주 중국인 수용소 범죄자 동에 나누어 뿌렸다. 뒈지든 말든.

어떤 인권 단체도 이 같은 조치에 입을 열지 못했다.

일전 중국인 수용소 봉사를 하던 여성이 봉변을 당한 것도 있고 사태의 원인으로 지목된 '인권 공동체 친구' 대표인 서미란이 지금 어떤 꼴에 처해 있는지 알기 때문이었다. 이 일로 곤란을 당한 이들이 정부는 건들지 못하고 그녀를 표적으로 삼아 버린 것.

사무실에 피칠 된 택배가 도착하고 집으로는 문신충들이 출몰하고 자녀들 주변으로는 수상한 남자들이 득실거리며 다니는 곳마다 훼방을 놓기 시작한 것이다.

경찰에 보호를 요청해도 그때뿐.

낮은 낮대로 밤은 밤대로 온갖 욕지거리와 소음으로 견딜 수 없게 만들었고 괜히 근처에 살다 피해 본 주민들까지 이사하라고 종용해 댔다.

검찰도 발칵 뒤집혔다.

중국인 수용소에 들어간 VIP들의 입은 단 하루 만에 제발 좀 방을 옮겨 달라는 호소로 물들었고 물어보는 족족 나팔처럼 줄줄이 불었다. 어떤 식으로 특혜받고 어떤 식으로 외출도 가능하게 됐는지. 이 과정에서 검찰이 무슨 도움을 줬는지, 그 이름이 뭔지까지…… 곁가지로 있던 변호사 놈들의 불법 증거도 나와 전부 수사 대상에 올랐다.

"효과가 아주 대단한데요."

"저도 이 정도로 효과가 있을 줄은 몰랐습니다. 입 무겁기로 소문난 놈들이 방만 옮겨 주면 무엇이든 협조하겠답니다."

누구도 며칠을 못 버텼다.

특혜에 찌든 놈들을 시궁창 같은 곳에서 더 시궁창 같은 중국 폭력 조직과 함께 숙식하게 만든 건 여성을 바퀴벌레 굴에 던져 놓는 것과 다를 바 없었으니.

"금융 치료도 같이 들어가세요. 추징금 완납 안 된 놈들은 절대 기회를 주지 마세요."

"아, 옙."

"추징금부터 다 내고 나서 시작하는 겁니다. 방 옮겨 주는 데 재산의 절반을 불러요."

"절반이나요?"

"남은 복역 기간 동안 중국인과 살고 싶다면 놔두고요."

"아아, 혹 버티겠다면요?"

"30배 법 있잖아요. 이 일로 벌어진 소요에 대한 물적, 심적 손해에 대한 배상을 그걸 근거로 물으세요."

"그래도 됩니까? 나중에 마음 바뀌어서 딴소리할 수도 있잖습니까."

"돈 낼 때 명목을 국가를 위한 기부로 바꾸면 됩니다. 자기가 원해서 냈다고 여러 변호사 데려다 공증시키면 돼요."

"음……."

"그나저나 이거 아주 괜찮은데 중국인 수용소 활용법을 좀 더 찾아보면 안 될까요?"

"예?!"

"중국인 수용소 말이에요. 범죄자 놈들이 설설 기잖아요."

"아⋯⋯."

도종현이 또 멍한 표정이 됐다.

"복잡한 건 아니에요. 악명을 더 높이자는 거죠. 거기 들어가는 순간 지옥이 펼쳐진다는 것처럼요. 그놈들의 흉한 모습만 찍어다 나르자는 거죠. 우리 국민이 볼 수 있게. 어때요? 심박하지 않아요?"

"⋯⋯어, 어 그게⋯⋯ 그래도 되겠습니까? 저항이 클 것 같은데요."

범죄자를 예방 주사처럼 사용하자니. 당연히 안 될⋯⋯.

"저항이요? 누가 저항한대요?"

"그야⋯⋯ 없겠네요."

도종현은 다시 생각해도 없을 것 같았다.

이 조치는 안 그래도 최악인 중국인에 대한 인식에 숟가락 하나를 더한 것뿐이었다.

중국인에 관해서는 별 의미가 없는 조치.

그러나 국내 파렴치 중범죄자들에게는 상황이 달랐다.

진짜 지옥이 펼쳐질 수도 있었다. 한국에서는 상상도 못할 곳으로, 우아하고 고상하고 평안한 삶과는 완전히 딴판이되는 세계로의 여행이 시작될 것이다.

그런 놈들은 그런 대접받아도 마땅해. 라고 할 수도 있겠지만. 자국민을 다른 국적 놈들의 손에 맡기는 발상 자체가 후폭풍을 일으킬 수 있기에 주저하였다.

"걱정도 팔자세요. 한국인 범죄자 받는 중국 놈들에게 알려만 주세요. 죽이거나 불구를 만들거나만 아니면 된다. 그러면 특식 준다."

"범죄자와 거래를 하다뇨. 이도 문제 될 사안입니다."

"문제 되는지 안 되는지 내기할래요?"

장대운이 웃는다.

이 상황에 농담을.

도종현이 배에 힘을 줬다.

"대통령님."

"아니에요. 이거 농담 아니에요. 사회가 그동안 너무 관대했어요. 남의 눈에서 피눈물 쏟게 했으면 자기도 흘릴 각오해야죠. 안 그런가요?"

"……."

걱정하는 도종현의 어깨를 장대운이 토닥였다.

그의 걱정이 한낱 범죄인을 위한 것이 아닌 자신을 위한 것임을 잘 알아서.

"너무 신경 쓰지 마세요. 다 잘 풀릴 거예요. 촉법도 없앴잖아요. 연령대에 따른 정상 참작은 해 주겠지만, 중대 범죄에 대해서만큼은 성인과 동일시한다. 이제 초딩도 개짓거리하면 용서 안 해요. 이도 저항받는다 생각하세요?"

"그건……."

아니다.

국민의 인식도 더는 촉법을 나이 탓이라 생각하지 않는다.

"세세하게 알리면 됩니다. 그놈이 어떤 짓을 저질렀고 어

떻게 살아왔다. 이런 놈을 우리 사회에 풀어놓는 걸 찬성하느
냐? 너희 옆집에 두는 걸 허락하겠느냐? 물어보죠."

"……그렇게 묻는다면 누구도 허락하지 않겠죠."

"맞아요. 누가 그런 폭탄을 곁에 두고 싶겠어요. 자녀를 키
우는 가정이라면 더욱 기겁할 테죠. 도 비서실장님."

"예."

"나는 말이죠. 다시 말하지만 죄는 그리 미워하지 않아요.
죄는 죄일 뿐이다 생각하는 사람입니다."

"예?"

무슨 소리지?

"그렇잖아요. 죄는요. 애초 사람이 저지르지 않으면 존재
할 수가 없는 거예요. 예를 들어 강간, 살인, 사기…… 같은
것들은요. 자기 혼자서는 존재할 수가 없어요. 숙주가 없으
면 존재할 수조차 없는 기생충 같은 것들이라는 거예요. 저지
르지 않으면 개념도 잡지 못할 허상."

"……!"

"그걸 인간이 끄집어낸 거예요. 그 개념을 장착한 인간이
저질러 버리며 세상에 드러나는 겁니다. 즉 죄는 죄로서 온전
함이 불가능하고 인간이 있어야 한다는 거예요. 인간이 주체
라는 겁니다."

"……아."

"본래 마음이 태도가 됩니다. 태도가 행동이 되죠. 그렇기
에 죄는 아무 잘못이 없습니다. 원래 없는 것이니까요. 원래

없는 것들에 어찌 잘잘못을 물을 수 있을까요?"

"……."

"그래서 저는 죄를 미워하지 않습니다. 죄를 저지른 인간을 미워하지."

"……."

도종현은 아무 말도 할 수 없었다.

자신도 원래 법조인이 아니던가.

법을 이용해 먹고 살던 사람.

그 속에서 얼마나 많은 인간 군상들을 보았던가.

그중 어디 제대로 된 이가 있었나?

단연코 없었다.

제대로 된 인간이라면 애초 자신의 앞까지 오질 않았겠지.

수없는 영혼의 마모를 겪었다.

직업 윤리와 개인의 양심 간 충돌에서.

그만큼 겪었음에도 아직 중심도 잡지 못하는 스스로를 봤다.

'……나이를 헛먹었나?'

대통령은 각성하라는데. 왜 이다지도 나아가질 못하는지.

김문호라면 어떤 답을 내릴까? 갑자기 그립다. 그놈이.

"문호가 보고 싶네요."

툭 튀어나온 진심에 깜짝 놀랐으나 대통령은 오히려 귀엽다는 듯 등을 쓰다듬는다.

"문호는 따로 일하러 갔네요~~."

"아……."

그러고 보니 아침부터 보이지 않았다.

무슨 특명을 받았길래 새벽부터 나갔을까?

'적어도 나보단…… 죄냐 인간이냐 보단 훨씬 더 복잡하겠지.'

다시 반성해 본다.

그러나 이 반성으로 자신이 바뀌지 않을 것도 알았다.

그렇기에 도종현임을. 또 인지한다.

'어이가 없네. 이런 식으로 나는 내 정체성을 확인하는 건가? 하여튼 종현아, 종현아, 너는 대체 무엇을 보려는 거냐. 문호야, 너는 대체 어디에서 뭘 하고 다니고.'

"하하하하하, 어쩌나 놀랐는지 몰랐습니다. 이렇게 발걸음해 주실 줄 알았다면 조금 더 신경 써서 자리를 마련했을 텐데요. 미리 연락 주시지 그랬습니다."

"그렇습니다. 김문호 비서님이 오셨다는 건 대통령께서도 관심을 갖고 있다는 방증 아닙니까. 이는 우리 중소기업 진흥 공단의 홍복이죠. 이럴 줄 알았으면 조금 더 세련되게 준비했을 것을. 하하하하하하하."

"브리핑이라도 들어 보시겠습니까? 800여 개 업체가 자신만의 기술을 자랑하러 나온 자리 아닙니까. 저희도 그 기술력에 대해서만큼은 자신합니다. 추리고 추렸으니 보실 만하실 겁니다."

"칭찬해 주십시오. 글로벌 금융 위기 때도 버텨 낸 기업들이지요. 한중 무역 분쟁에도 흔들리지 않는 기업들입니다. 녹록지 않은 환경 속에서도 꽃 피워 낸 기업들을 잘 살펴 주십시오. 이들이 바로 우리의 경쟁력이 아니겠습니까?"

"저희 중소기업 진흥 공단은 중소기업의 든든한 성장 동반자로서 미래 산업에 부응하는 정책을 적극적으로 발굴하고, 신산업 분야를 집중 지원하여 신규 일자리 창출은 물론 중소기업이 위기를 능동적으로 극복하고 혁신 성장을 이루는 데 견인차 역할을 하고 있습니다."

"청렴한 조직 문화가 중요하겠죠. 저희 중소기업 진흥 공단은 정책 지원 사업의 투명한 집행을 구현하고 이를 고객과 함께 나눈다는 이념을 실천함으로써 사회적 책임을 완수하는 데 사명을 두고 있습니다. 허허허허허."

아이고, 골이야.

벌써 30분째 포위당해 고리타분한 소리나 듣고 있었다.

장대운이 휴가가 아닌 골탕을 먹이려 보낸 게 아닐까 의심될 만큼 이들의 공명심은 그 살아온 세월답게 너무도 끈적였다. 손에 묻은 물엿처럼.

예, 예, 예, 아주 훌륭하시네요.

그럼요. 그럼요. 그럼요. 대통령님께서도 만족하실 겁니다.

아닙니다. 아닙니다. 아닙니다. 중소기업이야말로 대한민국의 성장 동력이죠.

립서비스도 한두 번이지.

대체 언제까지 넋두리를 들어 줘야 할는지.

직책은 또 왜 이리 화려한지 모르겠다.

공단 이사장에, 부이사장 겸 기획 본부장, 경영 관리 본부장, 혁신 성장 본부장, 글로벌 성장 본부장, 일자리 본부장, 기업 지원 본부장.

죄다 본부장이다.

'쇼하는 것도 아니고. 시늉만 하는 주제에.'

중소기업 1티어급들은 전부 오필승 테크에 들어갔다.

대기업과 은행, 일본, 정치인들이 노리던 진짜배기 알토란 같은 기업들이 당할 때는 전부 어디에 있었는지.

오기 전, 이들의 경력을 훑어봤다.

전부 공무원 출신들이었다. 행정 고시든가, 산업자원부 소속으로 올라온 자들.

중소기업을 운영해 본 경험이 없다.

이런 자들이 그 깊숙한 속사정을 알까?

'아…… 청와대 마렵다.'

교도소 깨부수고 신나던데.

거기에 끼어 있었으면 나도 한몫했을 텐데.

예, 예, 이제 좀 현장을 봐도 될까요?

겨우 뿌리치고 나왔다. 섭섭하다는 표정으로 같이 식사하자고, 안내를 붙여 주겠다는 것도 전부 마다했다.

혼자 돌아보겠습니다. 현황 파악입니다.

결국 방해하지 말라고 으르렁대 주니 슬그머니 물러간다.

어깨가 다 뻐근하다.

"질리는 놈들."

대신 안은 꽤 넓고 활기찼다.

800여 개가 들어왔다더니 거의 미로처럼 부스를 꾸며 놨음에도 군데군데 오가는 사람들이 많았다.

'으응? 농특산품? 기술 기업만 있는 게 아니었나?'

사전 파악이 부족했나 보다.

이번 박람회는 농특산품 기업까지 망라한 행사였구나.

그제야 추리고 추렸는데 100, 200개도 아니고 800여 개나 들어온 이유를 알 것 같았다.

'젓갈도 있네. 그 옆으로 바른 자세 의자 부스는 뭐지? 식품류는 따로 모아 놓는 게 좋지 않나? 신비한 팔목 보호대 옆으로 천연 벌꿀?'

중구난방. 수협은행 옆에 도라지 농축액이, IT 기술 업체 옆에 나주 배즙이 있다.

카테고리별로 분류하는 게 너무 어려웠나?

'이래 놓고 앞에서 설레발은…….'

확 다 청운에게 뒷조사나 시킬까. 하며 걸음을 옮기는데 어떤 그림자가 갑자기 앞을 가로막는 걸 느꼈다.

부딪힐 뻔! 길가다 동선이 엉켰나 싶어 얼른 멈췄는데.

'으응?'

"저 아시죠?"

이정희였다.

동진 배터리 사장의 딸.

전생의 아내였던 사람.

그녀가 생글생글 웃는 낯으로 앞에 서 있었다.

뭐지? 란 황당보다 예쁜 게 더 빨리 다가왔다.

전생 그 어느 때보다 싱그러운 미소다. 젠장.

"아……."

"안녕하세요? 동진 배터리의 이정희입니다. 전에 호텔에서 한 번 뵀는데 기억하시죠?"

"……예."

인사하는 와중에도 지나가는 사람들이 한 번씩 그녀를 돌아봤다. 그걸 인식하지 않는 듯 아님, 상관없다는 듯 그녀의 시선은 조금도 흔들리지 않았다.

"뜻밖이네요. 여기에서 다 뵙다니. 근데 여긴 어쩐 일로 오셨…… 아, 원래 김 비서님이 두루두루 살피시죠? 그분을 대신해서."

"……그렇습니다."

"예, 저도 회사에 도움될 만한 기술이 있나 살펴보러 왔어요. 아 참, 제 명함이 있는데 드려도 괜찮을까요?"

"예, 주십시오."

얼른 꺼내 주는데.

동진 배터리 사업실 실장 이정희라고 쓰여 있었다.

'일을 하는 건가?'

"부끄럽지만 저번 미팅을 계기로 회사 일에 참여하기로 결

정했어요. 아, 오필승 테크의 허락은 받은 사안이에요. 제가
직접 오필승 시티로 가서 사업 브리핑을 했거든요."

안 본 새 여러 가지 일이 있었나 보다.

"그렇군요. 잘 알겠습니다. 그럼 잘 둘러보십시오."

지나가려 했다.

"저, 저기요."

쫓아와 잡는다.

"오랜만에 만났는데 차라도 한잔하시면 안 될까요?"

쳐다봤다. 최대한 무표정으로.

그럼에도 참 예쁘다.

하지만 그보단 전에는 국회의원이라 접근하더니 이번엔
청와대 비서라서 가까이하려는 건가? 란 생각이 더 크게 와
닿았다.

그게 소름이 끼쳤다.

이제는 완전히 남남인 사람을 마주하는데 옛 감정이 우선
함을, 아직도 헤어 나오지 못하고 있음을.

또 납득했다.

당시의 일은 이제 확인할 수 없다 한들…… 동진 배터리가
합류한 정황으로 혼자 이해해 버렸지만 그렇더라도 이정희가
자기 남편을 죽인 놈들과 한패였던 건 사라지지 않는걸. 적어
도 나에게만큼은 그 주홍글씨에서 절대 자유로울 수 없음을.

김문호는 더는 이정희와 엮이고 싶지 않아 매몰차게 굴었다.

"공무 수행 중입니다."

"아, 아…… 그러시군요. 제가 시간을 빼앗아 버렸네요. 죄
송합니다."

급격히 안색이 어두워지며 사과한다.

"아닙니다. 그럼."

앞서가는데 뒤에서 쳐다보는 게 느껴졌다.

돌아보지 않는다.

그녀는 만나선 안 될 꽃이다. 인생을 파멸로 이끌 지옥화.

나는 다신 그 지옥으로 끌려 들어갈 생각이 없다.

"대한민국에 정부가 공인한 3대 사기꾼이 있다네요."

장대운의 뜬금없는 말에 집무실에 모인 모두가 눈을 동그
랗게 떴다.

"갑자기 그게 무슨 말씀이십니까?"

"3대 사기꾼이라뇨? 그것도 대한민국 정부가 공인한 사기
꾼이라뇨? 대체 무슨 말씀이십니까?"

"허허허, 희한하네요. 사기꾼이 국가 공인을 받다니."

한마디씩 던진다.

장대운은 미소를 지었다.

"왜 아니겠어요. 오죽하면 그리 부를까요. 사기꾼인데 국
가 공인이래요. 여러분은 이 말의 뜻을 잘 모르시겠습니까?"

"으음, 농담이 아니셨군요."

"그렇다면 얘기가 달라지네요. 뭘까요?"

"혹 국민연금 아닙니까?"

도종현이 치고 나왔다.

"왜 그렇게 생각하죠?"

"국민의 노후를 위해 설립했는데 나중에 줄 연금이 없다잖습니까. 국민의 허락도 받지 않고 강제 시행한 것도 열받는데 젊은 층으로서는 낸 돈마저 못 받는다니 누가 좋아라 하겠습니까? 그런데 건들지를 못해요. 안 하는 건지 못 하는 건지. 언론만 잊을 만하면 한 번씩 떠들어 대고요."

장대운이 끄덕였다.

"맞아요. 국민연금이 그 첫째입니다. 그 이유가 뭘까요? 바로 적립금으로 대표되는 국민연금 자산보다 국민연금 충당부채, 즉 앞으로 줘야 할 돈이 압도적으로 많다는 거겠죠. 몇 년 안에 2경 원에 가깝게 된답니다. 이런 와중 돈은 또 계속 걷어가요. 누구도 여기에 대해 책임지려 하지도 않고요. 관성처럼 가고 있다는 거죠."

"2경이요? 그렇게나 많은 돈이 필요한 겁니까?"

"허어…… 2경이라니. 어떻게 하실 생각이십니까? 대통령님, 문제점만 나열했다간 전 정부와 다를 게 없지 않겠습니까? 2경을…… 해결이 가능하기나 한 겁니까?"

"해내야죠."

"뭐로 해낸다는 겁니까?"

"다 바꿔야 합니다. 운용사부터 운용 비율까지 전부 말이죠. 기금의 50%가 이자도 없는 대한민국 국고채에 들어가 있어요. 이래서 수익이 나겠어요?"

"그 말씀은……?"

"공격적으로 가겠다는 겁니다. 제자리걸음은 그만하고요."

"연금은 원금 보장이 우선 아닙니까?"

"그놈의 원금 보장 찾다가 기금의 씨가 마른 거잖아요. 이 세상에 확실한 게 어딨습니까?"

"그렇다 한들 국민의 노후를 대비한 소중한 기금입니다. 함부로 굴릴 순 없습니다. 게다가 대체 누구를 믿고 맡깁니까? 또 누가 수익을 보장해 준다는 겁니까?"

도종현의 반대가 완강했다.

"그럼 이대로 가자는 건가요?"

"그건……."

"기금의 씨가 마르고 있다는 것마저 인정 안 하시는 건가요?"

"그도 아닙니다."

"그럼 다른 대안이 있습니까?"

"……."

"우선 세계 기금 운용사들의 입찰을 받을 겁니다. 기금의 일부를 쪼개서 말이죠. 저는 더 늦으면 시간이 없다 판단했어요. 이제 20년밖에 안 남았잖아요."

"그렇지만…… 잘못했다간 마이너스입니다."

"어차피 마이너스 아닌가요?"

"……."

284 힛쵸
밸런스코리아 6

"출생률 1 미만인 시대가 왔어요. 한 쌍이 결혼해도 1명 낳을까 말까 한다는 거죠. 앞으로 노인 인구만 기하급수적으로 늘 테고 더 놔뒀다간 젊은이들 돈 뜯는 것도 모자라 빚내서 노인들 봉양하게 생겼어요. 안 그렇습니까?"

"그렇긴 한데……."

"국민연금도 이제 변해야 합니다. 간접세나 직접세처럼 아예 대놓고 부과해 나중에 무조건 고정 이율로 돌려주든지. 아니면 내고 싶은 사람만 내게 하여 미래는 스스로 책임지게 하든지 말이죠."

"원성이 클 겁니다."

"돌려줄 연금이 없는 것보단 낫잖아요."

"……."

줘야 할 돈이 2경이 넘는다는데 실 운용 기금은 5천조에서 오간다. 이런 마당에 폭탄 터질 때까지 눈 감고 있는 게 과연 능사일까?

정부면 정부답게 끄집어내 좋은 건 남기고 곪은 건 도려내야 옳았다.

"정말 그 방법밖에 없습니까?"

"기금이 돈을 못 벌어요. 그만한 돈을 가지고 능력도 안 되는 놈들이 월급이나 훔쳐 가고 있어요. 나 같으면 2경이 뭡니까? 10경도 더 만들었을 시간과 잠재력으로 이 모양 이 꼴을 만들어 놓았어요. 이대로 놔둬야 해요?"

"으음……."

"긴말 안 하겠습니다. 협의해서 입찰 공고를 내세요. 가장 좋은 조건을 제시하는 운용사에 최대 금액을 맡기겠다고요. 일단 가볍게 1천조 원만 내놓아 봅시다. 사안에 따라 5백조 정도는 더 내놓을 수 있고요."

"정말…… 진짜로 하시려고요?"

"그럼 안 합니까?"

한다면 한다.

장대운의 기세는 이 말이 나오기 전부터 이미 답을 정해 놓았다는 뜻과 같았다.

장대운이 마음먹은 이상 국민연금 공단도 칼바람을 피할 수 없는 것도. 아마도 공단 이사장부터 줄초상이 나겠지.

"자, 두 번째 사기꾼으로 가 보죠."

"……."

"……."

"……."

"왜들 대답이 없으세요?"

"……또 정해 놓으신 거 아닙니까?"

"김 비서 말이 맞습니다. 그냥 묻지 마시고 말씀을 해 주세요. 그게 속 편하겠네요."

"예, 그게 좋겠습니다."

"……."

애들이 왜 이러나? 란 표정에서 금세 그럴 수도 있겠군. 으로 변하는 장대운이었다.

"상조입니다."

"상조요?"

"요새 유행하는 장례 서비스 업체들 말입니다."

"알긴 아는데…… 그게 왜?"

"폐해가 심각하던데 나만 그렇게 여기는 겁니까?"

"……."

"……."

"……."

상조 회사랑 그다지 연이 없는데다가 가진 것도 많다 보니 굳이 알 필요 없는 사안이라 사정에 어둡긴 했다.

그런데 장대운의 설명을 듣고 보니 이런 부조리가 또 없었다.

상조 회사 약관에 고객의 돈을 돌려줄 의무가 없다고 명시돼 있단다. 미친 게 아닌 건지.

똑같은 상조 회사 몇 개 만들어 굴리다 파산하면 그대로 끝. 수백억 해먹어도 돈 한 푼 못 돌려받는다. 어디 가서 하소연도 못 한다.

게다가 장례 치를 땐 더 가관이다. 지금까지 낸 돈이 부족하면 채워 넣어야 한다.

이게 어떻게 보험이란 건지? 보험이란 돈 내다가 일 터지면 정해진 금액만큼 보상받는 시스템 아닌가?

명백한 사기였다.

"허어……."

"이게 이렇게 운영되는 것이었습니까?"

"완전 개양아치 아닌가요. 이러면 무조건 상조 회사만 이득 아닙니까."

"그래서 약관 다 뜯어고치고 제1금융권 지급 보증이 없다면 상조 회사를 설립할 수 없게 만들 생각이에요. 기존의 것들도 싹 훑고요. 어떻습니까?"

"반드시 그리해야 할 겁니다."

"이 일과 관계된 놈들부터 우선 잡아들이시죠."

"예, 가만히 놔두면 안 되겠습니다. 사기꾼 놈들은 전부 철퇴를 가해야 합니다."

호응이 좋자 장대운이 웃었다.

"으음, 이번 건은 좀 마음에 드네요. 좋아요. 다음으로 넘어가죠. 이번은 진짜 보험 회사입니다."

"보험 회사 말입니까?"

"보험 회사도 사기꾼이라고요?"

"하아……."

믿기도 안 믿기도 힘들다는 표정에 잠시 차로 목을 축인 장대운은 이유를 말해 줬다.

"이 새끼들이 묻지도 따지지도 않고 보장해 주겠다 말만 번지르르하게 해 놓고 실제로 일 터지면 보장을 옳게 안 하지 않습니까. 가입할 때랑 보장금 받으려 할 때가 완전 딴판이에요. 양아치들같이."

"그게 무슨……?"

"교통사고에 100 대 0이 없다잖습니까. 지들끼리 담합해서

비율 나누고 지들끼리 또 나눠 먹고 고객이 보장 금액을 받으러 가도 온갖 핑계를 대며 복잡한 서류를 가져오게 하고 또 하나만 이상해도 거부합니다. 이거는 이래서 안 된다. 저거는 저래서 안 된다. 그리고 남은 건 전부 홀랑 삼키지 않습니까.".

"그야 보험이 원래 그런 속성 아닙니……."

"그러면 보험금 수령이 많은 설계사의 보장 금액을 왜 제한하는 거죠? 손해율에 따라 설계사 등급을 정하고 설계 금액을 제한해요. 암, 뇌질환, 심질환, 사망 보험금 등 보험금을 수령하면 할수록 보험금은 왜 올라가고 보장 금액은 왜 줄어드나요? 장난합니까? 국가가 보험업을 열어 준 이유가 뭔가요? 자동차 보험을 의무로 지정한 이유가 뭡니까?"

"……."

"서민 생활에 도움 되라고 해 놓은 장치잖아요. 근데 왜 지들이 나서서 갑질을 한답니까? 금융 위원회는 허수아비입니까? 이번 기회에 약관을 싹 없앨 겁니다. 보지도 않을 약관은 누구 좋으라고 한 권 분량씩 만듭니까? 요율은 왜 지들 멋대로 정해요? 오로지 보험 증서로 판별하는 문화를 만들어 주세요. 그리고 하나 더. 보험 회사별 수익률을 계산하여 최대 수익이 난 보험사는 무조건 수익의 30%를 세금으로 걷으세요. 일을 제대로 안 한 거니까요."

"……!"

"……!"

"……!"

입을 떡.

너 공산당이니?

"왜들 그렇게 보세요? 이러면 보험료는 줄고 보장 금액은 커질 것 아닙니까. 보험이 뭡니까. 급할 때를 대비한 게 아닙니까. 서민을 위하랬더니 서민 등쳐서 지들 배만 살찌웠잖아요. 두 번 연속으로 걸린 보험사는 40%입니다. 세 번 연속이면 50%고요. 네 번째는 퇴출입니다. 명심하세요. 담합하다 걸리면 그해 수익의 50%가 세금입니다. 3년간 안 풀어 줄 겁니다. 한번 해 보라고 하세요. 싹 다 털어 열심히 하겠다는 회사에 몰아줄 겁니다."

"……."

"……."

"……그럼 그 걷은 돈은 대체 어디에 쓰실 생각이시고요?"

"당연히 모자란 국민연금에 넣어야죠. 이렇게라도 벌충해야 하지 않을까요?"

"설마 앞으로도 계속 이런 식인 겁니까?"

"그래야죠. 중국 애들 돈도 그렇고 앞으로 진행할 정책에서 나올 돈도 전부 국민연금에다 넣을 겁니다. 그걸 원칙으로 삼아야 국민도 납득하겠죠."

"하아……."

"허어……."

"으으음……."

마음대로 밀어붙이긴 했지만, 이들의 신음과 같이 장대운도 앞의 세 건이 그리 쉽게 해결되지 않을 거란 건 알았다.

특히나 보험 회사는 아주 깊은 논의가 필요했다.

국민연금이야 정부가 손쓰면 끽소리도 못 할 테고 상조 회사 따위야 밀어 버리면 그만인데.

보험 회사는 그 특수성 때문에라도 세심히 들여다봐야 했다.

따질 것도 많고 물어볼 것도 많고…… 또 본질이 금융 회사이기에 변경에 대한 법리 검토도 필히 함께 진행되어야 한다.

물론 대통령이 하는 게 아니다. 이들이 해야 한다.

대통령이란 본디 러프하게 가는 거니까.

악덕 상사라 손가락질해도 할 수 없고.

"하나 더 있습니다."

"또요?"

"상조랑 보험만 해도 넘칩니다. 우리 애들 죽어요."

"허어…… 이 순간 경호실장이라는 게 너무도 축복처럼 여겨지는군요."

그러든 말든.

"한국 전력 좀 손봐야겠어요."

한전, 한국 전력 공사도 손봐야 했다.

1898년 대한제국 시절 설립된 한성 전기 회사를 모태로 현 대한민국이 쓰는 모든 전기를 책임지는 거대 공기업.

2016년 기준 자산 규모만 180조 원, 매출도 60조 원에 이르는 공룡 기업이었다.

지배 구조로는 대한민국 정부가 51%(기획재정부 18% +

한국 산업 은행 32% + KDB생명보험 1%)에 국민연금 공단 9%, 외국인 27%, 기타 13%.

정부가 최대 주주다.

비록 전생엔 탈원전 정책으로 완전 죽을 쑤며 상당한 적자를 내기도 했지만, 현생에는 탈원전 정책이 없다. 앞으로도 계속 흑자가 기대되는 기업. 알토란 같은 기업이다.

그러니 미리미리 다이어트를 시켜야 하지 않을까?

"살펴보니 사업 부문을 크게 네 가지나 분류하고 있더군요. 전기 판매 사업, 원자력 발전 사업, 화력 발전 사업, 기타 사업…… 주제도 모르고 마구 벌려 놨어요."

회초리를 들기 전, 네 가지 사업 부문에 대해 먼저 설명하는 시간을 가졌다.

알아야 면장이라도 한다고 까기 위해선 한국 전력에 대해 한국 전력 인사보다 더 잘 알아야 했다.

먼저 전기 판매 사업은 발전 회사에서 전기를 사서 가정 및 산업체에 판매하는 사업을 말했다. 한국 전력은 전기 생산자가 아니다. 전기 유통 회사다.

전기를 사용 용도에 따라 산업용, 일반용, 주택용, 기타 부문용 크게 4가지로 나누고 차등 요금제를 적용해 제조업 국가답게 산업용(약 56%)에 가장 많이 혜택을 몰아주고 일반용(22%), 주택용(13%), 기타 부문(9%) 순으로 하는 일련의 사업들로 한국 전력은 전부 중간자의 역할이었다.

다음 원자력 발전 사업도 마찬가지였다. 이도 원자력 산업에 연관된 게 아니었다. 한국 수력 원자력 공사에서 수력, 원자력, 신재생 발전으로 생산된 전기를 사온다는 것.

이 중 원자력 발전 부문에서 전기 수입이 가장 커서 원자력 사업이 됐다는 얘기다. 한국 수력 원자력 공사로부터 55원(kWh)에 사와 133원(kWh)에 판매하니 얼마나 손쉽게 장사하나?

다음 화력 발전 사업도 똑같았다. 한국 중부 발전, 한국 서부 발전, 한국 동서 발전, 한국 남부 발전, 한국 남동 발전 등 5개 발전사에서 전기를 사오는 것이다.

기타 사업은 여기에서 조금 동떨어졌는데.

발전사를 제외한, 한전 KPS, 한전 KDN, 한국 원자력 연료, 해외 자원 개발, 해외 투자 컨소시엄 등 발전소 및 플랜트 수주, 발전소 설비, 전력 계통 관리 등등 사업을 말한다.

당연히 다른 사업 부문에 비해 매출액과 영업 이익이 미미하다. 신경 안 써도 될 만큼 쥐꼬리.

장대운은 한국 전력의 1부터 10까지 전부 마음에 들지 않았다. 언젠가 이놈들이 국가의 발목을 잡을 것이다.

"다시 말하지만 많은 분들이 오해하고 있는데 한국 전력은 전기 생산 회사가 아닙니다. 유통, 관리하는 회사예요. 전기 유통 판매권을 독점적으로 쥔 것뿐이라는 겁니다. 유통 회사 주제에 지나치게 많은 권한이 허락돼 있어요. 제조사도 아니고 유통 판매 회사 따위가 중간에서 온 나라를 농락하는 게 말이 됩니까?"

"그야 개념적으로는 그렇지만 한전이 국가에 이바지하는

바는 상당합니다. 이를 무시하시면 곤란합니다."

"그게 뭐 대수라고요. 독점인데요."

독점인데 이 정도도 못한다고?

독점이잖나.

당연히 해야 할 일이었다.

"예? 설마 전기에서마저 다양성을 꾀하겠다는 겁니까? 민영화를요?"

"아니요. 그딴 짓 하면 전기세가 마구 오르잖아요. 조금 더 독점에 집중해 주세요."

"……?"

"……?"

"……?"

"독점이란 본디 내 마음대로 해도 된다는 얘기 아닙니까. 한국 전력의 지배 주주가 정부예요."

"그야…… 아!"

"도 비서실장님이 이제야 알아챈 것 같네요."

"……다 갈아엎겠다는 말씀이시군요."

"한국 전력은 그동안 지나치게 비대해졌고 방만해졌어요. 어디에서부터 손대야 할지 모를 만큼 썩어 버렸어요. 이럴 땐 다른 방법이 없잖습니까?"

실태를 보고 다른 방법이 없다 판단했다.

어떻게 방법을 마련하려 해도 애들은 일 자체를 안 한다. 어떻게든 되겠지 흥청망청.

보고서 첫 장에 쓰인 전주 평균 낙찰률 99.58%라는 수치를 보며 장대운은 직감했다.

작년 한 해 구입한 콘크리트 전주가 32만 개로 1,100여억 원이 들었다는데 다른 나라 일반적인 낙찰률이 80~85% 수준인 것을 감안하더라도 19% 차이는 어떻게 설명할 수가 없었다.

송·변전 설비 관리를 위한 드론을 65대나 구입해 놓고 정작 쓰는 건 40대도 안 된다.

계속 쓰고 있다는 게 아니라 한 번이라도 뜯어서 운행해 본 숫자가 그나마 40대란 얘기다. 게다가 드론 관련 개정 법규에 따르면 드론 자격증이 없는 사람은 드론을 운행할 수 없는데 자격증 소지자가 전국에 16명밖에 없다. 그렇게 또 최근 1년간 사용하지 않은 드론 수가 30대란다. 결국 10대만 사용한 것.

인력 채용도 같은 기간 한국 전력과 자회사, 5개 발전사에서 신규로 1만 9천 명에 달한다.

실업률 줄여 주니 참으로 좋겠지?

아니다. 적정 비율을 지키지 않으면 기업이 안으로 썩는다. 이로 인해 인건비가 3조 2천억 원에서 4조 1천억 원으로 총 9천억 원이 증가했다.

비록 2016년 작년 한 해 흑자가 10조 원이라지만.

얘들은 보너스, 배당 잔치하느라 유보금도 없다.

곳간에 아무것도 없었다.

Chapter. 48

"수익 창출 목적으로 사업을 진행했답니다. 국내 13개 회사에 국민 혈세를 5천억 원이나 투입했어요. 그런데 지난해 말 기준 출자금 회수 금액이 얼만 줄 아십니까? 고작 2백억 원이랍니다. 회수율이 4.3%라죠? 이거 미친 거 아니에요?"

"……!"

"……!"

"……!"

울릉도 친환경 에너지 자립 섬 사업 - 80억 원

제주 한림 해상 풍력 - 116억 원

한국 해상 풍력 - 2,128억 원

대구 청정에너지 - 1억 원

희망빛 발전 - 23억 원

한국 전기차 충전 서비스 - 28억 원

에너지 인프라 자산 운용 - 3억 원

카페스 - 56억 원

켑코우데 - 77억 원

인텔렉추얼디스커버리 - 50억 원

한전 산업 개발 - 47억 원

등등 1억 이하 출자는 제외.

"출자금을 회수한 회사를 보면 한전 산업 개발에서 204억 원, 한국 전기차 충전 서비스에서 8억 원), 켑코솔라에서 7억 원, 딱 3곳에서 약 219억 원이네요. 나머지는 다 어디로 갔나요?"

"……."

"……."

"……."

"부동산은 왜 이리 많습니까? 확인해 보니 잡초 투성이 땅을 인근 시민들이 주차장으로 이용하고 있더군요. 그 땅은 왜 사 놓은 거죠? 삼성동 본사 부지 매각한 돈은 다 어디에 있습니까?"

"……."

"……."

"……."

"이러다 국가 정책이 바뀌는 순간 적자로 돌아서는 거예요. 모르시겠어요?"

"……."

"……."

"……."

"게다가 주한 미군에 특혜는 왜 주는 거죠?"

"……예?"

불씨가 주한 미군에까지 가자 반응이 커졌다.

반성하던 자세에서 걱정과 우려가 섞인 눈길로. 왜 저러나? 로. 여기에서 좀 멈추지. 로.

홍이다.

"2000년도부터 꾸준히 지적돼왔더라고요. 지난 7월 기준 주한 미군은 kWh당 111.6원, 국군은 124.7원을 납부했답니다. 일반용 전기 요금은 kWh당 133원 받으면서 주한 미군은 19%나 싸게 책정한 거죠. 주한 미군 1인당 전기 사용량이 얼만지 아십니까? 작년 기준 24,100kWh로 국군 1인당 사용량 2,304kWh의 10배에 달합니다. 전기를 겁나 써요."

"……."

"……."

"……."

"그 새끼들은 이렇게 싸게 주는 대도 전기세를 잘 안 낸답니다. 청구부터 납부까지 평균 40일 정도가 소요된다 하네요. 일반 국민보다 20일 정도 더 늦게 납부해도 되도록 특혜를 받아 왔다네요. 더구나 작년 1월부터 7월까지 전기 요금이 미납했는데 단전하지 못하고 연체료 5,000만 원. 이것도 달라고 못 하고 전전긍긍."

"……."

"……."

"……."

"더 지켜봐야 합니까? 일반 국민이 그만큼 연체해 보세요. 어디 내기 한번 해 볼까요? 단전되나 안 되나."

"……."

"……."

"……."

"이건 정부가 방치했다고 봐야 합니다. 한국 전력이 전기 판매 회사로서 제 기능을 수행하지 못하고 있는 겁니다. 그래서 저는 앞으로 특혜는 없앨 생각입니다. 미군이든 국군이든 기업이든 가정이든 모두 가격 통일로 가겠습니다. 그들도 일정 이상 쓰면 누진세를 내야죠."

"대통령님. 그럼 산업 전반에 파장이 클 겁니다."

"맞습니다. 산업용 전기가 50%를 넘지 않습니까? 수출에도 문제가 생길 겁니다."

"……."

"역시나 문제부터 나열하시네요. 수출은 이미 초비상입니다. 어차피 마이너스 100인데 마이너스 1을 더한단들 더 나빠질 것도 없어요. 그리고 언제까지 일반 국민이 산업체를 떠받들어 줘야 하는데요? 전기 가장 많이 쓰는 기업이 누굽니까? 그놈들 수조 원씩 성과급 잔치할 때 단돈 1원이라도 국민을 위해 기부해 봤답니까?"

"아……."

"이것도 벌써 정해 버리신 겁니까?"

"난 그럴 것 같아서 아까부터 답을 안 했지요."

백은호가 얄밉게 웃는다.

그러나 두 사람은 백은호를 쳐다볼 시간이 없었다.

바로 폭탄이 떨어졌기 때문이었다.

"한국 전력 공사를 없앨 생각입니다."

"예?!"

"대통령님!"

"……."

"허어이, 끝까지 들으세요. 대한 전력 공사로 사명을 바꾸세요. 지금부터 대표 이하 모든 직원에 대한 감사에 돌입합니다. 제대로 일하는 자만 남기고 전부 퇴직시키세요. 부정이 발견되면 30배 법입니다."

"아……."

"아아……."

새 술은 새 부대에 담자. 한국 전력 공사를 대한 전력 공사란 부대로 바꾸자는 거구나.

어느 정도 납득되는 수준이었다.

완전히 갈아엎는 것과 변신을 꾀하는 것.

둘의 업무량 차이는 비교할 수조차 없었다. 후유증도 적고.

'흐음…… 어때요? 이 정도 선이라면 괜찮겠죠?'

'그래, 나는 새로운 공기업을 만들자는 줄 알고 지릴 뻔했 잖아.'

'여기에서 적당히 타협하죠. 결국 우리가 할 일이잖아요.'

'오케이, 그렇게 가자고.'

도종현, 김문호는 서로의 눈을 보며 확인하였다.

대통령의 의지가 이렇게나 확고하다. 환경마저 정부에 호 의적으로 조성돼 있다. 중국과 교역하던 몇몇 기업이 죽어 나 간다고 언론이 오페라를 부르긴 하나 대다수 사람에게 중국 은 멀다. 또 얼마 전엔 흉하게 생긴 중국인이 발가벗고 절인 배추 웅덩이로 들어가는…… 그 시커먼 구정물에서 우리의 김치를 헹구고 녹슨 포크레인으로 건지는 영상이 떴다.

이후 모든 중국 제품에 대한 전수 검열이 시행되고 있었다.

즉 명령이 떨어진 이상 참모진이 할 일은 이 명령을 더 어 떻게 효율적으로 실행할까에 대한 고민이었다.

이미 결정된 사안. 만류해 봤자 입만 아프다.

세 사람은 지금까지 전달한 요점을 잡아 업무 분장에 돌입 했다. 백은호는 경호 실장이라 제외니 결국 두 사람이 전부 해내야 하는데. 오늘 할 일은 이것만이 아니었다.

이따 전경련 회장단과의 오찬도 잡혀 있었다. 너무 바빴다.

"결국 두 가지로 나뉘네. 3대 사기꾼 조지는 것과 한국 전 력 개편."

"아무래도 나눈다면 그게 맞을 것 같습니다. 3 대 1."

"문호 너는 어느 것을 맡을 생각이야?"

"형님이 먼저 고르시죠. 전 남는 걸 할게요."

"못 고르겠어서 그래. 니가 먼저 고르면 단념이 될 것 같아서."

하긴 둘 다 만만한 건 없다.

"그런가요? 그럼 제가 한국 전력을 조질게요."

"후우~ 경제인들 욕받이가 되려는 거구나. 형 대신에."

"에이, 3대 사기꾼 조지는 것도 만만한 작업은 아니잖아요."

"그렇긴 해도 국민연금이랑 상조 회사는 껌이잖아. 보험 회사 하나 남는데 그것도 사실은 정책으로 뭉개면 뭐 어쩌겠어?"

"안 그래요. 국민연금은 국민의 노후를 담보를 건든다고 정치권이 난리일 텐데요. 상조도, 보험도 마찬가지예요. 그놈들이 활개를 쳤던 건 전부 정치권과 맞닿아 있어서잖아요. 대신 한국 전력은 그런 면에서 가볍죠."

"그놈들 전수 조사가? 사명도 바꾸고 그놈들 다 잘라 버리는 게 가볍다고?"

"그냥 둘 다 어렵다고 보면 안 될까요?"

"미안하다. 형이 능력이 부족하다."

"호랑이 같은 장대운 정부의 최최최측근 비서실장님 능력이 부족하다뇨. 어디 가서 그런 말 하시면 안 됩니다. 욕먹어요."

"그런가?"

"뱃심 단단히 주고 가죠. 이따가 전경련 회장단과도 한판 붙어야 하는데."

"바쁘다. 바빠. 뭐가 이리 정신이 없냐. 청와대가 원래 이런 곳이었어? 대권 잡았으면 좀 여유로워야 하는 거 아니냐?"

"일이 그렇잖아요. 찾아서 하면 끝이 없는 거. 지금 대통령님은 대한민국 시스템을 적으로 규정했어요."

"에휴~ 내가 하소연할 데가 없어서 그런다. 내 맘 알지?"

"알죠. 제가 형님 하소연 안 들어 드리면 누가 들어 드릴까요? 저밖에 없죠?"

"그래, 너밖에 없다. 너 없었으면 어떻게 살았을지 상상만 해도 소름 끼친다. 문호야. 고맙다."

"그만 좀 김 비서한테 매달리고 일이나 하시죠."

옆에서 듣던 백은호가 한마디 했다. 얄밉게. 자기는 안 한다고. 민망함이 울컥 올라온 도종현은.

"친목 도모예요. 친목 도모."

하고는 쌩 나가 버렸다.

백은호도 씨익 웃고는 뒤따라 나갔다. 귀엽다는 듯이.

남은 김문호는 휑해진 집무실을 보다 전화기를 꺼냈다.

"예, 접니다. 또 특명이 내려졌어요. 예예, 잘 알죠. 얼마나 고생하시는지. 제가 전부 다 압니다. 그럼에도 이렇게 부탁을 드리네요. 죄송합니다. 아닙니다. 청운에 정말 감사하게 생각하고 있습니다. 예, 저도 얼마나 든든한지 모릅니다. 예, 맞습니다. 예? 아, 예. 무슨 특명이냐고요? 예, 대통령님께서 한국 전력을 뿌리까지 뽑을 생각이신……."

집권 후 벌써 두 번째인 경제인 간담회였다.

첫 번째 간담회의 목적은 중국과의 갈등에 대비한 불만 무마와 여러 가지 은밀한 조치를 내리기 위함이었다면 이번 간담회는 미래 산업의 핵심 역할을 담당할 몇몇 기업에 당근을 주기 위해서였다.

오성 SDI, 오성 디스플레이, 엘진 화학, 엘진 디스플레이, SY 이노베이션, SY 하이닉스.

즉 오성, 엘진, SY 그룹의 세 회장을 불렀다.

조금 더 심도 있는 논의를 하기 위해.

하지만 대화는 몇 마디 나아가지도 못한 채 맴돌기만 했다.

"대통령님, 이대로 중국과 계속 갈등하시는 건 국익은 물론 기업에도 도움되지 않습니다."

"그렇습니다. 산업 전반에 피해가 상당합니다. 그동안이야 쌓아 둔 체력으로 버텼다지만 언제까지고 이럴 수는 없을 노릇 아닙니까."

"무역 수지가 악화일로입니다. 중국의 압력에 다른 나라마저 우리와의 거래를 주저하고 있습니다. 이러다 고립될 수도 있습니다."

본론은 꺼내지도 않는데 성토부터 던진다.

단단히 마음먹고 온 듯 세 명의 회장은 발언권이 생기자마자 부탁을 가장한 요구만 해 댔다. 자기들 지갑 얇아진다고.

"사정 좀 봐 달라는 겁니다. 저 큰 시장과 영원히 단절할 수는 없잖습니까. 그렇다면 적절한 수준에서 협상을 하시는 게……."

"정부의 정책에는 충분히 동감합니다. 우리 잘못이 없다는 것도 압니다. 그렇지만 버겁습니다. 상대가 너무 크지 않습니까. 너무 정면 대결로만 가시는 건 재고해 주십시오."

"맞습니다. 국민도 언제까지 중국을 미워할 수는 없을 겁니다. 중국산 싼 제품이 우리 사회에서 차지하는 비중도 만만치 않으니까요."

꿀 빨다 꿀 떨어지니 금단 증상이라도 처맞은 건지.

세 그룹 모두 중국에서 재미가 좋았던 건지 징징대기 바빴다. 남은 목숨 걸고 싸우는 중인데.

"이상하시네요. 한 대 맞으면 한 대 돌려줘야 한다는 이치 정도는 아시는 분들이라 생각했는데. 자꾸 엉뚱한 말씀만 하시네. 중국에서 지시받았어요?"

"……!"

"……!"

"……!"

흠칫, 얼른 입을 다문다. 다칠까 봐.

하여튼 제 몸은 격하게 아낀다.

이래서 어딜 가든 사람 상대하는 건 똑같다고 하는 거다.

우리 한국이 중국, 미국에 이빨을 드러낸 것처럼 이놈들에게도 끌려가선 곤란하다는 얘기였다. 하나둘 허락하는 순간 속옷까지 털어 갈 생각을 할 테니.

결국 인생은 주도권 싸움이 전부다.

"지금 이 장대운에게 호구 짓을 바라시는 겁니까? 진정 그런 마음들이십니까?"

"아이고, 아닙니다. 설마 우리가 그런 걸 바라겠습니까? 답답한 마음에 그만."

"맞습니다. 그런 의도는 추호도 없었습니다."

"누가 대통령님께 그런 불손한 마음을 품겠습니까."

달래려 한다.

지금 눈앞에 있는 이가 어떤 놈인지 기억났다는 듯이.

"암요. 암요. 그래야지요. 탈탈 털려 거지꼴 되기 싫으시다면. 내가 가만히 있다고 안 보고 있는 게 아닙니다. 명심하세요. 지금도 참고 있다는 걸."

"끄응."

"으음."

"……."

그제야 기세가 수그러드는 세 회장이라.

비로소 대화할 분위기가 형성된 듯 보였다.

"다들 좀 크게 보시죠. 세계를 경영한다 하시는 분들이 왜 이렇게 근시안적이십니까?"

"예?"

"……?"

"……?"

"……?"

뭔 소리냐는 눈빛들.

"집계된 바로 한중 수교 30년간 흑자가 7,000억 달러에 육박한다더군요."

"아……."

"오……."

"음…… 그렇게나 됩니까?"

삼십 년간 중국에서만 840조 원을 벌어들였다는 얘기다.

가히 엄청난 규모.

"최근 미중, 한중 갈등의 여파로 그 규모가 다소 축소되었다지만 중국은 제1의 교역국으로서 손색이 없는 나라죠. 맞아요. 저 중국은 우리 한국에 없어서는 안 될 나라입니다."

"……."

"……."

"……."

"살살 돌이켜 볼까요? 1990년 우리는 미국과의 동맹을 해치지 않는 선에서 중국과의 대화에 성공합니다. 그리고 1992년 수교에 성공하죠. 그해 약 1억 4천만 달러의 적자를 본 뒤로 30년간 모두 흑자였어요. 같은 기간 동안 미국과의 무역 흑자가 3,000억 달러에 그친 걸 보면 중국이 우리나라의 성장에 기여한 건 부인할 수 없는 사실입니다."

미국과의 비교가 더 와 닿는지 세 회장의 표정에 진지함이 더해졌다.

"하지만 알아야 할 건 우리만 일방적으로 이득을 봤냐는 겁니다. 전혀 아니죠. 중국도 한국의 중간재를 수입, 재가공하는 방식을 통해 글로벌 경쟁력을 확보해 나갔어요. 2000년대에 들어 중국의 폭발적인 성장 이면엔 한국이 있다는 겁니다. 국가 간 윈윈으로 아주 좋은 사례였죠."

윈윈 좋다.

참 좋다.

서로 적당한 선에서 이익을 나누거나 시너지를 일으켜 동반 성장하거나 이 얼마나 좋은 관계인가.

"그런데 최근 들어 한중 무역 간 구조에서 변화의 조짐을 발견됩니다. 윈윈이 틀어지는 징조가 말이죠. 넋 놓고 있는 사이 반도체 등 일부 품목을 제외하곤 전부 무역 수지가 악화 일로였습니다. 우리 산업 전반에 걸쳐 중국산이 암세포처럼 박혀 있더군요. 우리 소중한 기업들의 자생력을 빨아먹으며 자기들만 살찌우고 말입니다."

"……!"

"……!"

"……!"

뭘 또 놀란 척인지.

이래서 장사꾼이랑 연기자랑 구분이 안 간다고 하는 거다.

이들이 정말 중국산 싼 제품이 우리 중소기업들을 얼마나 말아먹었는지 모를까?

"한국 무역 협회는 무역 역조 현상의 원인에 대해 이렇게 말하더군요."

1. 중국의 경기 둔화

2. 2차 전지 핵심 소재 수입 증대

3. 반도체 제조용 장비, 자동차 부품, 석유 제품, 화장품과 같은 주력 품목의 수출 감소

4. 한중 갈등

"내가 이런 건 또 꼼꼼히 들여다봅니다. 첫 번째로 지목된 중국 경기 둔화를 볼까요? 여러분도 전부 동의하실 겁니다. 중국이 멈칫한 것이 그들 내부 요인이 아닌 외부로부터 발생된 단기적 현상이라는 걸요. 미국과의 갈등, 갈등, 갈등…… 비록 중국의 헛짓(우리가 최강대국이다)이 그 단초가 됐긴 하나 이 자리에서 굳이 따질 가치가 없으니 넘어가겠습니다. 하지만 두 번째 핵심 소재에 대한 수입 증대는 실로 큰 문제입니다. 자원 전쟁의 본격 신호탄이니까요. 오히려 여러분이 더 잘 아시는 분야 아닙니까?"

"……."

"……."

"……."

불리한 건 대답 안 한다.

"그래요. 내가 설명하는 게 빠르겠네요. 우리가 중국에 핵심 소재를 수입해야 한다는 건 곧 한국에서 중간재를 수입해 완제품을 만들어 내는 중국의 산업 구조에 변화가 생겼다는 뜻입니다. 즉 30년을 이어 온 전통적 한중 간 무역 구조가 심각하게 변형될 시기에 도달했다는 것과도 상통하죠. 더해 중국산 핵심 소재에 대한 수입이 늘어날수록 이 기조가 고착화, 심화될 거란 얘기이기도 합니다. 내 말이 틀렸습니까?"

"……."

"……."

"……."

대답은 안 하지만 이들도 알고 있었다.

점점 옥죄 오는 중국이란 올무가 얼마나 무거운지.

"툭 까놓고 얘기해 봅시다. 한국과 중국이 기술력 차이가 있나요?"

"……."

"……."

"……."

"없다고 봐도 무방하지 않을까요? 국뽕이니 뭐니 아무리 좋게 말해도 현실은 현실이니까요. 틀렸습니까?"

한국 과학 기술 기획 평가원이 작성한 기술 평가 자료에 이런 게 있었다.

한국이 가진 120개 중점 과학 기술과 세계 최고의 기술력을 보유한 미국과의 전격 비교.

결론적으로 말해 한국은 미국의 80% 수준으로 약 3년의 격차가 있다고 했다.

물론 이것만도 엄청났다.

80년대, 90년대만 해도 따라잡는 데 50년이 걸리느니 100년이 걸리느니 절대로 근접하지 못할 머나먼 나라처럼 나불댄 곳과 어느새 맞닿았으니까.

"근데 중국은 어떨까요?"

"……."

"……."

"……."

"수치가 우리와 똑같답니다. 더 기가 막힌 건 내년, 내후년이면 우리보다 앞설 거랍니다. 이런 마당에 당장의 몇 푼을 위해 중국과 정상적으로 가자고요?"

"……대통령님, 그 말씀은 지금까지의 한중 분쟁이 단지 역사적, 영토적 갈등 때문만은 아니라는 겁니까?"

엘진 회장이었다.

"아이고, 회장님, 장사 하루 이틀 하십니까? 멀쩡한 교역국을 두고 내가 미쳤다고 미사일 들고 설치겠어요? 인천에, 부산에만 벌써 차이나타운이 두 개입니다. 이것도 모자라 평택에, 춘천에 두 개 더 생긴답니다. MSS 요원이 대놓고 설쳐도 국정원은 유명무실해요. 왜일까요? 역대 정부마다 박살을 내놨으니까요. 빗장이 열린 거죠. 이러니 한민족인지 중국 민족인지 헷갈리는 조선족 애들이 뒷주머니에 칼 들고 다녀도 꼼짝 못 하고 중국 범죄 조직이 아예 똬리를 틀고 장사를 해도 못 건드려요. 한국 내 중국인 소유의 땅은 얼마고요? 불법으로 입국한 놈들의 수는 얼마고요? 놔뒀어야 한다는 겁니까?"

"그럼 이 모든 게…… 전부 의도였다는 겁니까?"

"뭔 의도까지 갑니까. 하다 보니 이렇게 된 거지."

안 믿는 눈치다.

솔직히 말해 장대운도 중국이 한국 사회에 이렇게나 뿌리

내리고 있을 줄은 몰랐다.

그중 몇 가지는 의도했다 할지라도 파다 보니 나온 게 훨씬 더 많았다.

"이제부터라도 저 중국이 돈줄이라는 인식을 버려야 합니다. 그런 시절을 맞이했어요. 더구나 미국이 움직이잖아요. 저 미국이 말이죠. 자기 본색을 점점 드러내고 있어요. 양아치 근성 말이에요. 절대로 중국을 놔두지 않을 겁니다. 세계를 다시 미국 중심으로 개편하려 들 거예요. 얘들이 왜 이럴까요? 저들도 몇 년이면 따라잡힌다는 걸 인식한 겁니다. 중국을 그저 세계의 공장으로 여기던 시선을 버린 거예요. 적성국으로 인식한 겁니다. 이럴 때 우리는 어떻게 해야 할까요?"

"……."

"……."

"……."

"요점은 현재의 갈등에 너무 매몰되지 마시라는 얘깁니다. 진짜는 시작도 안 했어요. 조급하게 굴다가 대세를 놓치는 순간 돌이킬 수 없게 된다는 말입니다."

"……?"

"……?"

"……?"

못 알아듣는다.

"버티시라는 겁니다. 당장은 끄떡없잖아요. 더구나 여러분은 무역 역조에 해당 사항이 없잖습니까. 대 중국 수출의

75%가량이 반도체, 디스플레이 패널 등 각종 전자 기계 부품에 해당하는 중간재라던데. 이 물량의 상당 부분이 중국 기업들의 완제품 수출에 있어서 없어서는 안 될 핵심 부품들이죠. 다 여러분 제품 아닙니까? 그래서 더 여러분을 보호하려는 겁니다. 중국이 더 이상 여러분의 제품이 필요치 않게 된다면 어쩌시려고요?"

"크음……."

"으음……."

"……."

불편하다는 표정이나.

위기의식을 느꼈다는 건 감추지 못했다.

"치킨 게임에 들어갈수록 중국 내 부작용도 엄청날 겁니다. 자신감을 가지세요. 우리 한국산 점유율이 전체의 70% 이상을 차지할 정도로 막강하잖아요. 참아 봅시다. 다른 산업은 먹힌지 이미 오래예요. 여러분마저 그리 놔둘 순 없잖습니까?"

진짜 얼마 남지 않았다. 우리가 무릎 꿇을 날이.

한중 무역 기조가 역전으로 확립되는 날. 그 날이 바로 한국이 중국의 발을 핥을 날이다.

삼궤구고두례가 별건가? 대통령이 직접 중국에 방문해 살려 달라고 비는 게 그거지.

이뿐인가?

이제는 우리가 멈추려 해도 미국이 놔두지 않는다.

칩4, IPEF(인도·태평양 경제 프레임워크) 등 중국 견제 성격의 경제 협력체에 참여하라는 미국의 압박도 부담이었다.

한국은 또 다른 30년을 위한 새로운 경제 협력 모델을 찾기 전까진 무엇도 자신하면 안 된다.

한국 무역 협회 국제 무역 통상 연구원 수석 연구원이 보낸 보고서 '한·중 수교 30년 무역 구조 변화와 시사점'에서도 이 문제를 똑같이 지적했다.

- 중국의 독자 기술 개발과 중간재 국산화 가속화에 대비하여 대 중국 수출 주력 산업에 대한 국가 차원의 전략 수립과 종합적 지원 체계 마련이 시급하다. 산업의 근간이자 성장 동력인 기술 전문 인력을 확대하는 한편 핵심 기술 및 인력 유출을 방지하는 기술 안보를 강화해야 한다.

느낌표 수십 개로 강조한 보고서.

앞으로 세계는 보호 무역주의가 심화될 것이고 국가별 각자도생식 산업 정책이 추진될 가능성이 높음을 꼬집으며 주력 산업 생산에 필수적인 원자재의 공급망을 정비하고 대 중국 정책과 생산 변화에 대한 모니터링을 강화할 필요가 있다는 얘기.

고로 이쯤에서 질문이 하나 나오게 된다.

과연 이 보고서를 이들이 읽지 않았을까? 이 돈 귀신들이?

그럼에도 중국 문을 열어 달라고? 기회를 잡을 생각도 없이?

"하나 여쭈어도 됩니까?"

다소 힘 빠진 오성 회장이 손 들었다.

"말씀하십시오."

"도대체 언제까지 기다려야 합니까?"

이도 얼핏 들으면 언제든 나올 수 있는 질문이라 볼 수 있겠지만. 큰 오류가 있었다.

사고의 방향성에서 특히.

"기다리다뇨? 말씀을 이상하게 하시네요. 누가 들으면 억지로 시킨 줄 알겠습니다. 내가 중국에 수출하지 말랬나요?"

그런 적 없다. 공장 철수는 지시한 적 있어도 수출은 아니다.

그 덕에 공장은 불타올랐어도 핵심 기술과 인력은 지켰다. 만일 그들이 잡혀갔다면 어떻게 됐을까?

어느 밀실에서 일생토록 쭉쭉 빨리다 미이라가 됐겠지.

"그건…… 아, 방금의 질문은 제가 실수했습니다. 중국이 수출 물량을 일방적으로 줄였으니까요."

"예, 똑바로 말씀하셔야죠. 여러분이 오늘 이 자리에 온 것도 중국과의 갈등을 줄여 달라는 거 아닙니까. 수출 금지를 해제해 달라는 게 아니라."

"그……렇죠. 우리나라는 수출 금지 명령을 내린 적이 없죠."

"그래서 질문이 뭐였나요?"

"……없습니다."

고개를 돌려 버린다.

불만투성이겠지만. 그가 속으로 무슨 생각을 하든 나는 관심 없었다. 나는 아직 이들을 부른 용건을 꺼내지 않았다.

"하나 충고해드릴까요?"

"아……예."

떨떠름. 태도가 엉망이다.

슬슬 짜증 올라온다. 그냥 경영진을 교체할까?

참자. 참자. 모든 일을 내가 다 할 순 없잖아.

"……제 보기에, 지금 오성이 할 일은 중국이 아닌 미국을 살펴야 할 것 같은데요."

"예?"

전혀 감을 못 잡는다.

"미국이 반도체의 중요성을 놓칠 것 같나요?"

"……."

도무지 뭔 얘긴지 짐작이 안 되는 표정이다.

던졌다.

"저는 이걸 대만 반도체 파괴 프로젝트라고 이름 지어 봤어요."

"……?"

"미국은 머지않아 중국의 성장을 막기 위해서라도 반도체 기술에 대한 제약을 걸 겁니다. 미국 기술이 들어간 장비 수출을 막겠죠. 자국 시장을 미끼로 미국에 반도체 생산 공장을 지으라고 압박할 겁니다."

"예?!"

"왜 그렇게 놀라시나요? 당장 미국 상공부에서 오성에 거래처와 거래처 물량 내역을 달라고 요구하면 버텨 낼 수 있겠습니까?"

"그건 말도 안 됩니다. 반도체 회사에 그건 특급 기밀입니다!"

특급 기밀이 맞다.

반도체는 현대 산업의 쌀이라 불릴 만큼 전자 기기에서 적용 안 되는 곳을 찾는 게 어렵다. 그래서 어느 기업이 어느 정도 수준의 반도체를 어느 만큼 수입하느냐는 곧 그 기업의 방향성과도 맞닿아 있었다.

거래처의 물량을 공개한다는 건,

그 거래처의 기밀을 토설하는 것.

어느 기업이 고객사의 기밀을 누출하는 놈과 손잡을까?

하지만 그런 막장이 곧 벌어진다.

"그래서요. 미국 시장을 포기하실 수 있겠어요?"

"......!"

미국이 중국처럼 양아치 짓하면 배겨 낼 수 있겠느냐?

절대 못 배겨 낸다.

세 회장 모두 설마, 설마 하는 표정이었다.

이 시점 누구도 미국이 그런 짓을 할 거라고는 생각하지 못하겠지만. 장대운도 마찬가지였다. 김문호가 작성한 보고서를 읽고서야 아뿔싸! 미국이 양아치 본색을 드러낼 가능성을 간과했음을 깨달았다.

머지않아 미국이 자국 내에 반도체 생산 시설을 지으라 요구하게 될 것을.

고객사의 기밀을 제출하라 압박할 것을 말이다.

"......."

"……."

"……."

"……."

사안이 사안인 만큼 함부로 입을 열지 못했다.

특히나 오성과 SY의 표정은 처참할 지경.

대통령의 입에서 나온 말이 결코 허튼소리가 아님을 본능적으로 깨달은 것이다.

사고는 당연히 '이걸 어떻게 막지?'로 귀결되기 마련.

장대운도 그랬다.

처음 이 가능성을 깨닫고 제일 고심한 게 이 부분이었다.

미국이 자국 내 반도체 생산 시설을 증대하겠다는 건 결국 반도체 독립을 원한다는 얘기.

그들은 아이폰부터 F-35에 이르기까지 들어가는 파운드리 반도체의 70%를 대만의 TSMC에서 가져온다.

대만이 아니면 미국 산업이 돌아가지 않는다는 약점을 캐치한 것이다.

그렇기에 한국이 대만과의 수교를 뚫을 때 기필코 막은 것이다. 대만이 흔들리면 미국이 흔들리니까.

제7함대를 대만에 보내고 요란을 떤 건 전부 이에 대한 일환이고.

장대운은 말없이 김문호가 작성한 보고서의 카피 본을 세 회장에게 나눠줬다.

"읽어 보세요. 외부 유출은 금지입니다."

제목에 이렇게 쓰여 있다.

[한미 첨단 기술 전쟁의 서막]

한중, 한미, 미중 세 나라 간 벌어질 촌극을 시대극처럼 펼쳐 놓은 보고서를 본 세 회장은 충격을 금치 못했다.

대만 반도체 파괴 프로젝트가 결코 허상이나 과한 상상이 아님을 깨달았다.

"현재 오성의 기술력을 보면 몇 년 안 가 실현되겠지요."

"……인정합니다. 우리 오성은 2025년까지 3나노 공정을 확립해 파운드리 시장까지 제패할 계획을 갖고 있었습니다."

반도체는 크게 메모리 반도체와 시스템 반도체로 나뉘는데.

메모리 반도체는 저장 장치를 말했다. DRAM, SRAM, MRAM 등을 말하는 것. 오성이 절대적인 강자로 있는 분야다.

시스템 반도체는 특정 기능을 수행하는 반도체로서 업체 주문에 따라 생산에 들어간다. 전력 관리 반도체(PMIC), Display 관리 반도체(DDI), 터치 관련 반도체(Touch IC) 등등 응용 분야가 훨씬 다양하다.

"3나노라고요?"

오성 회장의 고백에 SY 회장이 제일 놀랐다.

이 시점 3나노 공정은 TSMC조차 불가능하다는 신세계.

그런데 오성은 2025년까지 해내겠다 하였고 실제로 2022년 양산에 성공한다.

"계획이 실현된다면 오성이 TSMC의 대체재가 될 겁니다."

"그렇군요. 오성의 반도체 공장을 미국에 유치하면 굳이 중국과 얼굴을 붉히며 대만을 지킬 필요가 없어지겠습니다. 이 보고서대로 그 순간 오히려 TSMC를 파괴하려 들 가능성이 높아지겠어요."

"이번 중국과의 갈등으로 우리 반도체 공장이 불타오르는 걸 보고 배웠을 수도 있습니다."

한 마디씩 던지는데.

면도날처럼 날카로웠다. 주요 기업들의 수장답게.

장대운도 인정했다.

"맞습니다. 전부 맞아요. 그런데 하나 묻죠. 오성도 TSMC 꼴이 안 날 거란 보장이 있나요?"

"……!"

"……!"

"……!"

지금의 정국이 과연 우연일까?

미국이 의도적으로 중국을 자극한 거라면?

소름 끼칠 일이다.

이 보고서대로라면 현시점 우리에게 제일 위험한 건 중국이 아닌 미국이다.

"이거 알고도 당해야 할 판이로군요."

허탈한지 오성 회장이 소파에 등을 기댔다.

다른 두 회장도 표정에 위기감이 돌았다.

이들도 이대로는 안 됨을 인지했다는 것.

'이제야 얘기가 좀 편해지겠네.'

믿고는 있었지만 장대운은 속으로 기특한 마음을 감출 수가 없었다.

이들이 계속 뻗대기만 했다면 또 한바탕 전쟁을 치러야 했다.

나라 안팎으로 아주 꼴이 우습게 될 뻔.

"으으음, 대통령님."

"예."

"대통령님이라면 무언가 돌파구라도, 아니면 실마리라도 잡고 계신 것 아닌지 생각됩니다. 그렇지 않았다면 저희를 여기 청와대까지 부르지 않으셨을 텐데요."

"으음……."

"저희가 너무 기대는 건가요? 저는 앞서 하신 말씀도 전부 이제부터 나올 이야기에 대한 복선처럼 여기고 싶은데."

오성 회장이었다.

허탈해 하던 그가 허리를 바로 세웠다. 안광이 다시 빛을 발했고 조금은 기대에 찬 기색으로 바뀌었다.

그의 말이 맞았다. 준비한 건 있다.

그러나 쉽게는 주지 않는다.

"오성 회장님은 아무런 방법이 없나요?"

"저는…… 크음……."

부끄러운지 시선을 피한다.

이도 맞았다. 세계 반도체의 정점이라는 사람이 거대한 흐름을 놓쳤으니.

"미국의 약점이라도 잡아야……."

"약점 정도로 결론이 나지 않을 것 같은데요."

다른 두 회장도 답답한지 한마디씩 거들지만 의미 없는 손 짓이었다. 반도체 못지않은 게임 체인저가 없다면 무조건 끌 려갈 수밖에 없는 구조니까.

이 때문에 장대운도 고민이 참 많았다.

'그러나 나에겐 세 개의 패가 있다.'

첫 번째 패가 백종헌 UNIST 에너지 화학 공학과 교수의 2 차원 유기 반도체 소재였다.

이 녀석이 풀리는 순간 휴대폰부터 디스플레이어 제조 회 사는 무조건 한국으로 와서 무릎 꿇어야 한다.

'이걸 줄까? 아니야. 아니야. 이건 조금 더 나중에 꺼내야 해. 나중에 미국과의 분쟁이 절정에 달했을 때 목줄을 쥘 결 정적인 카드야.'

다음 도신유전을 봤다.

파동 에너지를 이용한 폐플라스틱 분해 처리 기술.

한국에 유전이 터지는 거다.

세계가 경악하겠지. 경악하고 끝나겠지.

'이건…… 조금 더 뒤로 숨기자. 우리가 한창 빼먹고 난 다 음으로.'

친환경 부문에서 세계가 발칵 뒤집힐 기술이긴 하나 사태 를 해결하기엔 결이 좀 달랐다.

다음 동진 배터리를 봤다. 그래핀 기술. 선택적 촉매 환원 기술(SCR)을 확보하여 그래핀의 생산 단가를 확연히 낮췄다.

이걸 꺼내는 순간 전기차나 2차 배터리 사업은 무조건 한국으로 와야 한다.

'으음……'

부성 테크도 있었다. 유기 폐기물 처리에 필요한 바이오가스 생산, 슬러지 감량, 고농도 질수 폐수 처리 등 3대 기술을 모두 보유한 세계 유일의 폐기물 처리 기업.

앞으로 가축 분뇨, 하수 슬러지, 음식물 쓰레기까지 모두 해결 가능한 막강한 폐기물 처리 기업.

꺼내기만 한다면 전 세계 친환경 산업들이 모두 부성 테크로 몰려들 것인데.

'얘도 결이 완전히 벗어나 있고…… 결국 남는 건 배터리로군.'

한국이 2차 배터리 산업을 꽉 쥐게 된다면 미국도 섣불리 반도체를 건들기 어렵지 않을까?

'……'

아닌가?

아님 말고.

그렇다고 멈출 수도 없는 게임이니 아끼다 똥 되는 것보단 낫겠지.

"요즘 배터리 산업은 어떻습니까?"

"난리죠. 중국이 수십조 원을 투자해 마구 치고 올라오는 중입니다."

"수십조요? 돈을 마구 퍼붓고 있군요. 우리와 기술 격차는요?"

"5년? 그 정도 수준일 겁니다."

"그 말씀은 향후 중국이 세계 배터리 시장을 다 먹는다는 말씀이신가요?"

"아닙니다. 5년의 기술 격차가 핵심입니다. 중국은 유럽 자동차 산업의 기준을 통과 못 할 테니까요. 다만 중국 시장은 진출하기 어렵게 되겠지요."

엘진 회장이었다.

장대운도 고개를 끄덕였다.

중국의 자국 기업 우대 정책과 강력한 중국뽕이라면……그 특유의 폐쇄적인 중화사상과 공산당 우월주의란 기반 위에서 펼쳐질 일들을 생각하면 충분히 그럴 수 있겠다는 판단이 들었다.

자국에서만 1등 해도 세계 영화 톱을 찍는 기형적 산업 구조.

그 때문에 혹한 할리우드가 중국의 문을 두드리지만, 중국 자본이 들어가는 순간 영화는 작품성을 잃고 길을 헤맨다. 세계인의 외면을 받는다. 이것의 반복이다.

"그렇다면 중국 시장은 번외로 보는 게 옳겠네요. 그게 속 편하지 않겠어요?"

"……사실상 그렇습니다."

다른 회장들도 이견이 없었다.

"그럼 한국은 오직 세계만 봐야 하는군요."

"……"

"……."

"……."

이제 던지겠다.

와인드업.

"사실 난 2차 배터리 산업의 가능성에 상당한 기대감을 품고 있습니다."

"아~ 그러시군요. 정말 탁월한 선택이십니다."

"그렇죠. 앞으로 2차 전지를 지배하는 나라가 우월적 지위를 손에 넣게 될 겁니다."

"동감합니다. 산업 전반에 걸려 응용력이 대단하니까요."

찬성한다.

이것도 찬성할까?

"저는 그중에서도 원통형 배터리가 우리를 살릴 거라 보고 있습니다."

"예?!"

"예?"

"……?"

무슨 개소리를 하느냐는 표정으로 바뀐다.

이제까지 쌓아온 호의를 한 방에 날려 버린 듯한 거부감.

저항이 컸다.

"대통령님, 원통형이라뇨. 지금 세계 추세를 모르십니까?"

"압니다."

"아시는데 원통형을 찾습니까? 지금 세계가 각형과 파우치형을 선호하는 이유를 아신다면서 이런 말씀을 하시다니 저는 이해가 안 갑니다."

원통형 배터리는 건전지처럼 생긴 배터리를 말한다.

각형과 파우치형은 사각형으로 근래 2차 전지 사업에서 뜨는 배터리다.

"대통령님, 원통형은 크기가 작고 둥근 기둥 형태기 때문에 팩이나 모듈 형태로 구성하기가 난해합니다. 셀과 셀 사이의 빈공간이 비효율적이라는 거죠. 더구나 에너지 밀도가 낮고 최적화하기도 어렵습니다."

오성 회장도 거든다.

여기에서 지칭하는 에너지 밀도는 '셀'이 아닌 '팩' 단위다. 하나하나가 아닌 다 모였을 때 발휘하는 힘.

"그렇지 않습니까. 하나라도 더 집어넣어 주행 거리를 늘리는 게 주된 관건인데 원통형 배터리가 가능합니까? 세계가 파우치형이나 각형으로 눈을 돌린 건 다 이유가 있어서입니다."

네모의 꿈이라는 얘기다.

각형과 파우치형이 착착 각에 맞게 쌓아 올리기 좋다는 것.

근데 좀 둥글게 살면 안 되나?

"알아요. 압니다. 그렇다면 왜 테슬라는 원통형 배터리를 고집하고 있을까요?"

"그건 초기 스타트업 당시 가격이 저렴하고 수급이 각형이나 파우치형보다 유리한 데다 크기까지 표준화되었기 때문입니다."

원통형 배터리의 장점을 알아서 말해 준다.

절대로 무시할 수 없는 장점을.

엘진 회장도 거들었다.

"파우치형이나 각형은 전기차 회사 설계에 따른 주문형이라 회사마다 제각각이라 그때그때 활용하기에 불편하고 당시 테슬라가 자기 설계에 맞게 주문하려 해도 몇백 개도 아닌 몇만 개 수준이니 감당이 안 되어 그리된 거라 알고 있습니다. 당시 그들의 자금력으로는 어림도 없었으니까요."

이도 잘 알고 있었다.

그런데 이것도 아는지 모르겠다.

내가 원통형으로 가라고 한 이유에 훌륭한 근거 있다면? 그 테슬라가 내 것이라는 건? 내 자금력이 들어갔는데 돈이 모자란다고?

당시 테슬라에서도 많은 기술자가 결사반대를 외치긴 했다. 각형으로 가라고. 돈 있는데 뭐 하러 원통형을 고집하냐고.

내가 우겨서 원통형을 썼다.

돈 내는 놈이 가라는데 지들이 뭐라고 난리인지.

슬쩍 반격해 봤다.

"각형, 파우치형은 문제가 없나요? 우리의 주력 제품인 파우치형의 경우 플라스틱 성분의 케이스로 인해 발화에 취약하잖습니까? 또 셀 간 연쇄 발화로 이어질 가능성도 높고요. 불나는 순간 펑! 반면, 원통형 배터리는 안전하잖아요. 다른 폼 팩터에 비해 그 안정성 탁월하고요. 게다가 저렴한 가격에 금속 캔이라 충격에도 강하고. 더 좋은 건 생산성이 아주 좋다는 겁니다. 이에 대한 노하우도 상당하고요."

"그 말씀은 맞습니다만. 예, 셀 자체는 쉽게 만들 수 있겠죠. 그러나 낭비하는 공간은 어떻게 합니까? 팩화는 어떻게 진행하고요?"

"그건 기업이 해결해야죠. 제가 제일 중요하게 보는 건 생산성입니다. 기업엔 생산성이 제일 중요하지 않나요? 팩 당 단가 말이에요."

"그야……."

돈 벌려고 투자하고 생산한다.

반도체라면 수율, 보험 회사라면 요율, 이런 걸 따지는 이유가 뭐겠나?

생산성이 뒤따르지 않으면 아무리 좋은 기술도 무용지물이라는 것이다. 제조 기업들이 식스시스마에 열광하는 건 우연이 아니다.

"원통형은 전극을 원형으로 말아 금속 캔에 넣는 와인딩 방식을 사용하죠. 각형이나 파우치형보다 상대적으로 쉽고 빠르게 생산이 가능하다는 큰 장점이 있습니다. 만드는 방식부터 단순한 거죠. 오랜 세월 축적한 노하우도 끝내 주고요. 이걸 왜 포기하나요? 이런 노하우라면 더 높은 수율로 생산 가능하지 않겠습니까?"

"그도 그렇지만 저 중국마저 원통형 배터리에 손을 대지 않은 이유는 기본적으로 탑재되는 수량 때문입니다. 각형과 파우치형은 사이즈가 크기 때문에 내부에 들어갈 배터리 셀이 400개 내외면 될 일인데 크기가 작은 원통형은 1865형 기준으로 약 7,000개, 2170형은 약 4,000개가 있어야 겨우 하나의 팩이 완성됩니다."

단가를 맞출 수 없다는 것.

돈이 안 된다는 것.

더 큰 문제는.

"각 셀들을 접합하는 과정이 진짜 기술입니다. 몇천 개 중단지 몇 개의 배터리에 문제가 생겨도 전체에 악영향을 끼치죠. 이런 제작상 단점들과 최적화의 어려움 때문에 원통형이 외면당한 겁니다."

숫제 안 된다고 오페라를 부른다.

아닌가? 래핑인가?

원통형이 뭘 그리 잘못했다고 기를 쓰고 막으려는 건지.

하나 더 던져 줘 봤다.

"2170형보다 더 큰 배터리를 만들면요?"

"예?"

"2170형에 배터리 셀 4,000개가 들어간다면 두 배 키워 4680형을 만들면요? 직경 46mm짜리 배터리라면 2170형 탑재 수량의 1/5로 줄어들지 않나요? 여기에서 더 발전시키면요?"

"그야…… 그렇게만 된다면 공정도 줄고 기술도 보다 간편해지긴 합니다만."

왜 그런 얘길 하냐고?

싫어. 안 가르쳐 줄 거야.

"그러면 가격이 비싸지나요?"

"아닙니다. 셀이 줄어드니 훨씬 저렴해집니다. 줄어든 만큼."

"오호, 그렇다면 생산 비용이 최소 1/5로 줄어드는 거네요. 자동차 가격도 덩달아 낮춰지겠고요. 그럼 소비자가 어떤 자동차를 선택할까요?"

"……그렇다 해도 셀 당 품질 문제가 해결되지 않은 상태인데…….."

"에너지 밀도가 문제라고요?"

"예."

"해결했다면요? 앞서 열거한 단점을 상회하고도 남을 기술력이 있다면요?"

"……!"

"……!"

"……!"

세 회장 모두 허리를 벌떡 세웠다.

"현재 기준으로 최소 20% 이상의 에너지 밀도 상승, 주행 거리 30% 이상 증대라면. 어때요? 경쟁력이 있나요?"

"……!!"

"……!!"

"……!!"

"전체적인 셀 가격도 50% 이상 낮출 수 있을 것 같던데. 그럼 단가가 1/10로 줄어드나요?"

"!!!"

"!!!"

"!!!"

게임 끝.

진즉부터 이런 표정이 나왔어야 했다.

이렇게 고분고분해야 뭐라도 줄 마음이 들지.

"자, 나라면 공장부터 증설할 것 같은데. 오버인가요?"

"……."

"……."

"……."

대가리가 팽팽 돌아간다.

<u>드르르르르르르르르르르</u>

모르긴 몰라도 지금쯤이라면 이 기술이 산업 전반에 끼칠 영향력까지 분석하고 있겠지.

기다려 주었다.

결론은 정해졌다지만, 이 역시도 실현시킬 자들이 바로 이 사람들이라 그랬다.

아무리 테슬라가 내 것이라도 다 몰아줄 순 없을 노릇 아닌가. 외견상 미국 기업인데.

세 회장의 눈에 열망이 깃든 건 이때쯤이었다.

지겹고 고단한 2차 배터리 경쟁에서 세계를 제패할 카드가 눈앞에서 왔다 갔다 하는데 멈출 인간은 여기에 있을 자격이

없었다. 설사 그것 앞에 지옥불이 기다리고 있다 해도 덤벼드
는 게 기업인의 속성 아니던가.

"여러분이 해 주셔야 할 게 있습니다."

"아, 예."

"예, 말씀해 주십시오."

"경청하겠습니다."

아주 겸손하다.

"기회를 드리는 겁니다. 아시죠?"

고개를 숙인다.

더 겸손하게.

"미리 경고하는데 궤도에 올랐다고 기업 분할하지 마세요.
핵심 기술만 분리해 잇속 채우려는 순간 이 사업에서 쫓겨나
는 겁니다."

"물론입니다."

"절대 그럴 일 없을 겁니다."

"당연하지요."

당연하단다.

2차 전지 산업이 돈 될 만하니까 엘진화학에서 알맹이만
쏙 빼 엘진에너지솔루션을 만들고 SY 이노베이션에서 물적
분할이니 뭐니 해서 SY 아이이테크놀로지로 옮겨 타 대주주
끼리 나눠 먹고 소액 주주들 뒤통수 치고.

사실 SY 이노베이션도 문제가 많았다. 엘진화학의 기술을
제멋대로 사용해서 미국 ITC가 SY산 배터리 수입을 전면 금

지하는 결정을 내리기도 하니까.

"SY 이노베이션은 딴짓하지 말고 국산 분리막 개발에 총력을 기하세요. 내 보기엔 한 2년만 더 전념해 주면 품질이 일본산보다 더 좋아질 것 같던데."

〈7권에서 계속〉